vita nuova

<새로운 질서> 01 — 발터 벤야민

괴테의 친화력

-신화, 구원, 희망

발터 벤야민 지음, 조형준 옮김

Goethes Wahlverwandtschaften

 새물결

Goethes Wahlverwandtschaften by Walter Benjamin

Copyright ⓒ 1974 by Suhrkamp Verlag, Frankfurt am Main

Korean translation copyright ⓒ 2011 by Saemulgyul Publishing House

This Korean edition was published by arrangement with Suhrkamp Verlag, Frankfurt am Main

옮긴이 조형준

전문 번역가. 안토니오 그람시의 『그람시와 함께 읽는 문화: 대중 문화/언어학/저널리즘』,
움베르토 에코의 『포스트 모던인가 새로운 중세인가』,
프랑코 모레티의 『근대의 서사시: 괴테의 〈파우스트〉에서 마르케스의 〈백년의 고독〉까지』,
얀 아르튀스-베르트랑의 『하늘에서 본 지구』(공역),
발터 벤야민의 『아케이드 프로젝트』(I, II), 『일방통행로』 등의 역서가 있다.

괴테의 『친화력』 — 신화, 구원, 희망

지은이 | 발터 벤야민
옮긴이 | 조형준
펴낸이 | 홍미옥
펴낸곳 | 새물결 출판사
1판 1쇄 2011년 10월 25일 | 1판 4쇄 2017년 3월 26일
등록 서울 제15-52호(1989.11.9)
주소 | 서울특별시 마포구 포은로 5길 46 2층
전화 (편집부) 3141-8696 (영업부) 3141-8697
이메일 | saemulgyul@gmail.com
ISBN 978-89-5559-315-5
ISBN 978-89-5559-314-3(세트)

1. 이 논문은 1917~1922년에 쓴 것으로 1924~1925년 호프만슈탈이 주관하는 잡지 *Neue Deutsche Beiträge*(II, 1/2)에 분재되었다. 독일어 원문은 벤야민 『전집 *GW*』, 1권, 123~201페이지에 실려 있는 것을 저본으로 했다. 전집에는 아무런 주도 달려 있지 않으며, 장과 절도 구분되어 있지 않다. 장절과 소제목은 벤야민의 원안에 따라 옮긴이가 삽입한 것이다. 주는 프랑스어 번역본과 영어 번역본 등을 참조해 옮긴이가 일일이 작성했다. 괴테의 『친화력』의 경우 김래현 옮김, 민음사, 2001년을 이용했다(번역을 부분적으로 수정했다).
2. 저서는 『』, 논문은 「」, 연극 작품이나 미술 작품은 〈〉로 표시했다.
3. []안의 내용은 독자들의 이해를 돕기 위해 옮긴이가 보충하거나 삽입한 것이다.

차례

괴테의 『친화력』 원서 목차

'오늘의 벤야민'을 위한 하나의 간주곡

칸트 이전의 철학이 모두 『순수이성비판』으로 흘러들어 갔고 칸트 이후의 철학이 모두 이 비판서에서 흘러나왔다는 비유를 벤야민의 이 논문에 빗대어 이렇게 말할 수 있을 것이다. 즉 이 논문 이전의 벤야민의 사유는 모두 이 『괴테의 친화력』속으로 흘러들어 갔으며 이후의 그의 모든 사유는 이 위대한 논문으로부터 흘러나왔다고. 그만큼 이 글은 벤야민의 사유의 도정에서, 그리고 이 논문이 헌정된 율라 콘과의 개인적 관계[1]가 잘 말해주듯이 그의 삶에서도 중대한 전환점을 표시하는 일종의 이정표 같은 것이었다. 독자들은 여기서 신화와 'Gewalt', 운명과 성격, 구원과 희망, 진리와 가상, 미와 베일,

---

1) 율라 콘(Jula Chon, 1894~1981년)은 벤야민이 청년 시절에 교류한 친구 중의 하나인 알프레트 콘의 여동생으로, 이 논문을 쓸 무렵의 벤야민 본인의 사적인 상황을 괴테의 『친화력』에 비유했을 때 오틸리에에 해당된다.

법과 윤리 등 그의 사유의 원형을 이루는 복잡한 개념들이 주조되고 배치되고 있는 현장을 종합적으로 목도할 수 있을 것이다. 이 논문은 그동안 '아우라', '폭력' 등 다소 추상적인 개념들이 그의 사유의 전체상 속에서 종합적으로 파악되는 것이 아니라 파편적으로 이해되어온 형편에서 처음으로 그리고 어쩌면 유일하게 그의 사유의 지형도를 종합적으로 개관해주는 크나큰 장점을 갖고 있다. 이제 비로소 벤야민의 사유의 원형질을 이루는 종합적인 DNA 구조를 손에 넣게 되었다고 한다면 과언일까?

이 논문의 장점은 이뿐만이 아니다. 그동안 벤야민의 사상을 이해하기가 쉽지 않았던 것이 앞서 말한 대로 그의 사유의 단편성과 더불어 고도의 추상성 때문이기도 했다면 이 글은 그러한 점에서도 벤야민의 사유의 전혀 다른 풍경을 보여준다. 즉 벤야민의 다른 글들에서보다 훨씬 더 구체에서 추상으로의 상승과 추상에서 구체로의 하강(벤야민은 이를 '사상 내실'과 '진리 내실'이라는 새로운 개념으로 요약하고 있다)이 완벽하게 조화를 이루고 있는 '내재적 비평'의 전범을 보여주고 있는 것이다. 따라서 이 글은 벤야민의 추상적 개념들이 구체적으로 무엇을 겨냥하고 있는지를, 그리고 텍스트와 현실이라는 구체적 대상들이 벤야민의 고유한 추상적 개념틀에서 어떻게 포획되고 있는지를 상세하게 보여주고 있다. 벤야민의 글 중에서 한 작가의 개별 작품을 대상으로 상세하게 논의를 전개하고 있는 거의 유일한 이 논문은 '비애극'을 중심으로 주권과 결단 등의 문제를 중점적으로 파고들고 있는 박사학위 논문과 함께 벤야민을 이해하기 위해서는 반드시 통과하지 않으면 안 되는 일종의 '포털' 같은 기능을 갖고 있다고 할 수 있다.

이와 관련해 이 논문이 장점을 가질 수 있는 또 다른 맥락이 있다.

그동안 국내에서의 수용사를 간략하게 살펴보면 벤야민은 1970~
1980년대에는 '기술복제시대'의 '아우라' 사상가로 머물다가 갑자
기 21세기 초에 아감벤에 의해 '정치사상가'로 새롭게 호출되었다.
하지만 30년의 시간적 간격뿐만 아니라 '문학평론가'에서 '정치철
학자'로의 뜬금없는 이미지 전환은 쉽게 이해 가능한 것이 아니었
다. 그리고 그러한 변신의 이면에서는 프랑크푸르트학파, 구체적으
로는 아도르노 식의 '좌파적' 모습은 간데없이 사라지고 슈미트와
하이데거 등의 그림자가 어른거리는 바람에 한국의 독자들은 당혹
감을, (누구도 말은 하고 있지 않지만) 낭패감 비슷한 것을 느낄 수밖
에 없었다. 누가 봐도 '좌파 벤야민'에서 '우파 벤야민'으로의 사상
적 전향처럼 비쳤기 때문이다. 하지만 이것은 비단 한국에서만 그러
한 것은 아닌 것으로 보인다.

　프랑스의 해체주의 철학자 데리다도 벤야민의 「폭력비판론」에 대
한 세미나에서 벤야민에 대한 오해의 전형을 보여주는데, 심지어 그
는 벤야민의 '신적 폭력Gewalt'과 같은 개념에서 나치의 '최종 해결

2) "이 텍스트에서 발견하는 가장 가공할 만한 것은 …… 하나의 유혹이다. 어떤 유혹
말인가? 대학살을 신적 폭력의 해석 불가능한 발현의 하나로 사고하려는 유혹이 그것이
다"(자크 데리다, 『법의 힘』, 진태원 옮김, 문학과 지성사, 2부의 이곳 저곳). 하지만
본문을 읽어보면 데리다에게는 그것이 하나의 '유혹'이 아니라는 것은 누구나 쉽게 이
해할 수 있을 것이다. 데리다는 종종 '텍스트 바깥에는 아무것도 없다'라고 말하지만
『마르크스의 유령』을 비롯해 텍스트 바깥에 대한 그의 발언이 너무 소박하다는 인상을
지울 수가 없다. 이는 아래에서 논의하는 대로 Gewalt에 대한 오독에서 비롯되는데,
이를 둘러싼 논란은 벤야민에 대해 이해가 얼마나 어려운지를 여실히 보여준다. 한편
이와 반대로 이를 '좌파적으로' 비판하면서 지젝은 『폭력이란 무엇인가』에서 '신적 폭
력'을 '프랑스 혁명과 러시아 혁명'에 대해 역사적으로 적용할 것을 주장한다. 하지만
그것은 데리다와 오십보백보 정도의 차이만 있을 뿐 그런 식으로 '신적 폭력'의 역사
화를 주장하는 데서는 과연 그가 『구약성서』를 읽어보았을까 하는 의문까지 들 정도

Final Solution'과 같은 것이 어른거린다는 극언까지 하고 있다.[2] 이러한 데리다의 오독에 대해 아감벤은 『예외상태』에서 법과 철학을 범주적으로 혼동하고 있다고 명확하게 비판하고 있는데,[3] 이처럼 벤야민의 많은 텍스트는 아직도 미스터리이자 수수께끼처럼 보이고 있는 형편이다. 무엇보다 국내외에서 뜬금없이 벤야민이 '폭력 사상가'로 호출되는 것이 그렇다. 하지만 이러한 상황은 「폭력비판론」에만 국한되지 않는다.

이처럼 한편에서는 '기술복제시대'의 '아우라' 이론가, 다른 한편에서는 '벌거벗은 삶'이라는 생명정치의 핵심 모티브를 선구적으로 사유한 정치사상가, 그리고 또 다른 한편에서는 '신적 폭력'을 종말론적으로 사유한 '메시아' 이론가로 불리는 등 어디서도 벤야민에 대한 종합적인 이해는 찾아볼 수 없다. 오히려 각자가 자기 좋을 대로 파편적인 벤야민의 모습을 '콜라주'하고 있는 형국이다. 아

다.예를 들어 움베르트 에코는 『구약성서』가 유혈낭자와 근친상간 등 오늘날이라면 가장 먼저 19禁 도서로 지정될 정도로 '폭력적'이라며 풍자적으로 이야기하고 있는데, 이처럼 『구약성서』의 신이 '폭력'과 '변덕', '분노'와 '계약'과 '법'의 신이라는 것은 『성서』를 조금만 들추어 보아도 누구나 알 수 있을 것이다. 심지어 신은 아브라함에게 아들을 산 제물로 바칠 것을 요구하지 않는가? 그러한 신적 폭력이 굳이 '아우슈비츠'를 마다하고 '좌파 혁명'에만 임재하신가? 오히려 역사적으로 러시아 혁명을 '신적 폭력'과 등치시켜야 한다는 지젝의 말을 들었다면 레닌조차 무덤에서 벌떡 일어나는 '부활'이 일어나지 않을까? 오히려 '신적 폭력'에 대한 그러한 해석 방식과 관련해서는 오히려' 아우슈비츠'를 떠올리는 데리다가 일관성이 있지 않을까? 최근 젊은 비평가들에게서 일고 있는 지젝 열기와 관련해 거기서 '마술 피리 부는 마법사'의 이미지를 떠올리는 것은 나쁜가? 아무튼 Gewalt를 둘러싼 혼선은 푸코의 '통치성'까지 이어져온 우리의 인식의 진전에서도 한참 후퇴한 것일 뿐만 아니라 1980년대 운동권의 '폭력론'으로의 소박한 후퇴처럼 보인다. 일부 30대의 학자들 사이에서 일고 있는 지젝 열기와 가라타니 고전 열기는 우리에게는 오히려 엄밀한 개념에 대한 '폭력'의 예시처럼 보인다.

마 이것은 그의 사상이 (예를 들어 비트겐슈타인처럼) '전기', '후기' 식으로 분할되지도 또 프랑크푸르트학파 식의 좌파와 숄렘 식의 유대적 사유로 명확하게 나눠지지 않은 채 끝까지 '벤야민다운 아우라'를 유지하고 있기 때문일 것이다. 마치 카프카의 작품이 끝까지 kafkaesque하듯이 말이다. 아마 20세기 사상가 중 이처럼 어떠한 구분들에서도 벗어나 고유의 아우라를 잃지 않고 있는 사람도 그리 많지 않을 것이다.

이러한 맥락에서 이 괴테론은 '벤야민의 모든 것'을 가장 종합적이고 체계적으로 보여주는 글이라고 할 수 있다. 겉으로는 독문학 최초의 근대 소설인 『친화력』에 대한 비평이라는 형식을 취하고 있지만 이러한 형식을 구성하고 있는 도구들은 모두 그의 사유의 핵심적인 개념들이기 때문이다. 동시에 이 논문은 당시 괴테 해석에서 최고 권위를 자랑하던 군돌프의 『괴테』를 겨냥하고 있지만 그것은 일종의 핑곗거리에 불과할 뿐 당시 독일 문단과 사상계를 장악하고 있던 게오르게파 전체를 겨냥하고 있다는 점에서 당시 벤야민이 처해 있던 문학적·정치적 입장을 종합적으로 살펴볼 수 있게 해주기도 한다.

괴테의 『친화력』은 '베르테르 효과'를 불러온 『젊은 베르테르의 슬픔』과 함께 마치 '빵이 팔리듯 팔려나간' 독일 근대 문학의 비조격으로 알려진 소설이다. 『젊은 베르테르의 슬픔』이 사랑이라는 감정에 대한 탐색이라면 『친화력』은 혼인이라는 제도에 대한 성찰이 중심 내용을 이루고 있다. 이것은 이 소설이 슈투름 운트 드랑의 낭만(주의)으로부터 '인간 보편'에 대한 필생의 탐구인 『파우스트』로 넘어가는 중간 지점에 위치해 있음을 알려준다. 하지만 『친화력』에 대한 벤야민의 평은 '신화적인 것', '구원', '희망'이라는 3각축을 중심으로 짜여 있는 데서 보이듯 그러한 표준적인 이해와는 전혀 다른 틀로 구성되어 있다.

　그는 독문학 최초의 근대 소설로 꼽히는 이 소설을 비평하는 데 '근대'와는 전혀 어울리지 않는 '신화적인 것'이라는 개념을 맞세우며, 이 논문 전체에 '맹목적으로 선택하는 자의 눈을 제물의 연기가 찌른다'라는 클롭슈토크의 시구를 제사(題詞)로 붙이고 있기도 하다. 근대와 신화 그리고 선택과 제물. 이것은 이중적인 의미에서 대단히 당혹스러운 대당(對當)이다. 예를 들어, 우리는 막스 베버가 근대를 '탈주술화'로 규정했음을 잘 알고 있다. 하지만 벤야민은 근대에 대해 그와는 정반대 방향에서 말하고 있다. 그리고 신화 대 근대라는 대당은 도처에서 벤야민의 영향을 감지할 수 있는 『계몽의 변증법』에서의 신화와 이성〔계몽〕의 대당과도 완연히 다르다. 이것은 상당히 당혹스러운 질문 형식이다. 하지만 그러한 당혹감은 저 클롭슈토크의 시구야말로 1933년 이후의 나치와 현실사회주의의 정치적 귀결을 선구적으로 예언하고 있다는 점에서 한층 더 커질 수밖에 없다. 기실 우리가 느끼는 당혹감은 히틀러를 맹목적으로, 그러니까 민주주의적으로 그리고 이어 신화적으로 선택한 자들의 눈을 아우슈비츠의 가스실 연기가 찌른 데 대한 것이 아닐까? 히틀러는 아리안족 신화와 V3 로켓과 전격전(電擊戰)이라는 최첨단의 근대를 결합시켜 '맹목적으로' 근대를 선택한 20세기에 거대한 제물의 연기를 피워 올리지 않았는가? 따라서 벤야민의 이 논문은 근대(성) 논의와 관련해 기존의 모든 선입견을 버릴 것을 요구한다.

　따라서 벤야민의 이 글은 제사에서부터 마치 단테가 들어가는 지옥문 위에 써 있는 '여기 들어오는 자 모든 희망을 버려라'라는 말처럼 기존의 모든 관념과 편견을 버릴 것을 요구하고 있다. 이 논문은 맨 마지막의 '오직 희망 없는 사람들을 위해서만 희망은 우리에게 주어지는 것이다'라는 비의적(秘意的)인 문구에 이르기까지 기존의 상식으로는 당최 이해하기 힘든 수많은 아포리즘들과 명제들로 점철되어 있기 때문이다. 아마 박사학위 논문과 마찬가지로 이 논문이 당시의 지식인 사회로부터 제대로 이해받지 못하다가 호프만슈탈에 의해 비로소 격찬을 받은 것 또한 이 때문이지 않았을까?

하지만 벤야민의 이 글은 다른 점에서도 의아하기는 마찬가지인데, '신화적인 것'에 이어 '구원'과 '희망'이 반명제와 종합명제로 제출되고 있기 때문이다. 마치 단테에게서 지옥이란 단적으로 별이 떠오르지 않고[4], 모든 희망이 사라진 곳이라는 멋진 규정을 얻고 있듯이 벤야민의 괴테론 또한 (구원의) 별과 희망을 중심으로 새로운 사유의 메아리를 울리고 있다. 이 또한 기존에 벤야민을 수용하던 방식으로 쉽게 이해할 수 없는 논의일 것이다. 하지만 이것은 벤야민을 이해하는 데 있어 대단히 핵심적인 의미를 갖고 있다. 왜냐하면 이러한 사유틀을 빌리자면 벤야민의 사상적 모색은 '신적 폭력'을 사유하는 메시아적 사상가가 아니라 — 다시 단테의 말을 빌리자면 — 구원의 '별'과 '희망'이 사라진 '현대'라는 지옥에서 '오직 희망 없는 사람들을 위해' 희망을 찾는 고투의 증거가 되기 때문이다. 이것은 어쩌면 벤야민의 사유는 보들레르가 간파한 '지옥으로서의 현대'에 대한 윤리적 · 정치적 사유를 개시하는 것을 핵심으로 하고 있다는 것을 의미하는 것은 아닐까? 따라서 독일 최초의 근대 소설에 대한 벤야민의 이 '문학' 비평은 실은 근대의 핵심에 대해 되묻고, 근대라는 문제적 시대('지옥으로서의 근대')에 대한 문제틀을 코페르

4) 이와 관련해 로젠츠바이크의 '구원의 별'을 떠올려보라.

니쿠스적으로 전환시키려는 시도라고 할 수 있다. 즉 '법'과 '계약'
과 (민주주의적인) '선택'이라는 허상에 벤야민은 (키에르케고어적인)
신적인 것 앞에서의 단독자로서의 '결단'과 죽음에의 도약 그리고
희망에의 충실(성)으로 맞서고 있는 것이다.[5] 다시 여기서 슈미트의
'결단주의'와 함께 가장 탈 '민주주의' 사상가라고 할 수 있는 키에
르케고어의 영향이 어른거리는 것을 볼 수 있는데, 당연히 그것을
벤야민이 어떤 식으로 변주하고 있는지가 우리의 흥미를 끈다. 예를
들어, 남녀 간의 혼인은 '성기의 교환에 대한 합의'일 뿐이라는 칸
트의 '쿨'한 규정이나 혼인은 법과 제도이므로 준수해야 한다는 『친
화력』 속의 목사의 주장과 달리 벤야민은 충실성에의 결단이라는
답을 내놓는데, 이는 결단을 법과 주권자로 환원시키려는 슈미트와
는 문제의식은 비슷하지만 결론은 완전히 다르다.[6]

특히 앞서 말한 대로 최근 신적 '폭력' 또는 정치적 '폭력' 이론
가로서의 벤야민에 대해 많은 오해와 논란이 있는 것으로 보이는데,
이 논문에서처럼 '지옥으로서의 근대'와 '희망'의 이론을 염두에
두지 않는 한 벤야민은 너무나 쉽게 신학화 또는 정치적 급진화될
수 있는 것처럼 보인다. 왜냐하면 벤야민은 '주권자' 즉 신학적 주

5) 동일한 『성서』라고 해도 『구약성서』에서 우리가 보는 신은 '법'과 '정의'와 '계약'
의 무서운 신인 반면 『신약성서』에서 우리는 '사랑'의 신을 만나게 된다. 이처럼 우리
는 근대에 대해서도 '사회주의' 말고는 '또 다른 근대'를 상상하지 못했으며, 그에 대
한 참혹한 대가가 민족사회주의, 즉 나치라는 불벼락이 아니었을까?
6) 이 법과 '폭력'의 정체에 대해 아감벤은 『아우슈비츠 이후에 남는 것』에서 카프카를
빌려 이렇게 언급하고 있다. 즉 카프카는 법이라고 하는 것은 정의의 구현을 위한 것도
또 진리를 입증하기 위한 것도 아니라는 것을 입증함으로써 실제로 근대라고 하는 것
은 무근거 위에 근거 지어져 있으며, 단순히 법이라고 불리는 포함/배제 장치(성城)
의 픽션에 기반하고 있다는 것을 폭로했다고 말이다.

권자로서의 신이나 정치적 주권자로서의 왕이 존재하지 않는 근대를 마주한 채 법과 주권자를 찾는 것이 아니기 때문이다. 오히려 그는 단테와는 달리 베르길리우스라는 길잡이도 없이, 그러니까 보들레르의 산책자처럼 홀로 근대라는 지옥을 걸으며 인간 존재의 새로운 '희망'을 묻는 형이상학적 정치사상가이지 않을까? 그렇게 바라보아야 그를 둘러싼 미스터리가 풀리지 않을까? 하이데거가 본인의 정치적 행동 말고는 텍스트상으로는 '정치화' 되지 않는 데 반해 벤야민에게서는 이와 정반대 현상이 나타나는 것은 이 때문이 아닐까?

아무튼 벤야민을 이러한 틀로 읽을 때 전모가 오히려 수월하게 드러날 수 있다는 것이 필자의 생각이다. 이와 관련해 지옥을 희망이 사라진 곳으로 규정하는 단테의 탁견은 벤야민을 읽는 핵심적인 키워드를 제공해준다. 단테는 지옥의 9번째 구덩이를 '이단' 이나 이교도들이 아니라 신학적·정치적 '배신자' 로 채우고 있다. 뿐만 아니라 지옥을 불구덩이가 아니라 아무런 희망도, 구원의 별도 없는 곳으로 묘사하고 있다. 아마 이러한 점에서 단테만큼 '근대' 의 핵심에 다가간 사상가는 없을 것이다. 따라서 우리는 얼마든지 『신곡』을 가장 '근대적인 유물론적 신학서' 라는 형용모순적인 독법으로도 독해할 수 있을 것이다. 그리고 '희망' 을 근대의 핵심적인 '아편' 인 동시에 해독제로 제시하고 있는 벤야민 또한 근대의 핵심에 가장 가까이 다가갔다고 할 수 있지 않을까? 그리고 이것은 (법과 폭력이 아니라) '희망' 과 '구원' 이라는 말을 「폭력비판론」에 외삽(外揷)시켜 보면 이 수수께끼투성이 글이 얼추 독해되는 것을 보아도 알 수 있다.

따라서 벤야민의 탐구는 신학적인 것이 아니라 철저하게 ('정치') 윤리적인 것이다. 즉 그는 '희망이 없는 사람들을 위해' 희망을 찾으려는 현대의 단테로, 희망의 근거를 신이 아니라 세계 앞에서의 공포와 전율에 맞선 충실성에의 결단과 '죽음에의 도약'이라는 인간 최후적인 것에서 모색하려는 것이다. 벤야민이 「폭력비판론」에서 나치와 사민주의의 '희망'과 '구원'론에 맞세우고 있는 '억눌린 자들의 지금 여기서Jetztzeit의 윤리'는 바로 이렇게 해독해볼 수 있을 것이다. 즉 벤야민이 보기에 현대 자본주의는 희망과 구원을 마치 마약처럼, 일종의 종교처럼 일상화시키고 미래로 연기하고 부분화시키는 체제로, 그것은 그에 맞서는 담론들까지 강력하게 장악해 이제 역사는 폐허에 이르게 되었다. 이것은 지난 10년 동안의 한국 정치만 보아도 쉽게 확인될 수 있는 자본주의의 일상적 진리다. 그리고 벤야민의 사유가 과거 또는 현재의 한국식의 정치적 좌우파의 도식에 갇히지 않는 이유 또한 바로 여기서 찾을 수 있다. 즉 지난 10년 동안 우리가 얼마나 많은 (친정부적·반정부적) '희망'과 '개혁'과 '진보'를 소비했는지를 가만히 생각해보라. 그리고 '역사의 천사'가 우리의 현실을 보았을 때 우리 삶의 고갱이에서 과연 진보가 있었다고 누가 자신할 수 있겠는가?

이와 관련해 아래와 같은 벤야민의 인식론적 선언은 그의 정치적 실천과 윤리적 요청의 핵심 내용을 비의적인 아포리즘에 담아 전하고 있는 것처럼 보인다. 즉 "우리가 다루게 될 영역에서 인식은 오직 번개의 섬광처럼 이루어진다. 텍스트는 그런 후에 길게 이어지는 천둥소리 같다."[7] 이것은 선가(禪家)의 인식 방법과 거의 흡사한 말인데, 벤야민이 '신학적'이라면 오히려 불교철학과 흡사하다는 것이 나의 잠정적인 생각이다. 예를 들어, 우리는 이 말을 이렇게 풀어볼 수 있을 것이다. 즉 우리의 인식은 천둥이 아니라 번개처럼 이루어

7) 발터 벤야민, 졸역, 『아케이드 프로젝트』, 새물결 출판사, 1043페이지.

저야 하는데, 그것이 바로 '화두(話頭)'를 잡는 것이다. 즉 '말'의 머리를 잡아야지 '텍스트'라는 말의 꼬리(話尾)를 붙잡아서는 안 되는 것이다. 또 난해해 보이기만 하는 저 '신적 폭력'을 '폭력'이 아니라 (우주와 우리 마음의) 천지를 깨뜨리는 '번개'와 같은 것으로 생각해볼 수는 없을까?[8] 아무튼 선가와 벤야민의 직접적인 비유는 조심해야 할 대목도 있겠지만 그가 지닌 비의적인 사유를 이해하는 데는 여러모로 적절한 유비로 볼 수 있는 면모 또한 여럿 있는 것이 사실이다.

선가와의 비교가 다시 한 번 허용된다면, 벤야민의 '결단' 론은 일종의 '해탈' 론에 해당되는 것으로 볼 수도 있을 것이다. 즉 단순히 좁은 의미에서의 종교적 해탈이 아니라 기존의 나고 자라온 우주(宇宙)를 벗어난다는 의미에서의 '해탈' 말이다. 이것은 예수라면 광야로 나아감일 것이며, 바울이라면 다마스쿠스에서의 눈 멂과 회심(回心)일 것이다. 즉 벤야민이 말하는 결단이란 신화적으로 주어진 것에서 나와 주체의 진정한 결단을 거쳐 우주의 새로운 배치로 들어가는 것을 의미하는데, 이런 식의 '해방' 또는 구원은 계급해방론의 등장 이래 영원히 망각 상태에 빠지지 않았는가?[9] 그리고 자본주의는 이러한 해방과 희망의 결단과 해탈을 산과 교회라는 한정된 공간

8) 조금 지나친 감이 있을 수도 있으나 만약 가상-진상眞想, 그리고 '지금 여기Now and Here'에서의 진여眞如라는 선가의 인식방법론으로 「폭력비판론」을 읽는다면 적어도 이 난해한 논문의 (역사) 인식론은 거의 다 해독되지 않을까 하는 것이 나의 잠정적인 생각이다.
9) 사회민주주의와 자본주의의 (가짜) 희망이 '돈오점수' 격이라면 벤야민이 말하는 신적 Gewalt란 '돈오돈수' 격이라 할 수 있을 것이다. 이렇게 자본주의의 이데올로기는 오히려 종교적이다. 또 종교는 지독히 자본주의적이다.

그리고 주말이라는 한정된 시간 속으로 국한시킴으로써 진짜 해방과 희망을 독점해버리는 (베버의 말과는 정반대로) '종교로서의 자본주의'가 아닐까?

지나치게 종교적인 비유일지 몰라도 벤야민의 이 괴테론에서 상세하게 고구되고 있는 '집'과 사랑의 '구원'론에도 이러한 비유는 맞춤한 것이기도 하다. 즉 결단 없는 선택은 인간을 희생의 제물로 만들지만 '죽음에의 도약'에 의해 매개된 사랑의 구원은 우주를 바꾸어 놓는다는 벤야민의 사랑론 또는 행동 철학을 이해하려면 아무래도 위와 같은 해석틀이 전제되어야 하는 것이다. '결단 없는 선택은 인간의 희생으로 이어진다'는 명제는 실제로는 현대의 대의 민주주의의 맹점을 가장 잘 지적하고 있는 말이기도 하기 때문에 벤야민의 이 명제가 가진 의미는 단순히 사랑에 대한 해석에만 국한되지 않는다. '결단 없는 선택'은 결국 결단을 위임하는 '독재 정치'와 지근거리에 있게 되는데, 그것은 이미 나치에게서 전형적으로 나타난 바 있다. 하지만 그것이 나치에만 국한되는 것이 아니라 현대의 대중 민주주의의 핵심적 비밀을 가리킨다는 것은 누구나 쉽게 떠올릴 수 있을 것이다. 이렇게 볼 때 현대 민주주의는 헤겔의 말을 빌리자면 '죽음에의 도약'이라는 결단을 포기하고 대신 자유로운 선택이라는 환상을 먹고사는 희생제의의 체제인 셈이다.[10]

따라서 벤야민은 괴테의 『친화력』을 '친화력'이라는 화학의 원리를 유비 삼아 근대의 혼인의 근거를 탐구한 소설이라는 좁은 범위를

---

10) 무수한 정치 '스캔들'과 그에 이은 정치인의 희생 그리고 각종 개혁 조치, 뒤이은 재선거는 사실 고대의 희생제의와 크게 다르지 않다. 이탈리아 총리인 베를루스코니는 이러한 현대 민주주의가 무엇에 기반하고 있는지를 선명하게 보여주는 예외적 전형이라고 할 수 있을 것이다.

넘어, 오히려 혼인을 실마리 삼아 근대의 근거를 되묻는 철학서로 읽어보려 한 것처럼 보인다. 그렇게 볼 때 이 소설은 신화적인 것과 자연의 위력Gewalt 앞에 선 근대는 (자유민주주의라는) 선택과 법규와 (이성적) 담론 또는 제도로서는 그것들을 극복할 수 없음을 여실히 보여주는 근대의 비밀스런 출생기록부로 읽힐 수 있는 것이다. 따라서 벤야민의 해석에 따르면 이 소설은 연애와 사랑의 불가능성을 말한 『젊은 베르테르의 슬픔』에 이어 혼인이라는 제도 자체의 무근거성에 대한 증언인 셈인데, 이것을 조금 더 확대해 우리는 이 소설을 근대의 근거 없음에 대한 증언이자 근대의 토대에 대한 새로운 탐색으로 읽어볼 수도 있을 것이다. 왜냐하면 한 쌍의 남녀를, 헤겔의 말에 따르면 부르주아 사회의 세포인 가족으로 '결합시켜 주는' 혼인은 '친화력'이라는 화학적 원리로도 또 자유로운 선택으로서도 또 교회라는 법적 제도에 의해서도 보장되지 않기 때문이다. 이처럼 부르주아 사회의 핵인 혼인을 근대의 핵심적인 결합 원리의 모델로 바라볼 경우 혼인의 존립 불가능성은 동시에 근대의 성립 불가능성이라고 해석해도 큰 무리가 없지 않을까? 벤야민은 바로 이러한 근대 이해를 통해 작가를 영웅시하고 마치 괴테를 시대를 초월한 '올림포스의 신'처럼 간주하는 군돌프의 문학관은 근대의 아포리아에 직면한 괴테의 곤궁을 한쪽으로만 과장한 오독에 근거하고 있음을 드러낸다.

그러면 한편으로는 제도로서의 법과 다른 한편으로는 개인의 주체적인 선택에 기반한 근대의 근원적 존립 불가능성을 논구하고 있는 벤야민이 생각하는 대안은 어떠한 것일까? 그와 관련해서 벤야민이 지닌 독특한 사유의 실마리는 아마 II부의 논의에서 등장하는 '죽음에의 도약'이라는 명제에서 찾아볼 수 있을 것이다. 즉『친화력』

에 삽입되어 있는 노벨레의 두 연인이 모든 것을 버리고 사랑 하나에만 모든 것을 건 '죽음에의 도약'을 통해 자연과 화해하고 양친을 비롯한 온 세계와 새로운 관계를 맺는 동시에 신적인 것과도 화해하는 데 반해 이 장편 소설의 주인공들은 정확히 그와 반대로 함으로써 신화적 힘들의 세계에 굴복하며, 따라서 이 사랑의 실패를 '실패한 비극'으로 만들어버리고 마는 것이다.

이와 관련해 '죽음에의 도약' 하면 우리는 즉각 목숨을 건 인정투쟁이라는 헤겔의 명제를 떠올리게 되는데, 비록 벤야민이 헤겔에 대해서는 전혀 언급하지 않지만 헤겔과의 비유는 여러모로 벤야민의 생각을 명료하게 하는 데 큰 도움이 될 수 있을 것이다. 잘 알려진 대로 헤겔은 위신과 향유 그리고 노동을 둘러싸고 '주인과 노예' 사이에 목숨을 건 투쟁이 벌어진다고 했는데, 진정 이 관계의 승자는 노동을 통한 세계의 도야와 목숨을 건 인정투쟁을 계속할 수밖에 없는 노예에게 돌아간다는 역설의 변증법을 보여준 바 있다. 하지만 근대는 이러한 노예와 주인의 목숨을 건 투쟁의 변증법을 자율적인 주체들의 선택과 계약이라는 픽션으로 바꾸어놓는다. 그리고 이제 주인도 노예도 아니게 된 민주적 주체들은 목숨을 건 투쟁 대신 민주주의와 매스미디어에 의해 동일한 공동체를 형성하고 있는 것으로 픽션화된다. 그리하여 하이데거의 말대로 근대에 '죽음을 향한 존재'의 본질은 망각되고, 죽음과 결단 등은 체계적으로 은폐된다. 즉 일종의 진정한 존재라고도 할 수 있는 위신을 건 필사의 투쟁은 존재자들의 평등주의적 망각으로 대체된다.[11] 이렇게 읽어보면 한편으로는 하이데거 그리고 다른 한편으로는 『계몽의 변증법』과 구분되는 벤야민 고유의 근대 독법을 읽어낼 수 있을 것이다.

그런데 우리는 자본주의야말로 실제로는 죽음에의 도약에 기반하고 있다는 것을 잊고 있는데, 사용가치가 교환가치로 전환되는 과정에서 그리고 자본이 이윤의 실현을 위해 행하는 죽음에의 도약('필사의 도약')이 그것이다. 즉 자본주의에서 죽음에의 도약은 오히려 일상적인 것이다. 즉 모든 존재를 걸고 어느 순간에라도 쓰레기와 종이 쪼가리가 되지 않기 위해 '자본'은 필사의 도약을 감행해야 하는 것이다. 이러한 점에서 자본주의 하에서 모두가 돈(자본)의 노예가 될 수밖에 없다는 것은 이미 헤겔이 역설적으로 보여주고 있는 바가 아닐까? 그리고 이러한 점에서 보면 현대인의 존재조건이 아감벤이 말하는 호모 사케르의 원형적 구조를 이루고 있음을 확인할 수 있다. 즉 죽여도 살인죄에 해당되지 않지만 그렇다고 성스러운 희생제의 제물로 바칠 수도 없는 인간-쓰레기의 경계선에 현대인은 운명적으로 서 있는 것이 아닐까? 따라서 아감벤은 근대성의 노모스로서의 수용소가 근대에 그토록 빈번하게 출현하는 것은 그리 놀랄만한 일이 아니라고 단언할 수 있었던 것이다.

루소는 『사회계약론』에서 "인간은 자유롭게 태어났지만 어디서나 사슬에 묶여 있다"라는 말로 근대의 근본적 아포리아를 제시한 바 있다. 만약 고대 사회가 '자유'의 계급과 '사슬'의 계급(노예)을 철저하게 구분해 이 문제를 해결했고 중세는 모두가 (인간적) 자유를 반납하고 (신의) 사슬에 묶임으로써 이 문제를 미봉했다면, 이처럼 자유와 사슬이 하나가 된 근대에 인간은 '계약'이라는 형태로 그러한 아포리아를 해결하려고 했다. 아마 이 '계약'에 해당하는 말이 『친화력』에서는 '선택'에 해당될 것이다.

11) 아마 낭만적 사랑, 합류적 사랑, 열정적 사랑 등 사랑의 코드가 변한 것 또한 자본주의의 이러한 변화와 관련이 있을 것이다.

따라서 아마 죽음에의 도약이라는 이 비유는 '민주주의 이후의 민주주의'가 본격적으로 문제가 된 2,000년 이후의 한국 사회의 변동을 해석하는 데도 많은 시사점을 줄 수 있을 것이다. 이와 관련해 1980년대의 소위 민주화 투쟁은 죽음에의 결단에 의해 추동되었다면 이후의 정치 과정은 그러한 결단과 죽음에의 비약 없이 '희망'과 '개혁'만 난무했다고 다소 과감하게 정리해볼 수도 있지 않을까? 그리고 벤야민의 '역사의 천사'가 바라보는 역사의 파국은 바로 지금 여기를 말하는 것이 아닐까? 그러한 와중에 하나의 비극적 죽음에 의해 그러한 시기가 단절되고, '민주적 주체들'은 이제 소위 '88만 원 세대'라는 이름으로 다시 '노예 상태'로 되돌아갔다면 어떨까? 물론 이러한 1980년대의 '정치적' 노예들의 죽음에의 도약과 2010년 말의 '경제적' 노예화 사이에는 '탈주'론 또는 '도주'론 또는 온갖 '위기'론이 난무했지만 그러한 타협형의 운명에 대해서는 굳이 설명이 필요치 않을 것이다.[12]

한국 민주주의의 비극이 독재자라는 주인에 맞서 죽음에의 도약을 감행한 1980년대의 '정치적' 노예들(소위 '386세대')이 너무 빨리 그리고 너무 쉽게 '정치적' 주인의 자리를 차지한 데 있다면[13] 민주

---

12) 우리는 1980년대의 '정치적' 노예들에는 얼추 386세대가, 중간의 타협형에는 '서태지 세대들'이 그리고 2010년대의 경제적 노예들에는 지금의 20대가 해당된다는 세대론적 진단을 제출해볼 수도 있을 것이다.

13) 헤겔은 『정신현상학』에서 로마의 '주인'의 제국이 노예의 종교에 넘어간 것이야말로 세계사의 미스터리라는 요지의 말을 하고 있는데, '노예'는 '주인'이 되면 정치적으로 몰락의 길을 걸을 수밖에 없다는 것을 20세기의 현실사회주의는 비극적으로 확인해주었다. 노무현 전 대통령의 '대통령 해먹기 힘들다'는 투박한 투정은 이러한 진실을 (유일하게) 정확히 전해주고 있으며, 이후 권력의 성격을 어느 정도 규정하는 예언이었다고 하면 지나친 해석일까?

화 이후의 민주주의의 비극은 이미 자본의 단맛을 느낀 세대들이 도대체 죽음에의 비약이라는 결단을 감행할 필요를 느끼지 못했던 데 있다. 이러한 맥락에서 오직 희망이 없는 자들, 즉 '노예'에게만 희망이 주어진다는 벤야민의 말은 큰 울림을 갖는다. '주인'은 도대체 더 이상 가질 희망도 찾을 희망도 없기 때문이다. 이렇게 볼 때 너무 쉽게 '주인의 자리'를 차지한 민주화 세력이 우리 사회의 '희망이 없는 자들'에게 희망을 마련해줄 수 없었던 것은 우연의 결과가 아니라 역사의 필연적인 결과였던 것이다. 특히 대학이 자본의 노예를 생산하는 지배자 담론의 주 공급지가 되면서 1980년대에는 그나마 진리와 희망을 공급하던 마지막 등대도 완전히 어둠에 잠기게 되었다.[14] 왜냐하면 헤겔의 변증법을 변주한 라캉의 말대로 진리와 희망은 오직 노예의 담론에만 주어지는 것이기 때문이다. 하지만 현대는 인터넷이라는 가상의 매체를 통해 그러한 도약이나 결단을 너무나 쉽고 부담 없이 행하고 있다. 그리고 인터넷은 동시에 (벤야민이 말하는) 모든 '경험'을 철저하게 일소시키며 모든 '체험'을 가능하게 해줌으로써 주체를 완전하게 파괴시키는 첨단기술의 절정을 보여주고 있다. 즉 죽음에의 도약이란 자기 목숨을 거는 것을 의미하는데, 그러한 주체의 소멸은 내놓을 목숨을 사라지게 함으로써 그러한 도약 자체를 원천적으로 봉쇄해버린다. 그리고 이 인터넷 가상공간은 '커뮤니케이션'이라는 소통 매체를 그러한 도약대로 내놓지만

---

14) 이런 점에서 자본의 폭격을 맞고 있는 대학의 인문학 담론이 '위기론'인 것은 여러모로 시사적이다. 이와 관련해 진정한 죽음에의 도약은 한 대학생의 '자퇴 선언' 밖에 없었다는 것이 나의 생각인데, 그의 자퇴 이유서를 읽어보면 그가 재학했던 소위 '왕립' 대학이 자본의 '노예' 양성소라는 것은 의문의 여지없이 드러난다.

라캉이 일찍이 간파한 대로 그것은 '함께com' '변하지mutate' 않기 위한 최신 기술일 뿐이지 않은가? 아무튼 그러한 가상 공간 속의 우주적 도약들까지도 매 순간마다 죽음에의 도약을 감행하는 자본의 입장에서 보면 찻잔 속의 태풍도 되지 못하는 것이지 않을까? 그리하여 우리는 가상공간에서는 '주인'(id, 즉 욕망의 '이드'인 동시에 인터넷 공간 상의 '아이디')이지만 현실에서는 자본의 '노예'라는 분열증적 시대를 살게 되었다.

물론 여기서 말하는 죽음이라는 것이 실제로 물불을 가리는 어떤 폭력적인 것을 말하는 것이 아니라 인식상의 메타포라는 것은 누구나 쉽게 이해할 수 있을 것이다. 그러한 의미에서 지난 10년간 한국 사회는 노무현 전 대통령의 비극적 서거 전까지 거의 어떠한 죽음도 화제가 되지 않았던 유일한 시기였다고도 할 수 있다. 희생의 죽음도 의로운 죽음도 상징적 죽음도 비극적 죽음도, 심지어 독재자의 죽음도 없었던 것은 그만큼 우리의 삶이 용렬해지고 적당주의와 타협하고 의미를 망실하게 되었음을 의미하는 것은 아닐까? '탈주'와 '도주'와 '위기'가 지난 10년 동안 '죽음에의 도약'을 대신한 것만큼 이러한 정황을 잘 보여주는 것도 없을 것이다.

이제까지 벤야민의 글을 두고 조금은 지나칠 정도로 이런저런 이야기를 에둘러온 것은 벤야민 독해의 맥락을 넓히고 그의 사유의 현재성을 모색해보기 위해서였다. 분명 지나친 부분도 있으며, 논쟁적인 부분도 눈에 띌 것이다. 하지만 '괴테 전공자'도 또 '벤야민 전공자'도 아닌 옮긴이의 자유를 빙자해 벤야민의 현재적 맥락성을 자유롭게 생각해보려고 했다. 아마 조금은 무리한 주장이나 추정도 있을 것이다. 이에 대해서는 전공자들을 비롯한 독자 여러분의 해량을 부탁드린다. 다만 국내에서 흔히 '폭력'으로 번역되는 Gewalt에 대해서는 옮긴이 나름의 '전공적인' 주장도 있는데, 이 책에서는 Gewalt를 한 번도 '폭력'으로 번역하지 않았다. 우리는 '신적 폭력'이라는 말이 데리다 정도의 석학까지도 벤야민에 대한 오독으로 이끄는 것을 볼 수 있는데, 이 말이 불어로 violence로 번역되는 데서는 기겁하지 않을 수가 없다. Gewalt를 '폭력'으로 번역하는 한 벤야민은 법과 계약의 신인 하느님 앞에 선 메시아적 사상가가 될 수밖에 없으며 벤야민의 사유는 필시 신학화되고 말 것이다.

*　　*　　*

슈테판 게오르게는 1933년 나치의 집권 소식을 듣고 정치권 제자들의 귀찮은 구애를 피해 스위스의 로카르노로 '정치적·문화적' 망명을 가다가 객사하고 만다. 실제로 한때 게오르게의 제자였던 괴벨스의 제자들은 '스승'을 모시러 달려가고 있었고……. 그리고 잘 알려진 대로 이 '독일 정신의 상징'에 맞서 치열한 지적 전투를 벌인 벤야민은 그와는 정반대의 '정치적·문화적 망명' 도중에 스스로 목숨을 끊고……. 난산 끝에 옮긴이 서문을 쓰는 내 마음속에는 20세기 초의 정치적·지적 비극에 대한 아릿함에 두 사람의 대조적인 운명이 겹쳐 떠오른다.[15]

아마 이 책만큼 비평의 매력과 함께 그처럼 빼어난 저술가를 둘러싼 어둠의 시대를 예감적으로 증언해주고 있는 고전도 드물 것이다.

15) 게오르게의 제자들 중에는 나치 찬동자도 많았지만 동시에 히틀러 암살 주동자들 중에도 그의 제자들이 많았다고 한다.

어떠한 것으로도 꺾을 수 없는 저 정신의 고고함을 범속하고 세속적인 인간사의 문제와 결합시키고 있는 벤야민의 사유의 곡예는 비평의 전범이자 축복임에 틀림없다. 그리하여 벤야민의 이 글은 우리에게 인간됨의 '일과 나날'을 저 정신의 심연에서 가늠하면서 느낄 수 있는 축복과 슬픔의 최대치를 번개처럼 보여주면서, 사유가 가진 도저한 힘이 어떠한 극한까지 이를 수 있는지를 보여주는 비평의 생생한 현장이기도 하다.

이 책은 오랫동안 옮긴이에게는 마치 프로스트의 '가지 않은 길'과 같았다. 나는 마치 깊은 흑림(黑林)처럼 빽빽이 수목으로 가득 찬 그의 글 앞에서 길을 잃지나 않을까 하는 두려움에 떨다가도 나의 졸필과는 비교도 되지 않는 그의 비평이 뿜어내는 어쩔 수 없는 유혹에 이끌려 그의 글의 숲 속에 발을 들여놓았다 빼기를 꽤 오랫동안 반복하면서 이 번역서의 출간을 망설여왔다. 이 책을 번역하게 된 동기는 이광수의 『무정』을 주제로 '근대'에 대한 새로운 해석서를 쓰기 위해서였는데, 아마 10여 년도 더 전인 듯하다. 당시 내게는 근대 '최초'의 소설인 이 두 소설이 근대의 '징후'를 가장 잘 보여주는 텍스트로, '연애'론을 통해 근대의 성립 불가능성을 증언하는 텍스트로 보였다. 이를 통해 근대와 탈근대를 전혀 다른 식으로 해석하며 포스트모더니즘을 새롭게 조명해볼 생각이었다. 그리고 이것은 단순히 이광수만이 아니라 나쓰메 소세키와 이탈리아 최초의 근대 소설인 『약혼자들』에게도 해당되는 이야기로, 근대 초기의 몇몇 문학 텍스트들을 비문학적으로 전유하려는 계획이었던 셈이다. 이는 또한 근

에는 게오르게의 제자들도 많았다고 한다.

대문학을 리얼리즘 대 모더니즘으로 읽는 우리의 독법은 문제의 핵심을 모두 회피하고 있다는 생각을 배경으로 하고 있었다.

아무튼 푸코는 어딘가에서 끝까지 인용의 전거를 밝히고 싶지 않은 저자가 있는데, 그에게는 하이데거가 바로 그렇다고 고백하고 있다. 그러면서 젊은 시절에 하이데거를 읽고 쓴 기록만 모아도 족히 한 트럭 분은 될 것이라는 의외의 말을 한 바 있다. 감히 비유가 가능하다면 이 책 또한 나에게는 그러한 책에 가깝다. 아무런 목적도 방향도 없이 그저 한 줌 한 줌씩 마음 가는 대로, 생각 가는 대로 즐기고 싶은 텍스트. 왜냐하면 이것은 내가 대학에 입학한 이후에 읽고 배워온 모든 것의 용렬함과 턱도 없음을 비추어주는 (라캉이 말하는 것과 같은) 거울이었기 때문이다.

그러다가 숲 속의 공주 같은 이 위대한 논문이 오랜 세월 잠자고 있다. 개구리 같은 옮긴이의 거친 손을 떠나 이 세상에 나오게 된 것은 모두 '와썹' 동인들이 이 천하절색의 공주의 목에서 나의 졸역이라는 독 묻은 사과를 빼주었기 때문이다. 모두에게 감사할 따름이다. 특히 프랑스어 번역본이 문제 될 때마다 바쁜 일정을 쪼개준 박진우, 그리고 독일어로 일일이 읽고 혹시라도 큰 문제로 번질 수도 있을 '선택의 문제'를 친화력 있게 방지해준 조효원에게는 특별한 우의와 감사의 인사를 전한다.

이 옮긴이 서문을 나는 일부러 한쪽으로 완전히 휘게 만들었다. 예를 들어, 괴테에 대한 해석사나 수용사에 대해서는 거의 아무런 언급도 하지 않았다(그것은 게오르게에 대해서도 마찬가지다). 또 벤야민의 성숙기를 대변하는 이 논문이 이 시기 전후의 그의 사상과 어떤 연관을 맺고 있는지에 대해서도 따로 다루지 않았다. 이것은 무엇보다 옮긴이의 능력 부족에서 기인하는 것이다. 하지만 다른 한편 이 논문이 '괴테론'으로만 읽히지는 않았으면 하는 바람도 갖고 있다. 물론 이 논문이 괴테론으로서도 여전히 문제적이라는 점을 누구나 쉽게 이해할 수 있을 것이다. 아무튼 이 문제와 관련해서는 여러모로 한계가 있을 수밖에 없음을 미리 밝혀둔다. 독자들의 많은 질정을 바란다.

옮긴이 識

율라 콘에게 바친다.

Ⅰ 정명제로서의 '신화적인 것'

맹목적으로 선택하는 자의 눈을
제물의 연기가 찌른다.
— 클롭슈토크

1
비평과 주석

A 진리 내실과 사상(事象) 내실

문학작품을 다루고 있는 요즈음의 글들을 보면 그러한 연구들에서 상술(詳述)의 과제는 비평적 관심보다는 문헌학적 관심에 놓여야 할 것처럼 보인다. 따라서 『친화력』을 세세한 부분까지 살펴볼 생각인 이 글 또한 논술의 의도에 있어 쉽게 오해를 불러일으킬지도 모르겠다. 주석처럼 보일 수도 있는 것이다. 하지만 이 글은 비평을 의도하고 있다. 비평은 예술작품의 진리 내실을, 주석은 사상 내실Sachgehalt[1]을 추구한다. 이 양자의 관계가 모든 문학작품의 기본 법칙을 규정하고 있는데, 그에 따르면 어떤 작품의 진리 내실은 해당 작품이 중요한 것일수록 그만큼 더 사상 내실과 보이지 않게 unscheinbar 또 그만큼 한

[1] 주 1에 대해서는 215~216쪽을 보라.

층 더 긴밀하게 연결되어 있다. 따라서 오래 지속되는 작품이란 다름 아니라 자신 속에 머물고 있는 진리를 가장 깊이 사상 내실 속으로 침투시킨 작품이라는 것이 사실이라면 그처럼 지속되는 시간의 경과 속에서 구체적 사실들Realien은 현실 세계 속에서 사라져 가면 갈수록 그만큼 더 관찰자의 눈에는 한층 더 명료해질 것이다. 하지만 그와 함께 작품이 성립했던 초기 무렵에는 일체화되어 있던 사상 내실과 진리 내실은 작품의 지속과 더불어 서로 분리되어 나가는 것처럼 보이는데, 사상 내실이 분명하게 모습을 드러낼수록 진리 내실은 꼭꼭 숨은 채로 있기 때문이다. 그리하여 후대의 비평가들에게 있어서는 눈길을 끄는 것, 기이한 것, 즉 사상 내실에 대한 해석이 점점 더 비평의 전제조건이 된다. 비평가는 양피지 사본을, 즉 빛바랜 텍스트가 바로 자신을 언급하고 있는 보다 강한 필적들로 뒤덮여 있는 양피지 사본을 앞에 둔 고문서학자에 비교할 수 있을 것이다. 이 고문서학자가 사본의 문자 해독에서부터 시작해야 하듯이 비평가는 주석을 놓는 것부터 시작해야 한다. 그러다가 거기서 돌연 비평가에게는 더없이 귀중한 판단 기준이 떠오른다. 그제야 비로소 비평의 근본물음을 제기할 수 있는 것이다. 즉 진리 내실이 그것의 가상 Schein[2]을 사상 내실에게 빚지고 있는가 아니면 사상 내실이 그것의

2) 여기서 Schein은 부정적인 것, 즉 단순한 가상이나 환상을 의미하는데 이와 다른 맥락에서는 그러한 부정적인 의미와 함께 긍정적인 의미를 동시에 함축하고 있다. 독일 관념론과 낭만주의에서 이 말은 신비로운 어떤 것이 어떤 물질의 상징을 통해 밝게 빛나는 것을 가리켰다. 따라서 이 말 또한 맥락에 따라 '가상'과 '빛' 등으로 이중적으로 옮길 수밖에 없었으며, 이중적인 의미가 동시에 나타날 경우에는 두 가지 의미를 병기해 놓았다. 아무튼 '가상'에 대한 3부에서의 논의에서 볼 수 있듯이 이 말은 실제로는 명확하게 부정적인 의미와 긍정적인 의미가 나뉘지 않아 번역하기에도 또 읽기에도 그리

삶을 진리 내실에게 빚지고 있는가 하는 물음이 그것이다. 왜냐하면 이 두 내실이 작품 속에서 분리되어 나가면서 해당 작품의 불멸성에 대한 결정을 내리기 때문이다. 이러한 의미에서 작품의 역사는 작품에 대한 비평을 준비하며, 따라서 역사적 거리가 비평의 힘Gewalt을 증가시켜준다. 하나의 비유를 사용하자면, 만약 성장해가는 작품을 불꽃을 튀기며 타오르는 장작에 비유한다면 그것 앞에 서 있는 주석자는 화학자와 같으며 비평가는 연금술사와 유사하다. 화학자에게는 장작과 [타고 남은] 재만이 분석 대상인 데 반해 연금술사에게는 불꽃 자체만이 수수께끼를 감추고 있다. 즉, 생동감 넘치는 어떤 것의 수수께끼를. 이처럼 비평가는 진리를 묻는 존재로, 진리의 살아 있는 불꽃은 과거에 존재했던 것의 무거운 장작과 체험된 것의 가벼운 재위에서 계속 타오르고 있다.

B 계몽주의 시기의 사상 내실

괴테뿐만 아니라 동시대의 독자들에게도 이 작품 속의 구체적 사실들은 그것들이 존재한다는 사실까지는 아니더라도 그것들이 가진 의미는 대부분 감추어져 있었을 것이다. 그러나 작품 속에 숨어 있는 영원한 것은 오직 그러한 사실들을 기반으로 했을 때만 모습을 드러낼 수 있기 때문에 동시대의 비평은 모두 제아무리 뛰어난 것일지라도 작품 속에서 휴식 중인 진리보다는 움직이고 있는 진리를, 영원한

쉽지 않은 용어이다. 이와 관련해서는 본문에서 벤야민이 베일과 가상과 미에 대해 논하고 있는 3부를 참조하면 큰 도움이 될 것이다.

존재보다는 일시적인[시간적인] 작용을 더 많이 파악한다. 하지만 아무리 사실들이 작품 해석에 있어 귀중한 것일지라도 괴테의 창작을 핀다로스[3]의 경우와 동일한 시각으로 바라보아서는 안 된다는 것은 새삼 언급할 필요도 없을 것이다. 그와 정반대로 현존하는 것에 가장 본질적인 모든 내용은 사물의 세계 속에 각인되어 나타날 수 있으며, 아니 그처럼 각인되어 나타나지 않고서는 실현될 수 없다는 생각이 괴테 시대만큼 낯설었던 적은 결코 없었다. 칸트의 비판서와 바제도프[4]의 『초등교육독본』 — 전자는 당시의 경험의 의미에, 후자는 당시의 경험에 대한 직관에 바쳐진 것이다 — 은 방식은 완전히 다르지만 똑같이 명확하게 당시의 경험에 들어 있는 사상 내실의 궁핍함을 증언해주고 있다. 우리는 독일 — 유럽 전체는 아니겠지만 — 의 계몽주의를 규정하고 있는 이러한 특징이 한편으로는 칸트의 필생의 작업과 다른 한편으로는 괴테의 창작의 필수불가결한 전제조건으로 작용했음을 알 수 있다. 왜냐하면 칸트의 작업이 완료되고 현실이라는 벌거벗은 숲을 가로지르기 위한 도정의 안내도가 작성된 바

3) 핀다로스(기원전 518년?~438년?)는 고대 그리스의 서정시인으로 왕후와 귀족들을 찬미하는 시를 지었다. 이후 민주주의의 물결로 왕후와 귀족들이 몰락하자 상실된 세계의 고귀한 영혼의 부활을 절규하는 불후의 명시를 많이 남겼다. 벤야민은 동시대인인 헬링그라트(Norbert v. Hellingrath, 1888~1916년)의 업적을 통해 횔덜린의 핀다로스 번역본을 알게 되고 그로부터 큰 영향을 받았다. 횔덜린 전집의 최초 편집자인 헬링그라트는 제1차세계대전 이전에 슈테판 게오르게와 친구가 되었으며, 게오르게는 1928년 「노베르트」라는 추념시로 제1차 세계대전에서 사망한 그를 기린 바 있다.
4) 바제도프(Johannes Bernhard Basedow, 1724~1790년)는 독일의 계몽주의 시기에 박애주의를 제창한 교육학자로 18세기 독일의 가장 탁월한 교육 이론가였다. 그의 저서 『초등교육독본 *Elementarwerk*』(전4권, 1774년에 출판되었으며 1913년에 프리취의 편집으로 라이프치히의 비겐트 출판사에서 재출간되었다)은 출간 당시 널리 읽혔으며, 이후에도 그의 사상은 오랫동안 교육에 응용되었다.

로 그 순간 영원히 성장할 수 있는 종자에 대한 괴테의 탐색이 시작
되었기 때문이다. 그리하여 윤리적 · 역사적인 것보다는 신화적 · 문
헌학적인 것을 파악하려는 의고전주의Klassizismus 사조가 등장하
게 되었다. 그러한 흐름에 따른 사유는 생성 중인 이념이 아니라 삶
과 언어 속에 보존되어 있는 것과 같이 이미 형성된 내실들을 겨냥하
고 있었다. 헤르더[5]와 실러[6] 이후에는 괴테와 빌헬름 폰 훔볼트[7]가
지도적 역할을 담당했다. 괴테의 만년의 작품들에서 제시되고 있는
새로워진 사상 내실은 『서동시집』[8]에서처럼 일부러 강조하지 않는

---

5) 헤르더(Johann Gottfried von Herder, 1744~1803년)는 쾨니히스베르크 대학에서 공부
했으며 그곳에서 젊은 칸트와 J. G. 하만의 감화를 받았다. 1776년에는 문학상의 제자라
고 할 수 있는 괴테의 추천으로 바이마르 궁정의 목사로 초빙되었다. 동시대의 하만, 야
코비 등과 함께 직관주의적 · 신비주의적 신앙을 앞세우는 입장에서 칸트의 계몽주의
적 이성주의 철학에 반대했다. 역사를 여러 힘들의 경합에서 조화에 이르는 진보의 과
정이라고 보는 『인류역사철학고』(1784~1791년)의 역사철학은 레싱을 통해 계승되며,
나중에 헤겔의 역사철학의 구성으로 이어진다. 또 『언어의 기원에 대한 논고』(1772년)
는 나중에 훔볼트의 언어 철학에 큰 영향을 주었다.
6) 실러(Friedrich Schiller, 1759~1805년)는 괴테와 함께 독일 고전주의 문학의 2대 시인으
로 꼽히는데, 그의 작품 세계는 『돈 카를로스』(1787)를 경계로 둘로 나뉘는 것으로 평가
된다. 즉 『군도』를 대표로 하는 전기 작품에서는 통렬한 사회 비판과 자유에 대한 동경
이 잘 보여주듯이 외적이고 정치적인 자유를 주제로 한 격렬한 모습을 띠었으나 개인
의 사랑을 초월하여 인류애에 눈을 뜨는 과정을 그리고 있는 『돈 카를로스』를 기점으
로 이후의 작품에서는 내적 자유를 추구하는 개인의 숭고하고 유구한 모습이 나타나고
있다. 이와 함께 고대 그리스를 비롯해 여러 민족과 문화의 역사적 발전에 특히 많은 관
심을 기울였다.
7) 훔볼트(Karl Wilhelm von Humboldt, 1767~1835년)는 정치가이자 언어학자, 철학자로
근대 서구 대학의 모델이 된 베를린 대학을 설립했다. 괴팅겐 대학 등에서 수학한 후
1794년부터 예나에 살면서 실러 및 괴테와 교제했다. 1809년 프로이센의 문교장관이 되
어 베를린 대학 설립에 진력하는 한편 공사(公使)로서 1814년 파리평화회의(제1차 파리
조약), 1814~1815년 빈회의에 참석하는 등 헌법 문제에 관여하기도 했다. 이후 언어 연
구에 주력해 바스크어 연구에서 출발해 언어의 비교연구로 나아가고, 아메리카 대륙 원

한 동시대인들에게는 간과되었는데, 그것은 고대〔핀다로스의 시대〕
의 삶에서 그와 상응하는 현상이 일어났을 때와는 정반대로 사상 내
실을 탐구하는 것 자체가 괴테 시대 사람들에서는 낯설었던 데서 기
인한다.

주민들의 여러 언어를 연구하였다. 싼쓰끄리뜨에 정통하고, 남양 여러 섬의 언어, 특히
자바 섬의 카부이어(語)를 연구했다.
8) 이 시집은 1819년에 출간되었다.

2
『친화력』에 있어서의 신화적 세계의 의미

A 신화적 법질서로서의 혼인

① 계몽주의시기의 혼인

계몽주의 시기의 가장 숭고한 정신의 소유자들에게 있어 내실에 대한 예감이나 사태Sache에 대한 통찰이 얼마나 명료했는지, 그럼에도 불구하고 사상 내실에 대한 직관에까지 정신의 잠재력을 높이는 능력이 얼마나 결여되어 있었는지는 혼인이라는 사태에 맞닥뜨려보면 이론의 여지없이 분명해진다. 동시에 『친화력』에서 사상 내실에 대한 새로운, 종합적 직관 — 이것 또한 여기서 처음으로 이루어지고 있다 — 을 겨냥하고 있는 이 시인의 고찰이 명시적으로 나타나고 있는 것 또한 인간의 삶의 내실에 대한 가장 엄격하며 가장 구체적인 표현 중의 하나인 이 혼인이라는 사태 속에서이다. 『도덕 형이상학 *Metaphysik der Sitten*』[1]에서 볼 수 있는 혼인에 대한 칸트의 정의는 종종 그저 깐깐한 사람의 진부한 말씀의 실례나 노망든 만년의 기행(奇行)으로서나 상기되곤 하지만 그것은 자기 자신에게 순정하게 충실한 채 괜한 감상에 기반한 억지보다 훨씬 더 깊이 사태Sachverhalt 속으로 파고 들어가는 이성ratio의 가장 숭고한 산물이다. 물론 사상 내실 자체는 철학적 직관 — 좀 더 정확하게는 철학적 경험이라고 해야겠지만 — 에게만 위임되어 있을 뿐 그러한 억지뿐만 아니라 이성에게는 닫혀 있지만 억지가 끝없는[무근거한] 궤변에 빠지는 데 반해 칸트적 이성은 정확하게 올바른 인식이 형성되는 근저[지반]에 다다른다. 따라서 그러한 이성은 혼인을 이렇게 규정한다.

혼인이란 성(性)을 달리 하는 두 사람이 각각의 성적 특성[성기]을 평생에 걸쳐 서로 소유하기 위한 결합을 말한다. — 자식을 낳아 기르려는 목적이 양성에게 다른 성에 대한 욕구를 심어준 자연의 하나의 목적일 수는 있지만 혼인을 하는 사람은 반드시 그것을 목적으로 해야 한다는 것이 혼인에 의한 결합의 적법성을 위해 반드시 요구되는 것은 아니다. 왜냐하면 그렇지 않으면, 즉 자식을 더 이상 낳지 못하게 되면 그와 동시에 혼인도 저절로 해소되기 때문이다.[2]

분명 이렇게 혼인의 [자연적] 본성Natur에 부여한 정의로부터 혼인

1) 이 책은 1797년에 출간되었다. 칸트는 1724년에 태어나 잘 알려져 있다시피 평생 독신으로 쾨니히스베르크에 살다가 그곳에서 1804년에 사망했다. 칸트의 묘비에는 '저 하늘엔 별이, 우리 마음엔 도덕률이'라는 문구가 새겨져 있다고 하는데, 이러한 칸트의 실천이성의 정언 명령과 위의 '도덕 형이상학'은 벤야민의 말대로 이 시대의 사상 내실과 진리 내실의 간극을 잘 보여주고 있다.
2) 『도덕 형이상학』, 1부 『법이론의 형이상학적 기본 원리』 중의 1편 법론 24절 사법.

의 윤리적 가능성, 심지어 필연성까지 연역해낼 수 있으며, 이런 식으로 혼인의 법적 현실성까지 증명할 수 있다고 생각했던 것은 이 철학자의 가장 심각한 오류였다. 혼인의 즉물적[실용적]sachlichen 본질로부터 연역해낼 수 있는 것은 분명 그것의 타락상뿐이다. ─ 그리고 칸트 역시 부지불식간에 그러한 결과에 이르고 만다. 하지만 결정적인 것은 혼인의 내실은 결코 사상(事象)에 대해 연역적 관계에 있는 것이 아니라 오히려 그러한 사태를 표시하는 봉인으로 파악되어야 한다는 것이다. 봉인이라는 형태가 밀랍이라는 재료에서 연역될 수 없으며, 봉함(封緘)이라는 목적에서도 또 볼록면이 오목면으로 되어 있는 인장(印章)으로부터도 연역될 수 없듯이, 그리고 봉인은 과거에 봉인을 해본 경험이 있는 사람만 알아볼 수 있으며 인장에 있는 이름의 첫 머리글자들이 암시만 하고 있는 이름을 알고 있는 사람 앞에서만 비로소 분명해지듯이 〔혼인이라는〕 사태의 내실 또한 그러한 사태의 구성에 대한 통찰로부터도, 나아가 그것의 용도에 대한 조사로부터도, 심지어 그것의 내실에 대한 예감으로부터도 연역될 수 있는 것이 아니라 오직 그러한 사태가 담지하고 있는 신적인 각인에 대한 철학적 경험 속에서만 파악될 수 있으며, 신에게서 유래하는 이름을 직관하는 지복(至福)의 시선에게만 분명해진다. 이런 식으로 마침내 존속하고 있는 사물들의 사상 내실에 대한 통찰이 완전해졌을 때야 비로소 그러한 통찰은 사물들의 진리 내실에 대한 통찰과 합치된다. 여기서 진리 내실이란 사상 내실의 진리 내실이라는 것이 분명해진다. 그러나 그럼에도 불구하고 진리 내실과 사상 내실을 구별하는 것 ─ 그리고 그러한 구별과 더불어 작품에 대한 주석과 비평을 구별하는 것 ─ 이 무의미하지는 않을 것이다. 사태와 그것의 예정된 용도에 대한 연구가 그것의 내실에 대한 예감과 마찬가지로 어떠한 경험보다 선행해야 하는 여기에서보다 더 직접성을 향한 탐구가 혼란을 겪고 있는 곳도 없을 것이기 때문이다. 그런 식으로 사안의 실재에 입각해sachlich 혼인을 규정하고 있다는 점에서 칸트의 명제는 완전한 것이며, 혼인에 대해서는 도대체 감조차 잡을 수 없다는 의식에 있어서는 숭고하기까지 하다. 아니면 우리는 그만 그의 명제를 흥미 위주로만 받아들여 그것에 앞서는 문장을 잊어버린 것은 아닐까? 문제의 단락은 이렇게 시작된다.

> 성의 공동소유(*commercium sexuale*〔성교〕)란 타인의 성기와 성적 능력의 상호 이용(*usus membrorum et facultatum sexualium alterius*)을 말하며, 그러한 이용은 자연적인 것(이것에 의해 동류를 낳을 수 있다) 아니면 부자연적인 것일 수 있으며, 후자는 동성 간의 인간 또는 인류와는 다른 종인 동물을 대상으로 행해진다.[3]

이것이 칸트의 생각이다. 『도덕 형이상학』에 나오는 이 구절 옆에 모차르트의 <마술피리>[4]를 나란히 놓고 보면 당시 사람들이 혼인에 대해 갖고 있던 가장 극단적〔으로 대립적〕인 동시에 가장 심오한 두 종류의 견해를 엿볼 수 있을 것처럼 보인다. 왜냐하면 원래 혼인 관계에 있어서의 사랑은 얼마든지 오페라로 다루는 것이 가능한 만큼[5] <마술피리>는 최대한 그것을 주제로 삼고 있기 때문이다. 이것은 심지어 코헨[6]조차 — 앞서 언급한 칸트와 모차르트의 작품은 모차르트

---

3) 앞의 책.
4) <마술피리>는 모차르트(1756~1791년)의 1791년 작품이며, 칸트의 『도덕 형이상학』은 1797년에 출간되었다.

의 오페라 대본에 관한 코헨의 만년의 저서[7]와 너무나 존엄한 정신 속에서 만나고 있다 — 충분히 인식하지는 못했던 것처럼 보인다. 이 오페라의 내용을 구성하고 있는 것은 사랑하는 사람들의 갈망보다 는 혼인 관계에 있는 사람들 사이의 변함없는 마음이다. 두 사람이 불길을 헤치고 물길을 뚫고 지나가야 하는 것은 서로를 얻기 위해서 뿐만 아니라 영원히 하나로 결합되어 있기 위해서이다. 여기서는 아 무리 프리메이슨 정신[8]이 모든 실제상의 결합들을 해소시킬 수밖에

5) 모차르트의 3대 오페라로 꼽히는 <피가로의 결혼>, <돈 조반니>, <코지 판 투테>가 모두 이탈리아어로 부르는 화려하고 세련된 희극 오페라들인 데 반해 <마술피리>는 당시 외국어(이탈리아어)를 이해하지 못하는 서민들을 위해 만들어진 소박한 징슈필 (Singspiel, 연극처럼 중간에 대사가 들어있는 독일어 노래극)이었다. <마술피리>가 초연 된 빈의 극장 역시 '소시지 굽는 냄새가 진동하는 장터에 줄을 서서 입장권을 사야 하 는' 서민적인 곳이었다고 한다.
6) 코헨(Hermann Cohen, 1842~1918년)은 마르부르크의 신칸트주의 학파의 공동 설립 자 중 하나로 윤리학, 인식론, 미학에 관한 다수의 저서가 있다. 그는 철학과 유대 신학 을 결합시키기 위한 중요한 작업을 수행했다. 이 논문에서 벤야민은 (비록 명시적으로 전거를 밝히고 있지는 않지만) 코헨의 『유대교의 원천으로부터 나온 이성의 종교』(1919 년)에 크게 의지하고 있다. 코헨은 앞의 저서에서 합리적 일신론과 신화에 의해 지배되 고 있는 다신론을 날카롭게 구분하고 있다.
7) 『모차르트의 오페라 대본의 연극 이념 Die dramatische Idee in Mozarts Operntexte』, 베를 린, 브루노 카시러, 1915년, 105~115쪽.
8) <마술피리>는 프리메이슨적 연극으로도 유명하며, 또한 모차르트 본인이 프리메이 슨 단원이었던 것으로 알려져 있다. 이 오페라는 사랑하는 남녀가 갖가지 시험과 고초 를 통과해 마침내 결혼에 이르는 '고대 시련 소설'의 형식을 취하고 있지만 이러한 기 본 이야기 속에 모차르트는 당시 자신이 가입하고 있던 프리메이슨의 이상을 엮어 넣 었다. 프리메이슨은 중세 석공들의 동업조합에서 비롯된 근대 유럽의 남성 엘리트 비밀 결사로 당시 모차르트가 살던 빈의 학자, 예술가, 계몽 귀족들은 자유, 평등, 박애의 인 본주의 사상과 관용의 정신을 최고의 가치로 여기는 프리메이슨에 참여하고 있었다. < 마술피리>에 등장하는 현명한 지도자 자라스트로의 성은 바로 이 프리메이슨의 세계 를 구현한 곳으로, 지혜와 이성과 자연이 삼위일체를 이뤄 사람들에게 행복하고 절도

없다 해도 〔혼인이라는 것의〕 내실에 대한 예감이 정절의 감정 속에서 가장 순수한 표현에 이르고 있다.

② 『친화력』에서의 혼인

괴테는 『친화력』에서 정말 칸트나 모차르트보다 혼인의 사상 내실에 더 가까이 다가가고 있는가? 지금까지의 괴테 문헌학 전체가 해온 대로 혼인에 대해 미틀러[9]가 말하는 것을 진심으로 괴테의 생각으로 받아들인다면 단호하게 그렇지 않다고 말해야만 할 것이다. 아무것도 그러한 가정을 허용하지 않지만 왜 그렇게 가정하는지는 충분히 이해가 된다. 소용돌이에 휘말린 듯 빙빙 돌며 침몰해가고 있는 이 소설의 세계 속에서 현기증에 사로잡힌 작가의 시선은 버팀목을 찾고 있다. 하지만 거기에는 그저 잔뜩 얼굴을 찌푸린 채 투덜거리는 자의 푸념만이 존재할 뿐인데도 불구하고 사람들은 그것을 있는 그대로 진실이라고 받아들이고는 만족해하고 있는 것이다.

결혼 생활을 모독하는 자에게는 호소의 말로써, 나아가 모든 도덕적 사회의 기반을 파괴하는 자는 행동으로써 내가 가만두지 않을 거요. 그런 자를 나로서도 어찌할 수 없을 바에는 아예 일절 상대조차 하지 않겠소 결혼이라는 것은 모든 문화의 시작이자 정점이오 그것은 거친 자들을 부드

있는 삶의 길을 가르쳐주는 세계로 그려지고 있다. 이 작품의 기본적인 갈등 구조인 자라스트로와 밤의 여왕의 대결은 빛과 어둠, 또는 선악의 대비를 상징하며, 마침내 자라스트로가 밤의 여왕을 물리친다는 결말은 프리메이슨의 근본 사상인 선의 승리를 암시하는 것으로 해석되기도 한다. 괴테 또한 1780년 프리메이슨에 입단해 1830년에 명예회원으로 추대된 것으로 알려져 있다.
9) 소설 속의 등장인물로 목사이다.

럽게 만들어주며, 아무리 교양 있는 자라도 자신의 온화함을 입증해 보이기에 이보다 더 좋은 기회는 없을 것이오 혼인 관계는 무효화할 수 없는 것이어야 하오. 왜냐하면 혼인은 너무나 많은 행복을 가져다주기 때문에 그에 비하면 결혼으로 인한 여러 가지 불행 등은 아무것도 아니기 때문이오 더구나 도대체 불행이란 게 무엇이오? 때때로 인간을 덮치는 초조함이란 놈이 그것일 것이오. 그것이 덮치면 인간은 불행하다고 느끼곤 하지요 그러한 순간만 지나면 그토록 오랫동안 지속되어온 것이 여전히 유지되고 있다는 것에 자신은 행복한 사람이라고 말할 것이오. 서로 헤어지는 이유치곤 충분한 근거를 가진 것은 하나도 없소. 인간의 모습이란 고뇌와 관련해서나 기쁨과 관련해서나 너무나 고매하게 만들어져 있어 한 쌍의 부부가 서로에게 무엇을 빚지고 있는지 등은 도저히 헤아릴 수 없다오. 그것은 영원히 해야 겨우 청산할 수 있는 무한의 빚이지요. 물론 간혹 번거로울 때도 있을 테지요. 그것을 모르는 바는 아니오. 그것은 얼마든지 그럴 수도 있지요. 우리는 또한 양심과도 결혼하고 있지 않을까요? 우리는 종종 그것에서 벗어나고 싶어 하지요. 그것이 남편이나 아내 이상으로 불편하니 말이오.[10]

심지어 이 까다로운 도덕군자의 본색을 간파하지 못한 사람들조차 여기서 다시 한 번 깊이 생각해보았어야만 하는 것은, 미심쩍은 무리들을 질책해야 한다면 종종 조금도 가차 없는 모습을 보였던 괴테조차 미틀러의 이 말에 대해서는 달리 뭐라고 더 언급할 마음이 없었다는 사실이다. 그와 정반대로 여기서는 막상 본인은 독신인 데다 주변

10) 『친화력』(88~89쪽[1부 9장]). 미틀러는 백작 및 남작부인과 가까운 지인이지만 두 사람의 관계를 비난한다.

의 모든 남자들 중 가장 지체가 낮은 것처럼 보이는 인물이 위에서처럼 결혼 철학을 한껏 풀어놓는 것이야말로 극히 시사적이다. 어떤 중요한 일이 있어 이 남자가 한바탕 말씀을 늘어놓을 때마다, 즉 신생아가 세례를 받을 때든 아니면 오틸리에가 친구들과 마지막 시간을 보낼 때든 그의 말은 자리에 어울리지 않는 생뚱맞은 것이 되고 만다.[11] 그리고 심지어 위에서 인용한 부분에서 그의 말이 얼마나 품위 없는지가 여러모로 확인되었는데도 괴테는 미틀러의 이 유명한 결혼 변호론 후에 이렇게 글을 마무리 짓고 있다.

> 그처럼 그는 너무나 의기양양하게 이야기했다. 〔……〕 원래대로라면 더욱 장황하게 말했을 것이다.[12]

실제로 그러한 일장연설은 한도 끝도 없이 계속될 수 있었을 텐데, 칸트의 말을 빌리자면 그것은 근거도 없이 인도주의인 척하는 격언과 흐리멍덩한 기만적인 법률적 본능이 '뒤섞인' '구역질나는 잡동사니'[13]일 뿐이다. 누구도 거기 들어 있는 불순한 것을, 즉 부부 생활에 있어서의 진실에 대한 무관심을 간과해서는 안 될 것이다. 모든 것이 법규Satzung에 대한 요구로 귀착된다. 그러나 실제로 혼인은 결코 법으로, 즉 제도로서 정당화되는 것이 아니라 오로지 사랑의 존속

---

11) 2부 8장(234쪽)과 18장(310쪽). 세례식에서 시므온의 말('주여 당신의 종을 평화로 인도하소서, 나의 두 눈은 이 집의 구세주를 보았나이다')을 엉뚱하게 인용하는 바람에 늙은 목사는 동요한 나머지 쓰러져 죽고 만다. 나중에 미틀러가 십계명의 아홉 번째 계명('간음하지 말지어다')과 관련된 장광설을 쏟아내자 오틸리에는 기절해 쓰러지고 그것이 그녀의 죽음을 재촉한다.
12) 89쪽(1부 9장).

에 대한 하나의 표현으로서만 정당화되며, 사랑은 본래 그러한 표현을 삶보다는 죽음 속에서 추구한다. 그러나 이 작가에게 있어 이 작품에서 법 규범의 각인은 빠뜨릴 수 없는 것이었다. 왜냐하면 그는 미틀러처럼 혼인에 근거를 부여하려고 했던 것이 아니라 오히려 혼인의 몰락 속에서 발생하는 힘들을 보여주려고 했기 때문이다. 그러나 그러한 힘들이란 물론 법이라는 것이 갖고 있는 신화적 위력 Gewalt을 말하는 것으로, 그러한 힘들 속에서 혼인이란 그저 몰락이 진행되는 것에 지나지 않는다. 왜냐하면 혼인 관계의 해소가 파멸적인 것은 오직 그것을 초래하는 것이 지고의 힘들Machte이 아니기 때문이다. 그리고 오직 이처럼 평온을 깨뜨리는 재앙 속에서만 파멸의 집행은 피할 수 없는 무시무시한 성격을 띠게 된다. 하지만 실제로 바로 그것을 통해 괴테는 사상(事象)에 입각한 혼인의 내실에 접근했다. 왜냐하면 비록 그러한 내실을 전혀 왜곡되지 않은 모습 그대로 명시하는 것이 괴테의 의도는 아니었다고 하더라도 파멸해가는 혼인 관계에 대한 그의 통찰은 충분히 예리하기 때문이다. 혼인 관계는 몰락에 접어들 때에야 비로소 미틀러가 금과옥조로 여기는 법적 관계에 놓이게 된다. 하지만 비록 괴테가 분명 이 혼인이라는 결합의 도덕적 존립에 대한 순수한 통찰을 얻을 수 없었다고 하더라도 혼인법에 의해 혼인에 근거를 부여하는 것은 생각조차 하지 않았던 일이다. 그에게 있어 혼인의 도덕성은 가장 깊숙한 곳에 감추어져 있는 가장 비밀스런 근거에 있어 결코 의심의 여지가 없는 것은 아니었다. 그러한 도덕성과 대조적으로 그가 백작과 남작부인의 삶의 방식을

---

13) 『도덕 형이상학을 위한 기초 놓기』, 2장, 「대중적인 도덕 철학에서 도덕 형이상학으로 넘어감」.

통해 묘사하려고 했던 것은 부도덕이라기보다는 삶의 무상함이었다. 그것은 다름 아니라 두 사람이 본인들이 현재 맺고 있는 관계의 윤리적 성격도 또 그들이 이제 막 벗어난 과거의 관계의 법적 성격도 모두 자각하고 있지 않은 사실만 보아도 분명하게 입증된다. ─『친화력』의 주제는 결혼이 아니다. 혼인이 가진 윤리적 힘Gewalt은 이 작품 어디서도 찾아볼 수 없다. 처음부터 그러한 힘들은 만조 때 수면 아래로 가라앉는 해안가처럼 모습을 감추고 있다. 이 작품에서 혼인은 결코 윤리적 문제도 또 사회적 문제도 아니다. 즉 이 작품에서 혼인은 결코 부르주아적 삶의 형식이 아니다. 혼인 관계의 해소라는 사태 속에서 모든 인간적인 것은 현상이 되며, 신화적인 것만이 본질로서 남는다.

물론 외관상으로는 그렇지 않은 것처럼 보인다. 외관상으로 볼 때는 혼인 관계에서 엿볼 수 있는 정신성의 경우 혼인의 붕괴라는 사태조차 당사자들의 도의성Sitte을 조금도 떨어뜨릴 수 없는 혼인에서보다 더 고차원적인 정신성은 생각할 수 없을 것처럼 보인다. 하지만 예의범절Gesittung의 영역에서 고귀함은 어떤 인물과 그의 언설의 관계와 연결되어 있다. 아무리 고귀한 말이라도 해당 인물에 어울리지 않으면 고귀함이 의심스러워진다. 물론 이 법칙이 무제한으로 타당하다고 주장한다면 큰 잘못을 범하는 것이겠지만 이 법칙은 예절의 영역을 크게 넘어서 확대된다. 의문의 여지없이 언설의 내용이 그것에 뚜렷한 각인을 부여하는 사람과 관계없이 타당한 언설의 영역이 존재하며 ─ 바로 그것이 최고의 언설 영역이라 해도 ─ 그럼에도 불구하고 고귀함을 인물과 언설 사이의 관계와 연결시키고 있는 위의 필수적인 조건은 가장 넓은 의미에서의 자유의 영역에서 침범할 수 없는 것으로 남는다. 예의범절을 나타내주는 개인적 각인, 정신의 개별적 각인, 즉 교양Bildung이라고 불리는 모든 것이 이 영역에 속해 있다. 무엇보다 이 작품 속에서 친밀한 관계를 맺고 있는 사람들이 보여주고 있는 것이 이 교양이다. 그렇다면 그것은 진정 그들의 상황에 어울린다고 할 수 있을까? 자유는 우유부단을 배척하고 명료함은 침묵을 허용치 않으며 판결은 관용을 받아들이지 않는다. 이처럼 교양이라는 것은 자유롭게 표명될 때만 가치를 유지할 수 있다. 이것은 또한 이 작품의 줄거리에 의해서도 아주 확실하게 제시되고 있다.

B 신화적 자연 질서

① 대지의 요소

줄거리를 이끌어가는 중심인물들은 교양 있는 사람들로서 미신으로부터 거의 자유롭다. 에두아르트에게서는 가끔 미신이 얼굴을 내밀지만 그것도 처음에는 단지 행운의 전조에 대한 집착이라는 보다 사랑스러운 형태로 나타날 따름이다. 반면 단 한 사람, 보다 통속적인 성격의 소유자인 미틀러에게서만은 자기만족적인 행동에도 불구하고 흉조에 대한 거의 본래의 미신에 가까운 불안감의 흔적을 엿볼 수 있다. 오직 그만이 경건한 두려움이 아니라 미신적인 공포심 때문에 다른 장소들에서와 마찬가지로 공동묘지 안에 발을 들여놓기를 꺼리는데,[14] 반면 친구들[15]에게는 묘지를 어슬렁거리는 것이 그다지

14) "그가 그새 마을을 지나 교회 마당의 정문까지 말을 달려와서는 그곳에 서서 친구들을 향해 이렇게 외치고 있었던 것이다. ……그[교회] 안으로는 말을 타고도, 마차를

상스러운 짓거리도 아니고 또 묘지를 제멋대로 바꾸는 것도 금지되어 있지 않은 것처럼 보인다. 그들은 아무런 주저함도 없이, 정말 아무 거리낌 없이 모든 비석을 교회 벽을 따라 죽 늘어놓은 다음 땅을 고르게 골라 가운데에 좁은 길을 하나 내고는 나머지 땅에는 목사가 클로버 씨앗을 심도록 내버려둔다. 신화뿐만 아니라 종교적인 의미에서도 살아있는 자들에게서 발아래에 있는 대지의 기반을 이루고 있는 선조들의 묘로부터 마음을 떼어내는 것보다 더 철저하게 관습과 단절하는 것은 생각할 수 없을 것이다. 이렇게 행동하는 등장인물들의 자유는 그들을 어디로 이끄는 것일까? 자유는 새로운 인식들을 펼쳐 보여주기는커녕 그들이 두려워하는 것 속에 깃들어 있는 실재 Wirkliches에 눈이 멀게 만든다. 그러한 인식들이 그들에게는 걸맞지 않기 때문이다. 예의습속Ritual — 본래의 맥락에서 분리되어 형해화된 흔적 형태로만 존속하는 경우에만 그것을 미신이라고 불러야 하지만 — 의 엄격한 준수만이 이러한 인물들에게 그들이 거기에서 살아가는 자연에 맞설 수 있는 의지처를 약속해줄 수 있는 것이다. 이 자연은 신화적 자연만이 그런 것처럼 초인간적 능력을 갖고 [주변을] 위협하면서 작용하기 시작한다. 그러한 신화적 자연의 힘이 아니라면 과연 누가 죽은 자들의 땅 위에 클로버를 심은 늙은 목사를 [아기의 세례식 자리에서] 주저앉아 죽게 만들 수 있겠는가?[16] 그러한 힘이 아니라면 과연 누가 아름답게 장식된 무대 위를 창백한 빛 속에

타고도, 그리고 걸어서도 들어가지 않겠네. 저기 저 사람들은 다 평화롭게 쉬고 있는 자들이거든. 그 자들과는 볼일이 없지요"(25쪽[1부 2장]).
15) 4명의 중심인물을 말한다.
16) 『친화력』, 234쪽(2부 8장).

놓아둘 수 있을까? 왜냐하면 그러한 빛이 풍경 전체를 — 좀 더 말 그
대로의 의미뿐 아니라 보다 비유적인 의미에서도 — 골고루 지배하
고 있기 때문이다. 어떤 곳에서도 이 풍경 전체는 햇볕을 받으며 나
타나지 않는다. 그리고 장원에 대해서는 그렇게도 많이 언급되면서
도 작황이나 농사 — 이것은 낙이 아니라 생계를 위해 하는 것이다
— 에 관한 것은 전혀 화제에 오르지 않는다. 그러한 종류의 것이 —
포도 수확에 대한 예상 — 단 한 번 암시되기는 하지만 그것도 잠시
뿐 줄거리는 다시 거기서 벗어나 남작부인의 영지에 관한 화제로 옮
겨가고 만다. 그런 만큼 땅속의 자기력에 대해서는 한층 더 명료하게
이야기된다. 이 자기력에 대해 괴테는 —『친화력』과 거의 비슷한 시
기에 쓴 것처럼 보이는 —『색채론』에서 이렇게 말하고 있다. 주의
깊은 관찰자에게 자연은

> 결코 죽어 있지도 침묵하지도 않는다. 아니 자연은 단단한 땅덩어리 이외
> 에도 금속〔자성을 띠는 철을 가리킨다〕이라는 친한 친구를 덤으로 주었
> 는데, 우리는 그것의 가장 미세한 부분들로부터 전체 덩어리에서 일어나
> 는 것을 지각하게 된다.[17]

괴테의 인물들은 이 힘들과 교류하며, 땅 위에 있는 것들과의 놀이만
큼이나 땅 밑에 있는 것들과의 놀이도 즐기고 있다. 하지만 지상을
아름답게 장식하기 위한 그들의 지칠 줄 모르는 준비란 궁극적으로
비극의 무대를 위한 배경막의 교체가 아니라면 무엇이란 말인가? 이
런 식으로 비밀스러운 힘Macht이 이 시골 귀족들의 삶 속에서 아이

---

17) 괴테,『색채론』,「머리말」, 장희창 옮김, 민음사, 30쪽.

러니한 형태로 드러나고 있다.

② 물

그러한 힘의 표현을 대지와 관련된 요소와 더불어 짊어지고 있는 것이 물이다. 거울처럼 잔잔한[죽어있는]toten 수면 아래에서 호수는 결코 재앙으로 가득한 본성을 거스르지 않는다. 이에 대해 제법 오래된 한 평론은 '정원의 놀이 호수 주변을 지배하고 있는 악마적이며 소름끼치는 운명'[18]이라고 의미심장하게 지적하고 있다. 삶의 카오스적 요소로서의 물은 여기에서는 인간을 파멸시키는 험한 파랑이 아니라 인간을 바닥으로Grunde 가라앉히는 불가사의한 정적 속에서 인간을 위협한다. 운명이 지배하는 한 사랑하는 사람들은 가라앉고 만다. 단단한 대지의 축복을 경시할 때 그들은 잠잠한 물속에 태곳적 모습으로 나타나는 불가해한 어떤 것의 소유물이 된다. 호수의 오래된 힘이 그들에게 말 그대로 저주하는 광경을 보게 된다. 즉 단단한 대지를 야금야금 먹어 들어가며 세 개의 연못을 하나로 잇는 일은 결국 한때 그곳에 있던 산중의 호수를 재현하는 것이었기 때문이다. 이 모든 것에서 인간들의 손아래서 인간의 힘을 초월하는 힘으로 작용하고 있는 것은 자연 그 자체라고 할 수 있다. 실제로 '나룻배를 플라타너스 나무들이 있는 쪽으로 밀어내주는' 부드러운 바람조차 —『교회 신문』의 서평자가 조롱조로 추측하고 있는 대로[19] — '별들

18) B, 「괴테의 '친화력'에 대해」, 『상류세계지 *Zeitung für die elegante Welt*』(1811년 1월 2일자), 라이프치히. *Goethe im Urtheile seiner Zeitgenossen. Zeitungskritiken, Berichte, Notizen, Goethe und seine Werke betreffend, aus den Jahre 1802~1812.* Julius W. Braun이 수집, 편집했다. 괴테 저작집, 3권, 베를린, 루카르트 출판사, 1885(*Schiller im Urtheile ihrer Zeitgenossen*, 2판), 234쪽.

의 명령 때문에' '이는 것처럼 보인다.' [20]

③ 인간

〔등장〕인물들 자체도 자연의 위세Gewalt를 드러내지 않을 수 없다. 왜냐하면 그들은 이 작품 어디서도 자연의 위세의 손을 벗어나고 있지 않기 때문이다. 그러한 등장인물들과 관련해서는 바로 그러한 사실이 어떠한 문학작품의 등장인물도 결코 윤리적 판단에 종속시켜서는 안 된다는 보다 일반적인 인식의 특별한 근거를 구성하게 된다. 게다가 분명히 그러한 판단이 인간에 대한 윤리적 판단처럼 인간이 다다를 수 있는 모든 인식을 초월하기 때문은 아니다. 오히려 그러한 판단의 근거들 자체가 이미 그것을 작중 인물들에 적용하는 것

---

19) 익명, 「괴테의 '친화력'에 대해(Über Göthes Wahlverwandtschaften)」, 『복음주의 교회신문(Evangelische Kirchen-Zeitung)』, E. W. Hengstenberg 편집, 베를린, 1831년 7월 23일자(5anne). 9권, 59호, 468쪽[57~61호에 걸쳐 실려 있다(16, 20, 23, 27호와 1831년 7월 30일자)]. ― 2부 13장. 오랜 이별 후에 에두아르트와 재회하게 된 오틸리에는 이번에도 그와의 만남에 마음이 혼들리고 팔에 안고 있던 아이를 샤를로테에게 돌려주려 집으로 달려간다. 예전에 에두아르트가 자기 영지인 정원의 연못가(생일잔치에서 익명의 손님이 하나로 연결해 옛날의 호수 모습으로 바꾸면 좋겠다고 제안했던 세 개의 연못 가운데 하나. 1부 9장을 참조하라)에 심은, 그리고 나중에 그가 그녀를 위해 '관목과 풀과 이끼를 치워버린'(123쪽[1부 14장]), 나무들이 늘어선 곳으로 좀 더 빨리 가기 위해 그녀는 나룻배를 타고 연못을 건너기로 한다. 그러다 잘못하여 그녀는 그만 젖먹이를 놓치고 만다. 해가 저물 무렵 나룻배는 물결에 떠밀려 하릴없이 떠다닌다. 오틸리에는 "젖은 시선으로 하늘을 쳐다보며, 도와달라고 외친다. 그 연약한 가슴은 아무 곳에서도 찾을 수 없는 가장 위대한 소망이 하늘로부터 성취되기를 구원하고 있는 것이었다. 그녀는 이미 하나씩 떠서 반짝이기 시작하고 있는 별들을 향해 구원을 빌었고, 그것은 전혀 헛된 일은 아니었다. 부드러운 바람이 일어 나룻배를 플라타너스 나무들이 있는 곳으로 밀어내주는 것이었다"(278쪽[2부 13장]).

20) 『친화력』, 278쪽(2부 13장).

을 이론의 여지없이 금지하고 있기 때문이다. 도덕철학은 창작된 인물들은 윤리적 판단 하에 놓기에는 항상 너무 궁핍하거나 너무 풍요롭다는 것을 엄밀하게 증명해야 한다. 윤리적 판단을 내릴 수 있는 것은 오직 〔현실의〕 인간에 대해서뿐이다. 이 소설 속의 등장인물들은 완전히 자연의 손에 사로잡혀 있다는 점에서 현실 속의 인간들과 구별된다. 따라서 이 소설 속의 인물들에 대해서는 그들을 윤리적으로 판단하는 것이 아니라 사건을 도덕적으로 파악하는 것이 필요하다. 무슨 소리인지도 모르면서 도덕적 차원에서 취향판단 — 그것은 결코 드러내서는 안 되는 것이다 — 을, 그것도 가장 먼저 갈채를 받을 수 있는 곳에서 과감하게 남발하려고 한 것은 예나 지금이나 어리석은 짓이었다. — 졸거[21] 그리고 이후 비엘쇼프스키[22]와 같은 사람들이 한 것이 바로 그러한 작업이었다. 에두아르트라는 인물은 누구도 마음에 들어 하지 않는다. 하지만 코헨은 앞의 두 사람보다 얼마나 더 깊게 보고 있는가. 그의 견해로는 — 『미학』에서 언급하고 있는 바에 따르면 — 이 소설 전체로부터 에두아르트라는 인물을 분리시키려는 것은 터무니없는 짓이다. 이 인물의 신뢰하기 힘든 면모, 아니 상스러움은 잃어버린 삶 속에서 덧없이 스쳐가는 절망의 표현이다. 그는 '이러한 결합의 배치 전체에서' 샤를로테에게 스스로를 설명하는 방식 그대로, 즉 '나는 원래 당신에게만 의지하오'라고 말하는 모습 그대로 나타나고 있다.

21) 졸거(Karl Wilhelm Ferdinand Solger, 1780~1819년). 독일의 철학자이자 미학자로 셸링과 피히테의 제자이다. *Nachgelassene Schriften und Briefwechsel*, 티크(Ludwig Tieck)와 폰 라우머(Friedrich von Raumer) 편집, 라이프치히, 브록하우스, 1826년, 1권, 175~185쪽 (*Kleine Aufsätze von Jahre 1809*, "Über die Wahlverwandtschaften").
22) 비엘쇼프스키(Albert Bielschowsky, 1847~1902년)는 독일의 문학사가로 괴테 연구자이다. *Goethe. Seine Leben und seine Werke*, 2권, 11판, 뮌헨, 벡, 1907년, 256~294쪽.

분명 그는 노리갯감이다. 하지만 변덕 — 샤를로테는 변덕이라고 할 만한 것을 전혀 갖고 있지 않다 — 을 위한 노리갯감이 아니라 이 작품의 중심적 본성이 중심(重心)을 확고하게 유지하면서 모든 동요로부터 벗어나 다다르려고 하는 이 힘의 최종 목표를 위한 노리갯감이다.[23]

이 소설 속의 인물들은 처음부터 친화력의 주술에 사로잡혀 있다. 그러나 괴테의 심원하며 예감으로 빛나는 직관에 따르면 그들의 불가사의한 마음의 움직임이나 활동에서 근거를 찾을 수 있는 것은 [모든] 본질의 친밀한 정신적 조화Zusammenstimmen가 아니라 오로지 좀 더 깊이 가라앉은 자연의 층들의 기묘한 조화이다. 이들 등장인물들 사이의 다양한 조합에는 예외 없이 다소의 어긋남이 따라붙는데, 그것이 의미하는 바가 바로 이 자연의 층들이다. 과연 오틸리에는 에두아르트의 플루트 연주에 피아노로 반주를 하지만 에두아르트의 연주는 박자가 틀렸다.[24] 분명 에두아르트는 무엇인가를 낭독할 때 샤를로테에게는 금지한 것[25]을 오틸리에에게는 묵인하지만[26] 그러한 행동은 무례한 것이다. 분명히 그는 오틸리에와 이야기를 하며 멋

23) Hermann Cohen, 『순수 감정의 미학Ästhetik der reinen Gefühle』, 2권, 베를린, 브루노 카시러 출판사, 1912년(System der Philosophie, 3부). 인용문 중 『친화력』에서의 인용은 『친화력』, 52쪽(1부 4장)에 들어 있다.
24) "오틸리에는 마치 에두아르트가 그녀에게 맞추어 반주를 하는 것처럼 느껴질 정도로 그 곡을 익히고 있는 것 같았기 때문이다. 그녀는 그의 결함을 완전히 자신의 것으로 소화하고 있었다. 그래서 그로부터, 사실 박자에 따라 움직이는 않았지만 그래도 아주 쾌적하고 마음에 드는, 전체적으로 생동감 있는 음악이 나왔다. 아마 작곡가 본인도 그의 음악이 그런 식으로 변형된 것을 듣는다면 기뻐했을지 모른다"(78쪽[1부 8장]).
25) 에두아르트는 샤를로테가 자신의 책을 들여다보면 화를 냈지만 오틸리에가 같은

진 시간을 보냈다고 생각하지만 그녀는 아직 한 마디도 하지 않았다.[27] 심지어 두 사람은 같은 통증을 느끼지만 고작 편두통에 불과할 뿐이다.[28] 이 두 인물의 모습은 자연적이지 않다. 자연의 아이 — 지어낸 이야기 속의 자연 상태든 현실적인 자연 상태든 — 란 인간을 말하기 때문이다. 하지만 두 사람은 교양이 있으면서도 막상 본인들은 교양이 — 그것들을 제어할 힘이 없음을 끊임없이 드러내고 있음에도 불구하고 — 정복했다고 주장하는 힘들의 지배하에 놓여 있다. 이러한 힘들이 예절에 맞는 방식에 대해서는 두 사람에게는 감각을 갖도록 만들지만 그들은 윤리적인 것에 대해서는 감각을 상실했다. 이러한 판단들은 두 사람의 행동이 아니라 언어에 관한 것이다. 그것은 두 사람이 느낄 수 있는 능력을 갖고 있으면서도 귀를 막아버리고, 보는 능력을 갖고 있으면서도 침묵한 채 자기 길을 가버리기 때문이다. 신에 대해 귀를 막고 세계에 대해 입을 닫아버린 채로 말이다.. 그들의 변명이 실패로 끝나버리는 것은 두 사람의 행동이 아니라 존재에 의해서이다. 두 사람은 말을 잃어버린다.

행동을 하는 것은 허락한다(43쪽[1부 4장]).

26) "오틸리에가 에두아르트 오른쪽에 앉았는데, 책을 읽을 때면 그는 그쪽으로 등잔을 밀어놓았다. 그럴 때면 오틸리에는 책을 들여다보기 위해 더욱 가까이 다가왔는데, 그녀 역시 책 읽는 사람의 입놀림보다 자신의 눈을 더 신뢰했기 때문이다"(77쪽[1부 8장]).

27) "에두아르트는 샤를로테에게 이렇게 말했다. '편안하고 재밌는 아가씨야.' '재미있다고요!' 샤를로테는 미소를 띠며 말했다. '그 애는 아직 입도 열지 않았는데요.'"(59쪽[1부 6장]).

28) "약간의 편두통이라니 다행이오. 나는 가끔 오른쪽 머리에 통증이 있거든. 함께 두통이 일어나 우리가 서로 마주 앉아서, 나는 오른쪽 팔을 괴고, 그 애는 왼쪽 팔을 괴고, 각기 서로 다른 방향으로 손에 머리를 대고 있으면 보기 좋은 한 쌍의 대칭형이 생겨날 거야"(57~58쪽[1부 5장]).

C 운명

① 이름

이름만큼 인간을 언어와 긴밀하게 결합시키는 것은 없다. 하지만 어떤 문학에서도 『친화력』 분량만큼의 이야기에서 이처럼 소수의 이름만 등장하는 경우도 없을 것이다. 이처럼 이름이 적게 나오는 것에 대해서는 그것을 유형적인 것의 조형(造形)을 선호하는 괴테의 취향 탓으로 돌리는 예의 잘 알려진 해석 외에 또 다른 하나의 해석이 가능하다. 오히려 그것은 극히 밀접한 방식으로 어떤 질서, 즉 그것에 편입된 사람들을 익명의 법아래서, 다시 말해 그들의 세계를 일식의 창백한 빛으로 가득 채우고 있는 숙명에 복종한 채 그럭저럭 살아가도록 만드는 어떤 질서의 본질에 속하는 것이다. 미틀러라는 이름을 제외한 다른 이름은 모두 단순한 세례명이다. 미틀러라는 이름 또한 작가가 그저 장난삼아, 그러니까 누군가를 빈정대기 위해 지어낸 것이 아니라 그러한 이름을 가진 자의 본질을 비할 바 없이 확실하게 가리키는 표현법으로 파악해야 한다. 미틀러는 자기애로 인해 그와 같은 이름에 의해 자신에게 주어지는 것처럼 보이는 암시적인 의미[29]를 무시하는 것을 용납할 수 없으며, 그러한 자기애로 인해 그러한 이름을 폄하하는 사람으로 간주되어야 한다. 이 이야기에는 미틀러 외에도 에두아르트, 오토, 오틸리에, 샤를로테, 루치아네, 난니라는 여섯 개의 이름이 등장한다. 그러나 이들 여섯 개의 이름 중 첫 번째 것은

29) 미틀러Mittler는 '중재자', '조정자'라는 의미이다. 그의 행색에 대해 괴테는 이렇게

말하자면 거짓 이름이다. 그것은 자의적으로, 즉 듣기에 좋다는 이유로 선택된 것으로[30] 특징상 비석을 제멋대로 옮기는 것과 흡사한 행동이라고 할 수 있다. 게다가 이 이중적인 이름에는 어떤 복선이 깔려 있다. 왜냐하면 이 백작[31]이 젊었을 때 그를 위해 만들어진 잔 중의 하나가 사랑의 행운을 보증해주는 담보물이 될 수 있었던 것은 거기 쓰여진 E와 O[32]라는 두 개의 첫 머리글자였기 때문이다.

② 죽음의 상징적 표현

이 소설에서는 예고적 기법과 병행적 기법이 풍부하게 사용되고 있는데, 그것이 비평가들의 눈길을 피할 수는 없었다. 그러한 기법들은 이 소설의 가장 두드러진 표현법으로서 아주 오래전부터 충분히 평가되어왔다. 그럼에도 불구하고 ─ 그러한 표현법을 어떻게 해석할 것인지의 문제는 완전히 접어두더라도 ─ 그것이 이 작품 전체에 얼마나 깊이 침투되어 있는지는 결코 완전하게 파악되지 않은 것처

쓰고 있다. "이름의 의미를 미신적으로 믿는 사람들은 미틀러라는 이름이 그로 하여금 이토록 진기한 소명에 따라 살게끔 했다고들 말하는 것이었다"(26쪽[1부 2장]).

30) 에두아르트의 본래 이름은 친구인 대위와 마찬가지로 오토였으나 기숙학교에서 함께 지내면서 그로 인한 혼동이 생겨나는 것을 피하기 위해 에두아르트로 바꾸었다(1부 3장). "이 에두아르트라는 이름은 예쁘고 산뜻하며[오틸리에는 오토라는 이름의 여성형이다] 입술을 편하게 벌려 발음할 수 있고 또한 듣기에도 좋아 …… 이름이 자네 마음에 더 들었다는 것을 ……"(30쪽[1부 3장]).

31) 여기서 벤야민은 '백작'이라고 쓰고 있는데, 소설 초반에 에두아르트는 '부유한 남작'으로 소개되므로 이는 분명히 벤야민의 착오이다. 문제는 바로 에두아르트가 젊었을 때 만들어진 그의 이름을 새긴 유리잔인데, 생일잔치(영지에 새로운 설비가 들어서는 것을 축하하며)가 열리는 동안 기능공이 이 잔을 비운 다음 관례에 따라 곧바로 공중에 던지지만 잔은 땅에 떨어져 깨지는 대신 날아가 한 초대객의 손에 붙잡힌다(1부 9장).

32) 이것은 동시에 에두아르트와 오틸리에의 머리글자이기도 하다.

럼 보인다. 이 점이 분명하게 시야에 들어오고 나서야 비로소 그러한 기법들이 작가의 색다른 버릇 때문이거나 하물며 단순히 긴장의 고조를 위한 것도 아니라는 점이 분명해질 것이다. 또한 그때서야 비로소 그러한 기법들이 이 작품에서 이용될 때 함의하고 있는 것 또한 보다 명확하게 드러난다. 죽음의 상징적 표현이 그것이다. 괴테는 "불길한 집에서 나와야 한다는 것[33]은 처음부터 바로 알 수 있다"라고, 그로서는 다소 생소한 어법으로 말하고 있다(이처럼 우회적인 표현은 어쩌면 점성술에서 유래하는 것인지도 모른다. 그림 형제의 『사전』에는 그러한 표현이 나오지 않는다). 다른 기회를 빌려 괴테는 『친화력』에서 그려지고 있는 도덕적 파멸이 독자들의 마음속에 일게 만들지도 모를 '불안' 감에 주의를 환기시키고 있다.[34] 또 괴테가 "신속하게 그리고 걷잡을 수 없도록 파국을 초래하는 것을" 얼마나 중시했는지에 대한 보고도 있다.[35] 최고도의 복선적 기법에 따라 이 작품 전체가 철저하게 앞서 말한 죽음의 상징적 표현에 의해 짜여 있다.

33) 여기서의 독일어 원문은 zu bösen Häusern hinaus gehen으로 zu bösen Häusern는 '운수가 나쁠 것', '끝이 좋지 않으리라는 것' 등을 의미하는데, 이때 'Häuser'라는 단어는 천문학과 점성술에서 '황도십이궁도 중의 하나' 또는 '수(宿)'를 뜻한다. 후일 1810년 1월 24일 F. J 프롬만 및 요한나 프롬만과 가진 대화를 보라. Hans Gerhard Gräf, *Goethe über seine Dichtungen. Versuch einer Sammlung aller Aeusserungen des Dichters über seine poetischen Werke*, 1부 : *Die epischen Dichtungen*, 1권, 프랑크푸르트, 뤼텐 & 뢰니히, 1901년, 436쪽(868번째 대화)에서 인용.
34) 1827년 7월 21일 에커만과 가진 대화. "이러한 공포에는 두 가지 종류가 있는데, 하나는 공포이고 다른 하나는 걱정이지. 이 걱정이라는 느낌은 우리가 등장인물에다 도덕적 해악을 부여하고 그들에게서 그러한 해악이 번져나가는 걸 볼 때 우리 내부에서 일어나는 느낌이네. 예컨대 『친화력』에서처럼 말이야"(『괴테와의 대화』, 1권, 장희창 옮김, 376쪽. 단 '걱정'이라고 옮긴 것을 여기서는 '불안' 감이라고 옮겼다).
35) 1815년 10월 5일 줄피츠 브와세레와 가졌던 대화, *Goethes Gespräche. Gesamtausgabe,*

하지만 오직 그러한 상징적 표현에 익숙한 감수성을 가진 사람만이 그러한 언어를 쉽게 받아들일 수 있으며, 그에 반해 대상을 중심으로 이해하는 독자에게는 추려진 미(美)만이 제시된다. 극소수 구절에서 이긴 하지만 괴테는 그러한 상징적 표현에 대해서도 어떤 암시를 주고 있는데, 이 작품 전체에서 사람들의 시선을 끈 것은 그것들이 유일했다. 그것들은 모두 산산조각 나야 할 운명이었지만 던져졌을 때 공중에서 가로채어진 후에 보관되는 크리스털 잔의 에피소드와 연결되어 있다. 그것은 건물에 바치는 제물이었지만 오틸리에가 죽게 되는 집의 기공식에서 거부되었던 것이다. 하지만 여기서도 괴테는 예의 복선적 기법을 고수하고 있다. 왜냐하면 이 의식을 집행하는 모습[36]을 기쁨에 넘쳐 나는 것으로 돌리기 때문이다.[37] 기공식에 대한 프리메이슨 풍의 뉘앙스를 지닌 말들 속에는 보다 분명하게 묘를 파헤친 사람의 음산한 경고가 포함되어 있다.

그것은 진지한 일이며, 우리가 여러분을 초대한 것도 진심어린 마음에서 비롯된 것입니다. 왜냐하면 이 의식은 땅속에서 이루어지기 때문입니다. 여기 좁게 패여진 이 공간 안에서 여러분은 지금 영광스럽게도 사람들 눈에 띄지 않는 곳에서 비밀스럽게 행해지는 우리 일의 입회인으로서 자리

Flodoard Freiherr von Biedermann 재편집, 모리스(Max Morris), 그레프(Hans Gerhard Gräf), 마칼(Leonhard L. Mackall) 협력, 2권, *Vom Erfurter Kongress bis zum letzten böhemischen Aufenthalt*, 라이프치히, 비더만, 1909년, 353쪽(1723번째 대화).

36) 잔을 던지는 것을 가리킨다.

37) "그러면서 그는 잘 다듬어진, 목이 긴 잔을 단숨에 비우고는 그것을 공중에 던졌다. 경사스러운 일을 위해 사용된 잔을 깨뜨리는 것은 기쁨이 넘침을 나타내주는 것이었다"(84쪽[1부 9장]).

를 함께 해주고 계십니다.[38]

공중에 던진 잔을 중간에 붙잡는 바람에 깨지지 않고 그것이 환영받는 것에서 현혹이라는 중요한 모티브가 발생한다. 제물이 거부되었다는 것의 표시인 바로 이 잔을 에두아르트는 무슨 수를 써서라도 확보하려고 한다. 축제 후에 그는 높은 값을 치르고 그것을 손에 넣는다.[39] 오래된 한 서평에서 이렇게 말했던 것에도 다 그만한 이유가 있었던 셈이다.

> 그렇다고 해도 이 얼마나 기묘하고 무시무시한가! 막상 주목하지 않았던 전조들은 모두 실현되는 데 반해 단 하나 주목했던 이 전조는 속임수로 판명되는 것이다.[40]

하지만 실제로 주목되지 않았던 전조들에도 전조가 없지는 않았다. 2부의 처음 세 장은 온통 묘를 정비할 준비와 묘에 관해 나누는 대화로 채워져 있다. 그런데 기묘한 것은 그러한 대화가 오가는 가운데 *'de mortuis nihil nisi bene'* [41]라는 격언을 경박하고, 심지어 진부하게 해석하고 있는 대목이다.

---

38) 『친화력』, 81쪽(1부 9장).
39) "높은 값을 치르고 그것을 다시 사서 이제 내가 매일 그 잔으로 마시고 있어요. 운명이 맺어준 모든 관계는 파괴될 수 없다는 것을 매일 확인하기 위해서이지요."(151쪽[1부 18장]).
40) K. f. d, 「'친화력' 괴테 작(1809년)」, 『예나 일반문예보*Jenaische Allgemeine Literatur-Zeitung*』, 예나와 라이프치히, 1810년 1월 18~19일. *Goethe im Urtheile seiner Zeitgenossen*, 앞의 책, 241쪽에서 재인용.

왜 죽은 사람들에 관해서는 거리낌 없이 좋은 이야기만 하고 살아있는 사람들에 관해서는 약간 조심성을 갖고 이야기하는가 하는 질문을 들은 적이 있습니다.

대답은 이렇다.

죽은 사람들에 대해서는 더 이상 아무것도 두려워할 것이 없지만 살아있는 사람들은 우리가 살아가는 길에 언젠가는 마주치게 될지도 모르기 때문이랍니다.[42]

여기서도 역시 아이러니한 형태로 운명이 얼굴을 내밀고 있다고 볼 수 있지 않을까. 그러한 운명을 통해 이렇게 말하는 사람, 즉 샤를로테는 이후 두 명의 사자(死者)가 얼마나 무정하게 앞길을 가로막는지를 알게 된다. 죽음의 전조는 친구들의 생일축하 파티가 열리는 3일 동안 나타난다. 샤를로테의 생일에 치러졌던 기공식과 마찬가지로 오틸리에의 생일에 치러진 상량식 역시 몇 가지 흉조 아래 거행되어야 한다.[43] 이 저택에는 어떠한 축복도 약속되지 않는다. 그에 반해 에두아르트의 생일에 그가 사랑하는 사람[44]은 완성된 지하 묘소[납

---

41) '죽은 사람들에 관해서는 좋은 이야기만 하라' 라는 뜻이다.

42) 『친화력』, 165~166쪽(2부 1장).

43) 첫 번째 경우 깨지지 않은 유리잔 외에도 한참 뒤에 나오게 될 금목걸이에 관한 에피소드가 있다. 오틸리에의 생일에 제방이 무너지면서 한 소년이 물에 빠지고 천신만고 끝에 겨우 회생한다. 밤이 되자 환한 달빛 아래로 귀찮은 거지 한 명이 등장한다. 그리고 같은 날 에두아르트가 선물한 값비싼 함도 마찬가지로 죽음의 징조임이 드러난다(1

골당]의 봉헌식을 평화롭게 집행한다. 완성되어 가는 예배당의 용도에 대해서는 물론 아직 아무것도 언급되지 않지만 이 예배당에 대한 오틸리에의 관계는 마우솔로스[45]의 묘에 대한 루치아네의 관계와 아주 독특한 방식으로 대조를 이루고 있다. 오틸리에의 성품은 건축기사의 마음을 강하게 움직이는 데 반해 비슷한 계기를 포착해 그의 관심을 환기시키려는 루치아네의 노력은 무위로 그치고 만다. 이때 장난이 모습을 드러내고 진지함은 모습을 감춘다. 그처럼 감추어진 모티브의 일치 — 그것이 감추어져 있었던 만큼 발견되면 그만큼 더 효과적인데 — 는 또한 작은 함(函)이라는 모티브에서도 발견된다. 오틸리에에게 준 선물인 이 함[46] — 거기에는 그녀의 수의가 될 옷감이 들어 있다[47] — 에는 건축기사가 선사시대의 무덤에서 발굴한 물건을 넣어둔 상자[48]가 대응하고 있다. 오틸리에의 함은 '상인들이나 의상업자'에게서 구매한 것인 반면 건축기사의 상자에 대해서는 이렇

부 15장).

44) 오틸리에를 가리킨다. 에두아르트의 생일 전날 밤 예배당에서 가을 햇살을 받으며 이제 막 명상을 마친 오틸리에는 해바라기와 과꽃 장식이 성소를 꾸미려는 건축기사에게 영감을 불어넣었다고 생각한다. "그것들 중 화환으로 엮인 것들은 어느 예술가의 망상에 그치지 않고 어디엔가 사용된다 하더라도 고작 공동묘지 같은 공간을 장식하기에 알맞은 것이었다"(176쪽[2부 3장]).

45) 루치아네의 약혼식 연회에서 건축가는 마우솔로스 영묘의 모형을 그렸다. 그처럼 생동감 있는 묘사에서 젊은 여인은 과부 왕비를 형상화한 것인데, '카리아의 왕비보다 에페수스의 미망인'과 비슷해 보였다. 뒤이어 그녀는 원숭이들의 그림을 즐기며 각각의 원숭이를 자신의 지인들과 비교한다(184~186쪽[2부 4장]). 고대 페르시아 제국령이던 소아시아 반도 남서부 갈리아 지방의 군사와 내정 양권을 장악한 태수였던 마우솔로스는 고대의 7대 불가사의의 하나로 꼽히는 대묘묘(大墓廟), 즉 마우솔레움을 세웠다.

46) 『친화력』, 122쪽(1부 14장).

47) 오틸리에가 죽기 직전에 트렁크에서 꺼낸, 그리고 그녀의 유해에 걸치게 되는 장신구, '꼭 어울리는 신부 보석'(311쪽[2부 18장]).

게 서술되어 있다. 엄숙한 옛날 물건들이 깨끗하고 휴대하기 좋게 보관되어 있음으로써 '어딘가 장식품 같은 모습'을 풍겨서 '샤를로테와 오틸리에는 마치 장신구 가게의 보석 상자를 보듯 즐거워하며 그것을 쳐다보았다.'[49]

③ 죄진 삶

이름이 몇 개밖에 나오지 않는 것과 마찬가지로 이처럼 두 가지것이 대응해서 나타나는 것 — 위에서 열거한 경우에 한하자면 항상죽음의 상징으로 — 또한 마이어[50]가 시도하고 있는 대로 간단히 유형화를 좋아하는 괴테의 창작 방식 탓으로 돌릴 수 있는 것은 아니다. 오히려 그러한 유형적 성격을 운명적인 것으로 인식할 때야 비로소 고찰은 목표 지점에 도달할 수 있다. 왜냐하면 감수하는 모습은각각의 마음 가장 깊은 곳에서 다양하게 다른 형태를 띠면서도 완고하게 관철되는 '모든 동일한 것의 영겁회귀'는 수많은 사람들의 삶에서 동일한 것으로 나타나든 아니면 개개인의 삶에서 반복되든 운명의 표식이기 때문이다. 에두아르트는 두 차례나 그러한 운명에 제물을 바치고 있다. 한 번은 잔으로, 다음에는 — 이번에는 본인이 원한 것은 아니지만 — 스스로의 목숨으로.[51] 본인도 그러한 연관성을인식하고 있다.

---

48) 『친화력』, 167쪽(2부 2장).
49) 앞의 책, 167쪽.
50) 마이어(R. M. Meyer, 1860~1914년). 독일의 문학사가로 저서로는 『괴테』(1895년)가 있다.
51) 그의 죽음은 여전히 의문에 휩싸여 있다. 샤를로테는 자살이라고 생각하지만 의사

우리 이름이 조합된 글자가 새겨진 잔은 기공식에서 공중으로 던져졌지만 산산조각 나지는 않았지. 어떤 사람이 그것을 손으로 잡았는데, 그것이 지금 다시 내 수중에 있다네. 나는 내 자신에게 이렇게 외쳤지. 그러니 이 외로운 곳에서 너무나 엄청나게 절망의 시간들을 두루 겪으면서 우리의 결합이 가능한지 아닌지 나 자신을 이 잔을 대신해서 직접 시험해 봐야지. 지금부터 밖으로 나가 죽음을 구하겠네. 하지만 자포자기한 심정이 아니라 살기를 원하는 사람으로서 말이야.[52]

그가 몸을 던지는 전쟁[53]에 대한 묘사에서도 역시 그처럼 유형화를 선호하는 성향이 예술 원리로 작용하고 있는 것을 볼 수 있다. 그러나 이 경우조차 다음과 같은 질문이 제기된다. 즉 괴테가 이 전쟁을 그토록 일반적인 형태로 다룬 것은 저 진절머리 나는 반-나폴레옹 전쟁이 뇌리에 스쳤기 때문이 아닐까라고 말이다. 그것은 접어두고라도 그러한 유형화에서 파악해야 하는 것은 예술 원리뿐만 아니라 무엇보다 운명에 복속된 존재라는 모티브여야 한다. 괴테는 이 작품 전체를 통해 오로지 죄와 속죄의 연관 속에서 살아 있는 자연물들을 끌

는 '당연한 이유'를, 그리고 미틀러는 '도의적인 이유'를 들이댄다. 괴테가 명확하게 밝힌 바 에두아르트는 '오틸리에의 죽음으로 인해 충격을 받았다.' 하지만 그보다 며칠 전에 예의 저 크리스털 잔이 사라진 사실을 알고 충격을 받았다. 사고로 깨지고 다른 잔으로 대체된 것이다. '그것은 옛날의 바로 그 잔인 듯하기도 했고, 아닌 듯하기도 했다.' 그때부터 그는 식음을 전폐했다(318쪽[2부 18장]).
52) 전쟁터에서 돌아온 에두아르트는 (소령이 된) 대위에게 자신의 사랑을 실현하기 위해 불가능한 것을 시도하겠노라고 선언하며 이렇게 말한다(265쪽[2부 12장]. 번역을 일부 수정했다).
53) 간통을 피하기 위해 집을 떠난 뒤 에두아르트는 전쟁터에서 죽음을 맞이하겠다는 생각으로 다시 입대한다(1부 18장).

어안은 현존재의 운명적인 모습을 전개해보이고 있다. 하지만 그러한 모습을 군돌프[54]가 주장하는 대로 식물적 존재에 비유할 수는 없을 것이다. 그것보다 더 철저하게 정반대되는 것도 달리 생각할 수 없을 것이다. "싹과 꽃과 열매의 관계로부터 유추해『친화력』에서의 괴테의 법 개념, 운명 개념, 그리고 성격 개념을 이해해볼 수 있는"[55] 것은 결코 아니다. 근거가 확실한 다른 개념들도 마찬가지일 테지만 괴테의 개념들은 전혀 그러한 것이 아니다. 왜냐하면 운명(성격에 있어서는 사정이 이와 다르다[56])은 죄가 없는 식물들의 삶을 덮치지는 않기 때문이다. 운명만큼 식물의 삶과 무관한 것도 없다. 그에 반해 죄 진 삶에서는 운명이 가차 없이 전개된다. 운명이란 생명 있는 것이 죄를 갖도록 만드는 관계 전체를 말한다.[57] 첼터[58]가 이 작품과 비교하면서 희극『공범자들』[59]에 대해 다음과 같이 언급할 때 그의 머릿속에 얼핏 떠올랐던 것도 이 문제였을 것이다.

---

54) 군돌프(Friedrich Gundolf, 1880~1931년). 본명은 프리드리히 군델핑거(Friedrich Gundelfinger)로 슈테판 게오르게의 제자였다. 1911년에 출간한 그의『셰익스피어와 독일 정신』은 독일 문학비평의 방향을 전환시킨 문제작으로 평가받았으며, 이후 위대한 작가를 시대의 형상으로 보는 그의 입장은 주요한 비평적 입지를 확보했다. 그가 쓴 괴테 전기는 이러한 그의 입장을 종합적으로 보여주고 있다. 1920년 이후에는 하이델베르크 대학의 교수를 역임했으며, 벤야민이 이 부분의 초고를 쓰던 1917년에는 독일에서 가장 영향력 있는 비평가였다.
55) 군돌프,『괴테』(4판), 베를린, 1918년, 554쪽.
56) 벤야민의 논문「운명과 성격」,『발터 벤야민의 문예이론』, 반성완 역, 민음사를 보라.
57) 앞의 책 338~339쪽을 보라.
58) 첼터(Carl Friedrich Zelter, 1758~1832년). 독일의 작곡가이자 비평가로 베를린에 거주했으며 만년의 괴테와 친교를 맺었다. 음악에 대한 괴테의 기본 정보는 첼터에게서 얻은 것이었다.
59) 하나같이 비극으로 끝날 소지가 큰 몇 편의 희극을 구상한 뒤 괴테는 스무 살에『공

하지만 그것은 아무 사람의 집 문이나 두드리고 또 선한 사람들에게도 닥치기 때문에 전혀 기분 좋은 효과를 갖지 못한다. 그래서 나는 이 작품을 『친화력』과 비교해보았다. 『친화력』에서도 최고의 사람들조차 무언가 비밀스러운 데가 있으며, 올바른 길을 따르고 있지 않다고 자책하지 않으면 안 된다.[60]

운명적인 것의 특징을 이보다 더 정확하게 표현할 수는 없을 것이다. 그리고 그것은 『친화력』에서도 나타난다. 즉 생명을 통해 대물림 되는 죄로서.

샤를로테는 사내아이를 출산한다. 이 아이는 허위에서 생겨난 것이다.[61] 그러한 표시로서 아이는 대위와 오틸리에를 닮았다. 이 아이는 허위가 만들어낸 것으로 죽을 수밖에 없는 운명이다. 진실만이 실체(성)를 갖기 때문이다. 이 아이를 죽게 만든 죄는 자기극복을 통해 내적으로 진실이 아

범자들Die Mitschuldigen(1769년)만을 완성한다. "명랑하고 익살스러운 본질이 어두운 가정에 바탕을 둔 채, 무언가 두려운 것과 같이 나타난다. 그래서 무대에 올리면 부분부분은 즐거운데도 전체적으로는 불안감을 준다. 격하게 표현된 상반되는 사건 진행들이 미학적이고 도덕적인 감정을 해친다. 그리고 그렇기 때문에 이 작품은 독일 연극계에서 받아들여질 입구를 찾을 수 없었다. 그런 장애와는 거리가 먼 모작들은 갈채를 받으며 수용되었는데 말이다"(『시와 진실』, 360쪽).

60) Briefwechsel zwischen Goethe und Zelter in den Jahren 1796 bis 1832, 프리드리히 빌헬름 리머 편집, 3부(1819~1824년), 베를린, 둥커 & 홈볼트, 1834년, 474쪽(1824년 12월 10일 첼터가 괴테에게 보낸 편지에 첨부되어 있다).

61) 어느 날 밤 남작 부인 방으로 백작을 안내하고 난 에두아르트는 샤를로테의 방문을 두드린다. 그녀는 온통 대위 생각뿐이고, 오틸리에의 영상은 에두아르트를 사로잡고 있었다. 이 이중의 환영으로부터 태어난 아기는 거기에 없는 두 사람을 닮는다(1부 11장).

닌 존재를 이 아이에게 물려준 죄를 속죄하지 않은 자들에게 돌아가야 한다. 즉 오틸리에와 에두아르트에게. — 괴테가 마지막 장들을 위해 구상했던 자연철학적·윤리적 도식은 대략 이런 식이었을 것이다.[62]

위와 같은 비엘쇼프스키의 추측 중 이것만큼은 이론을 제기해 뒤집을 수 없을 것이다. 즉 새로 태어난 그대로 운명의 질서 속으로 들어온 아이가 벌써 오랫동안 마음이 멀어져 있던 어른들로 인한 죄를 씻지 못하고 그들의 죄를 이어받아 죽음에 이르고야 마는 것은 그야말로 운명의 질서에 부합한다는 사실 말이다. 여기서 문제가 되는 것은 윤리적 죄가 아니라 — 갓 태어난 아이에게 어떻게 윤리적 죄를 지울 수 있겠는가 — 결단이나 행위가 아니라 망설임과 태만에 의해 인간이 짓게 되는 자연적 죄이다. 인간이 인간적인 것에 주의를 기울이지 않은 채 자연의 힘의 지배하에 놓이게 되면 자연적 삶은 인간에게 있어 고차원적인 삶과 연결되지 않는 한 무구함Unschuld을 유지할 수 없기 때문에 이 고차원적인 삶을 끌어내리고 만다. 인간 속에서 초자연적 삶이 사라짐과 동시에 인간의 자연적 삶은 행위에 있어 윤리에 위배되지 않더라도 죄를 짓게 된다. 왜냐하면 그렇게 되면 자연적 삶은 단순한 삶[63]에 갇히게 되며, 이처럼 단순한 삶에 갇혀 있는 것이 인간에게서는 죄로 나타나기 때문이다. 죄가 인간의 몸 위로 불러내는 불행에서 인간은 벗어날 수 없다. 인간의 마음속의 어떠한 움직임

---

62) 비엘쇼프스키, 『괴테의 삶과 작품』(1896~1904년), 276쪽.
63) das bloβe Leben은 '그대로 드러난 삶', '한갓된 삶' 즉 '모든 고차원적인 연관이 결여된 삶' 등을 의미하는데, 이탈리아 철학자 조르조 아감벤은 이 개념을 비오스와 조에라는 고대 그리스 철학의 대립 개념과 관련해 그의 『호모 사케르』의 핵심 개념으로 사용하고 있다.

도 하나같이 새로운 죄를 불러오듯이 인간의 행위 하나하나가 재앙을 불러오게 될 것이다. 이것을 괴테는 짐을 과다하게 짊어진 남자에 대한 아주 오래된 이야기에서 빌려오고 있는데, 거기서 이 행운의 남자는 너무 헤프게 퍼주다가 그만 운명의 사슬*fatum*에 꼼짝 못하게 묶이고 만다. 그것 역시 현혹된 자의 행동이다.

④ 가옥

인간이 그러한 단계까지 빠지게 되면 얼핏 죽어있는 것처럼 보이는 사물들의 삶조차 힘Macht을 획득하게 된다. 군돌프가 사건의 전개 속에서 사물적인 것이 가진 의미에 주의를 환기시킨 것[64]은 아주 정확한 것이었다. 실로 신화적인 세계를 판단하는 기준 중의 하나는 사상(事象)들 전체가 그처럼 삶 속에 편입되어 있는 것이다. 그러한 사상들 중 예로부터 가장 앞에 오는 것은 가옥이다. 따라서 이 소설에서도 가옥이 완성되어 가는 정도에 따라 운명도 가까이 다가온다. 기공식, 상량식, 그리고 그곳에서의 거주는 파멸의 세 단계를 나타내는 표시이다. 이 가옥은 다른 가옥들은 하나도 보이지 않는 곳에 고립되어 있으며, 이사를 할 때까지도 아직 거의 아무것도 갖추어져 있지 않다. 발코니에 샤를로테의 모습이, 사실은 거기 없는데도 흰 옷을 입은 샤를로테의 모습이 오틸리에 눈에 비친다.[65] 네 명의 친구가 처음으로 밖에서 모인 그늘 진 숲 속의 물방앗간도 언급하지 않을 수 없다.[66] 물방앗간은 예로부터 지하 세계를 상징해왔다. 그것은 가루

---

64) 앞의 책.
65) "오틸리에는 어리둥절한 채 서 있었다. 그녀가 산 쪽을 바라보았을 때 발코니 위에 샤를로테가 하얀 옷을 입고 서 있는 모습이 보이는 것 같았다"(277쪽〔2부 13장〕).

를 빻는다는 것이 가진 분쇄하고 변형시키는 성질에서 유래하는 것일지도 모른다.

⑤ 희생

이러한 권역에서는 혼인 관계의 붕괴 속에서 모습을 드러내는 힘들이 필연적으로 승리하게 되어 있다. 왜냐하면 그것들은 다름 아니라 운명Schicksal의 힘들이기 때문이다. 혼인 관계는 하나의 숙명 Geschick, 두 연인이 몸을 맡기는 선택보다 훨씬 더 강력한 숙명처럼 보인다.

> 선택보다는 숙명이 그렇게 만들었다면 그대로 견뎌내야 한다. 어떤 민족, 도시, 군주, 친구, 아내 곁을 지켜야 하며, 모든 것을 그것과 관련짓는 것, 따라서 모든 것을 [그것을 위해] 행하고, 모든 것을 포기하고 모든 것을 감수하는 것, 그것은 존중할만한 일이다.[67]

괴테는 빙켈만[68]에 관한 논문에서 여기서 문제가 되고 있는 대립에 대해 이렇게 언급하고 있다. 숙명이라는 관점에서 보면 어떤 선택도 '맹목이며', 맹목적으로 재앙으로 이어진다. 침해당한 법규가 강대한 힘으로 선택을 막아서고 혼인 관계를 흐트러뜨린 것에 대한 속죄로 희생을 요구하는 것이다. 따라서 희생이라는 신화적 원(原)형식

---

66) 70~73쪽(1부 7장).

67) 괴테, 『빙켈만』(1805년). 『전집』, 회갑 기념판, 34권, 『예술론*Schriften zur Kunst*』, W. von Oettingen 번역 및 주, 2권 슈투트가르트, 베를린, 코타, 1904년, 20쪽.

68) 빙켈만(Johann Winckelmann, 1717~1768년)은 독일의 고고학자이자 미술사가로 고대 그리스 문화를 연구했으며, 고전주의 사상의 선구자로 평가받고 있다.

아래 죽음에 대한 상징적 표현은 이러한 숙명 속에서 성취된다. 처음부터 그러한 운명을 떠안고 있던 것이 오틸리에이다. 아베켄[69]은 괴테가 극찬한 바 있는 한 작품평에서 유화(宥和)를 가져오는 자로서 오틸리에는 '(살아있는) 거룩한 상'[70]이 되어 서있다고 말하고 있다.

그녀는 영혼이 검에 찔린, 괴로움으로 가득 찬 여인, 슬픔의 여인이다.[71]

졸거 또한 너그러운, 마찬가지로 괴테의 주목을 받은 한 시론에서 그와 비슷하게 이야기하고 있다.

그녀는 진정 자연의 자식인 동시에 자연에 바쳐진 제물이다.[72]

하지만 두 서평자 모두 사건의 진행의 내실을 완전히 놓쳤음에 틀림이 없다. 서술 전체가 아니라 이 여주인공의 본질에서 출발하기 때문이다. 단 아베켄의 경우에만 오틸리에의 죽음이 희생 행위라는 것을 오인의 여지없이 명백히 하고 있다. 그녀의 죽음이 ― 작가의 의도에서는 아니더라도 작품의 보다 결정적인 의도에서는 분명히 ― 신화

---

69) 아베켄(Bernhard Rudolf Abeken, 1780~1866년). 독일의 교육자, 라틴문학 연구자로 1808~1810년 사이 바이마르에 거주했다.

70) '살아있는 몸의 상(das lebende Bild)'은 또한 활인화(活人畵)라는 의미도 된다. 아베켄은 여기에서 우선 2부 6장에 언급된 활인화를 염두에 두고 있다. 예수 탄생을 모방한 활인화로 오틸리에는 성모 마리아를 연기한다.

71) 아베켄, 「괴테의 '친화력'에 대해」(한 편지에서 발췌한 단편). *Goethe über seine Dichtungen*, 앞의 책, 443쪽(869번째 편지, 주 2)(1810년 11월 22~24일자 튀빙겐의 신문 『교양인』지에 게재되었다).

72) 졸거, *Nachgelassene Schriften und Briefwechsel*, 앞의 책, 184쪽.

적 희생이라는 것은 이중적 사실 관계에 의해 분명해진다. 먼저 오틸리에가 죽으려고 결심하는 것 ― 여기서는 다른 어디에서도 볼 수 없을 정도로 그녀의 깊은 본질이 묘사되고 있다 ― 을 완전히 어둠 속에 휩싸여 있도록 하는 것은 소설 형식이라는 정신 자체에만 위배되는 것이 아니다. 그러한 결심의 결과는 얼마나 느닷없이 ― 거의 잔인하다고 말할 수 있을 정도로 ― 드러나고 있는가. 그것은 또한 이 작품의 전반적 어조와도 어울리지 않는 것처럼 보인다. 두 번째로 그러한 어둠이 가리고 있는 것은 소설의 다른 모든 것으로부터 명료하게 읽어낼 수 있다. ― 즉 희생의 가능성, 아니 필연성은 이 소설의 가장 깊이 감추어진 지향 자체이다. 따라서 오틸리에는 '숙명의 희생'으로서 죽을 뿐만 아니라 ― 진정으로 '자신을 희생'하는 것은 더더욱 아니며 ― 보다 확실하게는, 보다 정확하게는 죄 진 자들의 속죄를 위한 희생으로서 죽는다. 즉 이 속죄는 괴테가 주술로 불러내는 신화적 세계가 가진 의미에서 이루어지는 것으로, 예로부터 그것은 무구한 자들의 죽음이었다. 따라서 오틸리에는 기적을 행하는 유해를 남기며, 자살임에도 불구하고 순교자로 죽는다.[73]

---

73) "연약한 어머니들이 처음에는 남몰래, 무슨 병에 걸린 아이들을 데리고 왔고, 그들은 갑자기 병이 호전되는 것을 느낄 수 있었다. 믿음이 커져갔고, 그래서 마침내 나이가 들거나 몸이 약한 사람들 중 이곳에 와서 원기를 되찾거나 몸이 좋아지길 바라지 않는 사람은 아무도 없었다"(318쪽[2부 18장]).

3
괴테에게 있어서의 신화적 세계의 의미

A 괴테의 말에 입각해서

① 『친화력』에 대한 동시대의 비평

이 작품 어디서도 신화적인 것이 최고의 사상 내실은 아니지만 도처에서 엄밀하게 그것이 지시되고 있다. 그렇게 지시되는 것으로서의 신화적인 것을 괴테는 이 소설의 기반으로 삼았다. 신화적인 것이 이 작품의 사상 내실이다. 즉 이 작품의 내용은 괴테 시대의 의상을 입은 신화적인 그림자극으로 나타난다. 이처럼 기이한 느낌을 갖게하는 견해에 괴테가 본인의 작품에 대해 생각했던 바를 즉각 대조시켜보고 싶을 것이다. 그렇다고 해서 작가의 발언 속에 비평이 따라야할 길에 대한 지시가 미리 주어져 있다는 말은 아니다. 작가 자신의 발언에 대해 거리를 두면 둘수록 비평은 작품을 이해하는 경우와 마찬가지로 어떤 감추어진 영역으로부터 그러한 발언들을 이해해야 하는 과제를 피할 필요도 그만큼 더 줄어들 것이다. 물론 거기에 그러한 이해를 위한 유일한 원리 같은 것이 존재하는 것은 아니다. 즉 여기서는 주석에도 또 비평에도 포함될 수 없는 전기적 요소를 고려해야만 한다. 이 작품에 대한 괴테의 발언에는 동시대인들의 평가에 대처하려는 동기도 함께 들어 있었다. 따라서 위에서 지적한 것 이상의 관심이 고찰을 그쪽으로 향하게 하는 것은 아니지만 그러한 평가들을 일별해보는 것도 바람직할 것이다. 동시대인들의 목소리들 중 당시 이미 괴테의 작품이면 무엇이든 당연한 것으로 추앙했던 관례화된 경의로 이 작품을 환영했던 — 대부분 익명의 평자의 — 것은 무시해도 좋을 것이다. 중요한 것은 몇몇 걸출한 보고자의 이름 아래 보존되어온 주목할 만한 발언들이다. 그렇다고 해서 그것들이 이례적이었던 것은 아니다. 그와 반대로 오히려 그러한 필자들 중에는 보통 사람들이 단지 이 시인에 대한 경외심 때문에 입에 올리기를 꺼렸던 것을 굳이 입에 올린 사람들도 있었다. 그럼에도 불구하고 괴테는 독자들이 일부러 그런 태도를 취하고 있다는 것을 간파하고 있었으며, 1827년에는 매우 씁쓸하게 있는 그대로 당시를 회상하면서 첼터에게 보낸 편지에서 이렇게 떠올리고 있다. 즉 아마 그도 기억하고 있겠지만 『친화력』을 마주한 대중은 "마치 네소스의 옷[1]이라도 만진 듯이 행동했다"[2]고. 사람들은 질겁한 채, 얼이 빠진 채, 어안이 벙벙

---

1) 이 소설 속의 사건과 마치 교차 배열된 듯한 내용을 가진 신화에 대한 언급이다. 헤라클레스는 켄타우르스인 네소스가 아내인 데이아네이라를 겁탈하려 했다는 이유로 그를 독이 묻은 화살로 쏘아 죽인다. 죽어가던 네소스는 자기 피를 옷에 묻혀 사랑의 미약이라며 데이아네이라에게 보낸다. 헤라클레스가 그녀를 버리고 이올레에게 가버리자 그녀는 옷을 헤라클레스에게 보낸다. 그것을 입은 헤라클레스는 독혈에 부식되어 죽음에 이르게 된다. 그는 고통을 피하기 위해 활활 타오르고 있는 장작더미에 몸을 던진다.

한 채 작품 앞에 서서는 작품에서 삶의 혼란에서 벗어날 수 있는 도움만 찾으려 했지 자아를 떠나 어떤 이질적인 삶의 본질 속으로 침잠하려고는 하지 않았다. 이를 대표적으로 보여주는 것이 『독일론』에 들어 있는 슈탈 부인의 평가이다.

이 책에 …… 인간의 마음에 대한 깊은 이해가 들어있다는 것을 부정할 수는 없겠지만 그것은 낙심천만의 것이다. 삶은 어떻게 보내든 아무래도 상관없는 것으로 그려지고 있다. ― 나락으로 떨어지면 애석한 것, 용케 비켜갈 수 있다면 상당히 유쾌한 것으로, 도덕적 병에 걸리기 쉬운데 치유가 가능하면 그렇게 해야 하지만 치유할 수 없으면 그것으로 죽을 수밖에 없다는 식이다.[3]

빌란트[4]의 간결한 말 또한 이와 비슷한 견해를 훨씬 더 분명하게 표현하고 있는 것처럼 보인다. ― 다음은 수취인 미상의 어떤 여인에게 보낸 편지에서 발췌한 것이다.

친구여, 솔직히 털어놓기로 하지요. 실로 소름이 끼칠 정도로 무시무시한

---

2) *Briefwechsel zwischen Goethe und Zelter*, 앞의 책, 4부(1825~1827년), 베를린, 둥커 & 홈볼트, 1834년, 442쪽(1827년 11월 21일 괴테가 첼터에게 보낸 편지).
3) Madame de baronne de Staël-Holstein, *Œuvres complètes*, 2권, 파리, 피르맹 디도, 1861년, 150쪽(『독일론·*De l' Allemagne*』 [1810~1813년], 2부, 「문학과 예술론」, 28장, 「소설들」).
4) 빌란트(Christoph Martin Wieland, 1733~1813년)는 후기 계몽주의 시기의 작가이자 시인으로 괴테 세대의 자애로운 문학적 대부로 독일 문학에 많은 공적을 남겼다. 또한 유머나 위트의 요소를 독일 문학에 도입했으며, 이국취미나 역사소설을 개척함으로써 후일 낭만파로 통하는 길을 열었다. 가장 유명한 작품으로는 소설 『아가톤 이야기』(1766~1767년), 운문 이야기 『무자리온』(1768년) 등이 있다.

이 책을 읽으면서 강한 흥미 같은 것을 느끼지 않았다고는 할 수 없군요.[5]

살짝 당황할 수밖에 없었을 독자들은 그러한 거부감 뒤에 숨어 있는 구체적 동기들을 거의 의식하지 못했을 수도 있지만 교회 쪽에서 내린 판단에서는 노골적으로 드러나고 있다. 그들 중 재능 있는 광신자들이 작품 속에서 명명백백하게 나타나고 있는 이교적 경향들을 간과할 리가 없었다. 왜냐하면 비록 작가가 두 연인의 모든 행복을 저 어둠의 힘들에 희생물로 바치기는 하지만 속이기 어려운 본능의 소유자인 그들이 그러한 희생의 집행에 신적 · 초월적 측면이 결여되어 있는 것을 놓칠 리가 없었기 때문이다. 무엇보다 두 연인이 지상의 존재로서 사라져가는 것으로 충분할 리가 없지 않은가. ― 보다 고차원적인 삶에서 그들이 개선가를 울리지 않으리라는 것을 무엇이 보장한단 말인가? 아니 오히려 괴테가 소설의 맺음말에서 암시하려고 한 것이 바로 그것이 아닐까?[6] 야코비[7]가 이 소설을 '사악한 쾌

---

5) 빌란트가 카롤리네 헤르더(?)에게 보낸 편지, Gräf, *Goethe über seine Dichtungen*, 앞의 책, 423쪽 이하(855a번째 편지, 주 2).

6) 이 소설의 마지막은 이렇게 되어 있다. "그리하여 사랑하는 두 사람〔에두아르트와 오틸리에〕은 나란히 잠들어 있다. 두 사람의 안식처 위에는 평화가 깃들어 있으며, 화사한 오틸리에와 닮은 천사의 그림이 둥근 천정에서 두 사람을 내려다보고 있다. 언젠가 두 사람이 다시 함께 눈을 떴을 때는 얼마나 정겨운 광경이 될 것일는지"(320쪽〔2부 18장〕).

7) 야코비(Friedrich Heinrich Jacobi, 1743~1819년)는 독일의 작가이자 철학자로 '신앙철학', '감정철학'을 제창했으며 니힐리즘이란 말을 처음 사용했다. 계몽적 합리주의의 이성에 의한 간접적 인식을 불충분한 것이라 주장하고, 외계의 인식에서나 초감각적 · 신적 세계의 인식에서 직접적인 지(知)로서의 감정 혹은 신앙을 계몽적 합리주의의 이성과 대치시켰다. 흄과 루소의 영향을 받은 이러한 사고방식은 대체로 같은 시기의 하만 등의 생각과 일치하는 것이었으며, 여기서 형성된 비합리주의의 조류는 슐레겔 형

락의 승천' [8]이라고 부른 것은 이 때문이었다. 헹스텐베르크[9]는 괴테가 죽기 1년 전에 자신이 발행하는『복음주의 교회 신문』에 그때까지 나온 모든 비평 중 가장 장황한 비평을 발표했다.[10] 잔뜩 심사가 뒤틀린 그의 감정은 ― 어떤 재기*esprit*[11]로도 그러한 감정을 누그러뜨릴 수 없었을 것이다 ― 악의적인 비판의 전범을 보여준다. 하지만 이 모든 것도 베르너[12]에는 한참 못 미친다. 차하리아스 베르너는 당시 막〔가톨릭으로〕개종한 참이어서 이 소설의 결말 속에 어둠의 의식 같은 경향이 들어 있다는 것을 간파하기에 좋은 가장 예리한 감각을 가졌을 때였는데, 괴테에게 ― 개종에 관한 소식과 함께 ―「친화력」이라는 제목의 소네트를 써 보냈다.[13] ― 그것은 편지와 소네트로 이루어진 산문*Prosa*[14]으로, 백년 후의 표현주의라도 그것 이상 가는 걸작으로 그것과 겨룰 수 없을 것이다. 괴테는 상당한 시간이 흐른 제, 슐라이어마허 등 독일 낭만파를 거쳐 현대의 실존철학으로까지 계승된다.

---

8) *Goethe in vertraulichen Briefen seiner Zeitgenossen. Auch eine Lebensgeschichte*, 빌헬름 보데 편집, 2권, *Die Zeit Napoleons 1803~1816*, 베를린, 미틀러, 1921, 233쪽(1810년 1월 12일 야코비가 쾨펜에게 보낸 편지).

9) 헹스텐베르크(Ernst Wilhelm Hengstenberg, 1802~1869년)는 베를린 대학의 신학교수로 정통주의 신학의 전투적인 옹호자로 유명했다.

10) 익명,「괴테의 '친화력'에 대해」,『복음주의 교회 신문』, 앞의 책(57~61호), 449~488쪽.

11) 원문에 불어로 되어 있다.

12) 베르너(Friedrich Ludwig Zacharias Werner, 1768~1823년)는 독일의 극작가로 대표작으로는 낭만파 '운명극'의 효시인『2월 24일』이 있다. 이 장르는 대략 고딕 소설의 독일판 희곡이라고 할 수 있다.

13) *Goethe und die Romantik. Briefe mit Erläuterungen*, 2부 C. 쥐데코프 편집(*Schriften der Goethe-Gesellschaft*, E. 슈미트와 B. 수판 편집, 14권), 바이마르. 괴테 협회 출판사, 1899년, 58~66쪽. 1811년 4월 23일 베르너가 괴테에게 보낸 편지. 아래에 인용되는 소네트에는 '1810년 7월 로마에서'라는 말이 덧붙여 있다.

뒤에야 상황을 인식하게 되며, 이 기념할 만한 편지를 끝으로 서신 교환을 중단했다. 편지에 첨부된 소네트는 다음과 같다.

친화력

아름다운 모습을 하고 확실한 먹이를 기다리고 있는
무덤과 묘석 옆을 지나
길은 구불구불 요단과 아케론이 만나는
에덴의 낙원으로 뻗어 있다.

예루살렘은 유사(流砂) 위에 세워진 누각이기를 바라는가.
오직 두려우리만치 아름다운
물의 요정들[15]은
이미 6천 년을 기다려왔다.
희생을 통해 몸을 정화하려고 호수에서 몸부림친다.

거기서 걸어오는 성스럽고 대담한 아이를,
구원의 천사가 그를, 수많은 죄의 자식을 품어 안는다.
호수가 모든 것을 집어삼킨다! 가엾어라! — 아니, 모든 것이 장난이었다!

헬리오스[16]는 대지를 불타오르게 하고 싶은 것인가?
그가 거세게 피어오르고 있는 것은 단지 대지를 사랑의 손으로 끌어안기

14) '무취향', '무미건조한 것'이라는 의미도 갖고 있다.
15) 독일 민담 속에 등장하는 물의 요정들.
16) 여기서 '헬리오스'는 괴테를 가리킨다.

위해서일 뿐이다!

너는 사랑해도 좋다. 이 반신(半神)을, 흔들리는 마음이여!

이처럼 엉뚱한, 품위라고는 찾아볼 길 없는 칭찬도 비난도 아닌 것에서 한 가지만큼은 분명하게 알 수 있다. 즉 이 작품의 신화적 내실을 괴테의 동시대인들은 인식까지는 아니더라도 감각적으로는 알고 있었다는 것이다. 오늘날에는 사정이 달라졌다. 이후 백년의 전통이 쌓이면서 근원적인 인식의 가능성이 거의 매몰되어버렸기 때문이다. 지금은 아무래도 만약 괴테의 작품이 왠지 낯선 느낌이나 적대감을 주거나 하면 독자는 바로 침묵한 채 망연자실해 진정한 인상을 억눌러버릴 것이다. — 미약해 보이기는 했지만 그러한 판단과는 정반대의 목소리를 들려준 두 사람을 괴테는 기쁨을 감추지 않고 환영했다. 졸거가 한 사람이었고 아베켄이 다른 한 사람이었다. 아베켄의 호의적인 평과 관련해 괴테는 그것이 하나의 평문 형식으로 저명한 한 잡지에 발표될 때까지 안절부절 못했다. 왜냐하면 아베켄의 평에서 그는 이 작품에서 그토록 계획성 있게 보여주고자 했던 인간적인 면이 강조되고 있는 것을 보았기 때문이다. 반대로 그러한 인간적인 면이 훔볼트에게서 보다 더 이 작품의 기본적 내실에 대한 시선을 흐리게 한 경우는 없을 것이다. "무엇보다 이 작품에 운명과 내적 필연성이 결여되어 있는 것이 아쉽다"[17]라고 그는 실로 기묘한 판단을 내리고 있는 것이다.

17) 1810년 3월 6일 아내에게 보낸 편지.

② 체념의 우화

괴테에게는 그처럼 다양한 의견들 사이의 논쟁을 묵묵히 보고만 있을 수 없는 이중적인 동기가 있었다. 그는 자기 작품을 변호해야만 했다. — 그것이 하나의 동기였다. 다른 하나는 자기 작품의 비밀을 지켜야만 했다. — 그것이 또 다른 동기였다. 이 두 가지 동기는 함께 작용하면서 본인의 작품에 대해 설명하는 그의 말에 해석과는 완전히 다른 성격을 부여하고 있다. 그의 설명은 한편으로는 변명하는 특징과 다른 한편으로는 신비화하는 특징을 갖고 있는데, 이 두 가지 특징은 각각 중심을 이루는 부분에서는 완벽하게 일치하고 있다. 이 중심을 다루고 있는 것을 체념의 우화라고 부를 수 있을 것이다. 이 우화에서 괴테는 보다 깊이 알려지는 것을 거부할 수 있는 절호의 기반을 발견해낸다. 동시에 이 우화는 수많은 범속한 공격을 논박하는 데도 이용되었다. 괴테는 리머[18]가 전하고 있는 한 대화중에 이 우화가 무엇인지를 〔부지불식중에〕 토로하고 말았는데, 그것이 이후 이 소설에 대한 전통적인 이미지를 결정하게 된다. 거기서 그는 이렇게 말하고 있다.

〔윤리적인 것과 연정戀情 간의〕 싸움은 무대 뒤로 옮겨갔지만 그것이 선행되었다는 것은 틀림없는 사실이다. 거기 등장하는 사람들은 내적으로는 아무리 갈기갈기 찢겨 있더라도 겉으로는 예절을 지키는 고귀한 사람들처럼 행동하고 있다. — 윤리적인 것이 벌이는 싸움은 결코 미적인 표

---

18) 리머(Friedrich Wilhelm Riemer, 1774~1845년). 독일의 문헌학자이자 문학사가, 시인으로 괴테의 아들인 아우구스트의 가정교사이자 괴테의 비서로 괴테 작품집과 첼터와의 왕복서간집 등을 편집했다. 또한 고전문학에 대한 괴테의 주요 정보원으로,「엘페노르(Elpenor)」를 공동 집필했다.

현에 적합하지 않다. 왜냐하면 윤리적인 것이 승리하든가 아니면 패배하든가 둘 중의 하나밖에 없기 때문이다. 첫 번째 경우에는 무엇이, 그리고 왜 그렇게 그려지는지를 이해할 수 없다. 두 번째 경우에는 윤리적인 것이 패배하는 것을 수수방관만 하고 있는 것은 수치스러운 일이다. 왜냐하면 결국 어떠한 요인에 의해 감각적인 것이 윤리적인 것보다 우위에 놓여야 하기 때문이다. 그러나 바로 이와 같이 작용하는 요인을 독자들은 용인하지 못하며 보다 결정적인 요인을 요구하는데, 그때마다 또 다른 제3자가 나타나 그가 윤리적일수록 그러한 요인을 반복해서 무효화시킨다. ─ 그러한 묘사에 있어서는 항상 감각적인 것이 주도권을 쥐고 있어야 한다. 그러나 이 감각적인 것은 운명에 의해, 즉 윤리적인 자연에 의해 처벌받는다. ─ 이 윤리적인 자연은 죽음을 통해 자유를 구원받는다. 그러한 의미에서 베르테르는 감성의 지배에 자신을 맡긴 후에는 자신을 총으로 쏘아야 했다. 따라서 오틸리에는 에두아르트와 마찬가지로 일단 연정의 자유로운 흐름에 몸을 맡긴 후에는 의연히 견뎌나가야(χρτερ) 했다. 그때야 비로소 윤리적인 것이 승리를 축하할 수 있다.[19]

괴테는 이 점에 대한 대화에서는 항상 준엄한 태도를 강조하려고 했으나 아무리 그래도 위의 애매한 문장을 그로서는 자랑스럽게 여겼을지도 모른다. 혼인의 침해에 의한 법 위반, 즉 신화적인 죄과는 주인공들의 몰락에 의해 충분히 속죄되고 있기 때문이다. 단 그러한 몰락은 실제로는 위반에 대한 속죄가 아니라 혼인의 굴레로부터의 해방이지만 말이다. 또 아무리 괴테가 위와 같이 말하더라도 의무와 연

19) 1809년 12월 6/10일 리머와 가진 대화, *Goethes Gespräche*, 앞의 책, 57쪽(1235번째 대화)(본문 안의 그리스어의 원래 의미는 '영혼의 힘' 이라는 뜻이다).

정 사이의 싸움 같은 것은 보이지도 않을뿐더러 은밀하게 진행되고 있지도 않지만 말이다. 또한 윤리적인 것은 여기서 한 번도 승리를 거머쥐지 못하며, 오로지 굴복한 상태로만 살아있을 뿐이지만 말이다. 따라서 이 작품의 도덕적 내실은 괴테의 말을 통해 추측할 수 있는 것보다 훨씬 더 깊은 층에 가라앉아 있다. 위에서와 같은 식의 말로 얼버무리는 것은 가능하지도 또 필요하지도 않은 셈이다. 왜냐하면 감각적인 것과 윤리적인 것의 대립이라는 구도에서 이루어지는 그의 설명은 불충분할 뿐만 아니라 문학적 조형 대상으로서의 내면의 윤리적 투쟁을 배제하고 있다는 점에서 분명히 근거가 박약하기 때문이다. 그것을 배제했을 때 드라마에는, 또한 소설 자체에는 과연 무엇이 남게 될까? 하지만 이 문학작품의 내실을 아무리 도덕적으로 파악하더라도 — 이 작품에는 어떠한 교훈적 우화*fabula docet*[20]도 포함되어 있지 않으며, 용렬한 비평이 예로부터 심연과 산정들을 평평하게 만드는 데 이용해온 체념을 초래하는 무기력한 경고 같은 것은 멀리서나마 흔적조차 찾을 수 없다. 더구나 괴테가 그러한 자세에 부여하고 있는 쾌락주의적인 경향은 이미 메지에르[21]에 의해 정당하게 지적된 바 있다. 따라서 『한 소녀의 괴테와의 왕복서간』[22]에 들어

20) 라틴어로 원래 '이야기가 가르친다' 라는 뜻이다.
21) Alfred Mézières, *W. Goethe. Les œuvres expliquées par la vie*(1795~1832년), 2판, 파리, 디디에, 2권, 208쪽. "확실히 그의 글에는 사고의 자신감, 도덕적 에너지, 삶의 소소한 걱정들에 대한 무시, 정신을 고양시키고 단련시키는 가장 고상한 쾌락들에 대한 갈망이 잘 드러나지만 동시에 그토록 자유로운 붓질의 화폭들과 그토록 관능적인 그림들은 독자에게 쾌락에 대한 에피쿠로스적 상상을 불러일으킨다!" 메지에르(1826~1915년)는 프랑스의 문학사가로 셰익스피어, 단테, 페트라르카 등을 연구했다.
22) 베티나 폰 아르님(Bettina von Arnim 1785~1859년)은 독일의 탁월한 낭만주의 작가로 클레멘스 브렌타노의 누이동생이며 아킴 폰 아르님과 결혼했다. 괴테보다 한참 어리

있는 고백이 훨씬 더 깊이 사태의 정곡을 찌르고 있으며, 따라서 여러 가지 점으로 볼 때 이 소설과는 거리가 멀었던 베티나[23]가 그러한 고백을 날조했다는 주장의 진실성을 납득하려면 상당한 거부감을 느낄 것이다. 거기에는 이렇게 쓰여 있다. 괴테는 "이 작품에서 하나의 가공의 운명 속에 그동안 등한히 해왔던 수많은 것에 대해 흘린 눈물을 납골 항아리에 담듯이 하나로 모으는 과제"를 자신에게 부과했다고 말이다. 하지만 우리는 체념한 것을 두고 '등한시 했다'고 말하지 않는다. 따라서 아마 평생의 수많은 연애 관계에서 괴테의 내면에 있었던 가장 우선적인 것은 체념이 아니라 등한히 하는 것이었을 것이다. 그리고 등한히 했던 것은 두 번 다시 되돌릴 수 없다는 것, 소홀히 한 것은 되돌릴 수 없다는 것을 인식했을 때야 비로소 그의 마음에 체념이 생겨났을지 모른다. 그것은 잃어버린 것을 그나마 감정 속에서 끌어안으려는 최후의 시도에 불과한 것이었지만 말이다. 그것은 또한 민나 헤르츠리프[24]와의 관계에 대해서도 마찬가지일 것이다.

지만 친구로 지냈으며, 이를 바탕으로 『한 소녀의 괴테와의 왕복서간』(1836년)을 출간했다. 이 책은 괴테와 주고받은 편지를 아주 주관적으로 회고한 책이지만 엄청난 영향을 미쳤다. 말년에는 정치적 · 사회적 문제에도 많은 관심을 기울였다.

23) Bettina von Arnim, *Goethes Briefwechsel mit einem Kind*, 요나스 프렌켈 편집, 2권, 예나, 디데리히스, 1906년, 100쪽(1810년 2월 5일 괴테가 베티나에게 보낸 편지).

24) 헤르츠리프(Wilhelmine Minna Herzlieb, 1789~1865년). 괴테가 열렬하게 짝사랑한 여인 중의 하나로 1807년 가을에 처음 만났다. 이 소설 속 오틸리에의 기본 모델로 알려져 있다.

B 괴테의 삶에 입각해서

① 올림포스의 신 또는 예술가의 신화적 삶의 형식

①-ⓐ 비평에 대한 관계 이 시인 자신이 한 말로부터 『친화력』을 이해하려고 하는 것은 헛수고일 뿐이다. 다름 아니라 비평의 접근을 막으려는 것이 그러한 발언의 목적이기 때문이다. 하지만 어리석은 해석을 막으려는 것이 시인이 그렇게 행동한 궁극적인 이유는 아니다. 오히려 이 시인 자신의 설명이 부인하고 있는 모든 것을 사람들이 눈치채지 못하도록 하기 위해 그렇게 한 것이라고 할 수 있다. 한편으로는 이 소설의 기법 때문에 그리고 다른 한편으로는 일군의 모티브 때문에 그러한 비밀이 지켜져야만 했다. 문학 기법의 영역은 작품의 표면에 노출되어 있는 표층과 아주 깊숙이 감추어져 있는 심층 사이의 경계를 이루고 있다. 괴테 본인도 의식하고 있었으며, 동시대 비평도 이미 원칙적으로 그러한 것으로 인식하고 있던 그의 기법은 분명히 이 소설의 사상 내실 속에 들어있는 구체적 사실들을 언급하고는 있지만 괴테 본인이나 당대의 비평으로서도 남김없이 인식할 수 없었던 진리 내실에 대해서는 한계를 갖고 있다. 형식과 달리 기법은 진리 내실이 아니라 오직 사상 내실에 의해서만 결정적으로 규정되는데, 이 기법에서는 필연적으로 사상 내실만이 주목을 끌게 된다. 왜냐하면 작가에게 있어 사상 내실을 묘사하는 것은 원래부터 수수께끼 같은 것으로, 기법 속에서 그에 대한 해결책을 찾을 수밖에 없기 때문이다. 그리하여 괴테는 강조라는 기법을 통해 신화적인 힘들을 작중에 확보할 수 있었다. 하지만 그러한 힘들이 어떠한 궁극적 의미를 갖는지는 그로서도 또 시대정신으로서도 파악할 길이 없었다. 그러나 괴테는 그러한 기법을 자신의 예술의 비밀로 고수하려고 했다.

이 소설을 하나의 이념에 따라 썼다[25]는 괴테의 말 또한 이를 암시하는 것처럼 보인다. 이와 관련해 여기서 말하는 '이념'을 기법적인 것으로 이해해도 좋을 것이다. 그렇지 않으면 앞의 말을 보완해 그러한 기법의 가치를 의문시하는 부분[26]을 거의 이해할 수 없을 것이다. 반대로 이 소설 속에 풍부한 〔사상〕 관련을 감춰놓고 있는 저 끝없는 정교함이 시인의 눈에 한번쯤은 의심스럽게 보였을 것이라는 것은 충분히 이해되고도 남는다.

이 작품에서도 나의 오래된 방식을 찾아볼 수 있기를 바라네. 많은 것을 안에 담아두었으며, 또한 적지 않은 것을 알 수 없도록 감추어두었지. 이 공공연한 비밀을 그대도 즐길 수 있기를.[27]

괴테는 첼터에게 그렇게 써 보냈다. 동일한 의미에서 그는 또 이 작품에는 '한 번 읽어서 알 수 있는' 것 이상의 것이 들어있음을 강조하고 있다.[28] 하지만 그가 초고들을 파기한 것보다 더 이와 관련된

---

25) 1827년 5월 6일 에커만과 가진 대화, Gräf, *Goethe über seine Dichtungen*, 앞의 책, 482쪽 (903번째 대화). "의도적으로 일관된 이념에 따라 쓰고자 했던 것으로는 『친화력』이 유일할 테지요 ……"(에커만, 『괴테와의 대화』, 장희창 옮김, 민음사, 178쪽).

26) 위의 말에 이어 괴테는 이렇게 말하고 있다. "하지만 그것 〔이념에 따라 쓴 것〕 때문에 더 잘 되었다고는 말할 수 없을 것입니다. 오히려 나는 이렇게 생각합니다. '문학작품이란 불가해하면 할수록 그리고 이성으로 파악하기 어려우면 어려울수록 더욱 좋다'고 말이지요."

27) *Briefwechsel zwischen Goethe und Zelter*, 앞의 책, 1부(1796~1811년), 베를린, 둥커 & 훔볼트, 1933년, 361쪽(1809년 6월 1일 괴테가 첼터에게 보낸 편지).

28) 1829년 2월 9일 에커만과 가진 대화, *Goethes Gespräche*. 앞의 책, 4권, *Vom Tode Karl Augusts bis zum Ende*. 라이프치히, 비더만, 1910년, 64쪽(2635번째 대화). 에커만, 『괴테와의 대화』, 앞의 책, 442쪽. 바로 앞서 괴테는 『친화력』에는 내 자신이 체험하지 않은 것

사태의 추이를 의미심장하게 보여주는 것도 없을 것이다. 왜냐하면 초고들 중 단편 하나 남아 있지 않은 것을 우연이라고 하기는 힘들기 때문이다. 오히려 이 시인은 누가 봐도 고의로 이 작품의 철저한 구성적 기법을 드러낼 수 있는 것을 모두 파기해버린 것이다. — 사상 내실의 모습을 짊어지고 있는 것이 이처럼 감추어지면 그것의 본질 자체도 은폐되고 만다. 모든 신화적 의미[부여]는 비밀을 추구한다. 따라서 이 작품에 대해 괴테는 자신감을 갖고 시작(詩作)된 것das Gedichtete 또한 실제 일어난 사건과 마찬가지로 자신의 권리를 주장하고 있다고 말할 수 있었다.[29] 여기서 실제로 그러한 권리는 이 말의 신랄한 의미에 있어서 문학작품이 아니라 시작된 것, 즉 이 작품의 소재의 신화적 층에 근거를 두고 있다. 이러한 의식에서 괴테는 훔볼트의 말대로 자신의 작품을 초월해서가 아니라 작품 속에서 도저히 범접하기 어려운 존재로 남아 있을 수 있었다. 훔볼트는 비판적인 문장의 말미에서 이렇게 말하고 있다.

하지만 그에 대해서는 도무지 뭐라고 말할 수가 없다. 그는 자신의 일에 대해서는 조금도 자유롭지 못하며, 누군가 아주 조금이나마 비난하기라도 하면 바로 침묵해버린다.[30]

만년의 괴테는 모든 비판에 대해 이런 식의 태도를, 즉 올림포스의

이 단 한 줄도 들어 '있지 않아'라고 말하고 있다.

29) 1809년 12월 31일 괴테가 라인하르트(K. F. v. Reinhard)에게 보낸 편지, Gräf, *Goethe über seine Dichtungen*, 앞의 책, 430쪽(863번째 편지).

30) 1810년 3월 6일 훔볼트가 아내에게 보낸 편지, *Goethe in vertraulichen Briefen seiner Zeitgenossen*, 앞의 책, 243쪽.

신 같은 태도를 취했다. 그러한 호칭은 후대 사람들이 그에게 부여한 공허한 장식적 형용사epitheton ornans나 장려하게 보이는 모습이라는 의미로 이해해서는 안 된다. 오히려 그러한 호칭 — 장 파울[31]이 그렇게 부른 것으로 알려져 있다 — 은 어둡고, 자기 자신 속에 침잠한 신화적 본성을 표현한 것으로, 그러한 본성이 말없이 경직된 괴테라는 예술가의 존재 속에 내재해 있는 것이다. 그는 올림포스의 신으로서는 작품의 초석을 놓고, 적은 말수로는 둥근 천장을 닫아 완성시켰다.

ⓞ-ⓑ 자연과의 관계 둥근 천장의 어두침침한 빛 속에서 비평의 시선은 괴테 내부에 가장 은밀하게 감추어져 있는 것과 만나게 된다. 일상적 고찰의 빛 속에서는 모습을 드러내지 않는 다양한 윤곽과 관련성들이 분명해진다. 다른 한편으로 앞서 서술한 해석의 역설적인 빛 Schein[가상, 외관]이 점점 사라져간다면 그것은 오직 여기에서 분명해지는 그러한 윤곽과 관련성들 덕분이다. 따라서 괴테가 자연을 연구한 궁극적 동기 중의 하나는 오직 여기에서만 나타난다. 그의 연구는 한편으로는 소박하고 다른 한편으로는 보다 숙고된 이중적인 의미의 자연 개념에 기반하고 있다. 즉 괴테에게 있어 '자연'이라는 개념은 지각 가능한 현상들의 영역과 더불어 직관만이 가능한 원상(原象, Urbilder)들의 영역을 동시에 가리키는 것이었다. 하지만 괴테는 결코 이 두 영역을 종합적으로 해명할 수 없었다. 그의 연구는 이 두 영역의 동일성을 철학적으로 규명하려고 시도하는 대신 헛되이 실

31) 장 파울(Jean Paul, 1763~1825년)은 독일의 계몽주의 시대부터 낭만주의 시대에 걸쳐 활동한 소설가로 독일 문학사에서 레싱이나 괴테와 비견되기도 한다. 그의 문학론의 집대성이라고 할 수 있는 『미학 입문』(1804년)은 독일 낭만주의 해명에서도 귀중한 문헌이다.

험을 통해 경험적으로 증명하려고 했던 것이다. '진정한' 자연을 개념적으로 규정하기 않기 때문에 그는 자연의 현상들 속에서의 원현상들이라는 의미에서의 진정한 자연의 현전을 예술작품 속에서 전제로 삼았으나 그러한 자연의 현전을 추구하라고 명령한 직관의 풍요로운 핵심부에 들어가는 일은 결코 없었다. 이와 관련해 졸거는 특히 『친화력』과 괴테의 자연 연구 사이에 존재하는 연관성을 간파했는데, 괴테 자신도 자저(自著) 광고문[32]에서 그것을 강조하고 있다. 졸거는 이렇게 쓰고 있다.

> 뭐랄까, 『색채론』은 …… 뜻밖이었다. 꿈에라도 그것에 대해 사전에 어떤 특정한 기대 같은 것을 갖고 있거나 한 것은 전혀 아니었다. 기껏해야 그저 단순한 실험들이나 찾아볼 수 있겠지 하고만 생각하고 있었다. 그런데 어떠한가, 이 책에서 자연은 생명을 얻으며 인간처럼 되어 교류할 수 있는 것이 되고 있다. 이 책은 동시에 『친화력』에도 일정한 빛을 던지고 있는 것처럼 보인다.[33]

『색채론』의 완성은 시기적으로 이 소설의 완성과 가깝다.[34] 게다가 자성(磁性)에 관한 괴테의 연구가 뚜렷하게 이 책 자체에 편입되어 있다. 그는 자신의 작품의 진실성을 자연에 입각해 항상 증명할 수 있는 것으로 믿었으나 그런 식의 자연 이해는 비평에 대한 무관심을 완벽한 것으로 만들었을 뿐이다. 비평 같은 것은 필요 없었다. 원현

---

32) 1809년 9월 4일 『교양인』에 실린 이 글은 아래의 III부에 전문이 인용되어 있다.
33) Solger, 앞의 책, 204쪽(1810년 10월 28일 졸거가 아베켄에게 보낸 편지).
34) 이 저서는 1810년에 발표되었다.

상들의 자연이 평가의 척도였으며, 각각의 작품이 자연과 맺고 있는 관계는 그것으로부터 읽어낼 수 있었다. 하지만 앞서 말한 대로 그의 자연 개념이 워낙 양의적이기 때문에 너무나 자주 원상Urbilder으로서의 원현상은 모델Vorbild로서의 〔단순한〕 자연으로 전화된다. 하지만 만약 괴테가 ― 앞서 말한 양의성을 완전히 해소시켜 ― 원현상이 ― 이상으로서 ― 직관에 분명한 모습으로 나타나는 것은 오직 예술 영역에서뿐이며, 이에 반해 학문에서는 이념이 이상으로서의 원현상들을 대신하고 이때의 이념은 지각 대상에 빛을 비출 수는 있지만 결코 직관 속에서 변화시킬 수는 없다는 사실을 깨달았더라면 그의 그러한 견해는 결코 그렇게 강력하게 견지되지는 못했을 것이다. 원현상들은 예술 앞에 있는 것이 아니라 예술 속에 있다. 당연히 이 원현상들은 결코 판단의 척도가 될 수 없다. 만약 순수한 영역과 경험적인 영역이 이처럼 마구 뒤섞이는 가운데 이미 감각적 자연이 최고의 위치를 요구하고 있는 것처럼 보인다면 그것은 자연적 존재의 현상 전체에서 감각적 자연의 신화적 모습이 승리를 거두고 있기 때문이다. 감각적 자연의 신화적인 모습은 괴테에게 있어서는 상징들의 카오스일 뿐이다. 즉 괴테에게 있어서 자연의 원현상은 모든 작품 속에서 ―『신과 세계Gott und Welt』라는 제목의 시집이 분명하게 보여주듯이 ― 다른 원현상들과 하나가 되어 그러한 상징으로 나타나기 때문이다. 그는 어디에서도 원현상들의 위계질서를 세우려고 시도하지 않았다. 그의 정신에 이들 원현상들의 여러 형식들이 나타나는 모습은 온갖 혼란스러운 소리의 세계가 귀에 울려 퍼지는 것과 하등 다름없었다. 그가 소리의 세계에 대해 부여하고 있는 묘사는 이러한 비유와 관련되어 있을 것이다. 그것은 그러한 묘사가 달리 예를 찾아볼 수 없을 정도로 명확하게 그가 자연을 관찰할 때의 정신을 알려주기 때문이다.

눈을 감고 대신 귀를 열어 가만히 들어보라. 그러면 아주 부드러운 미풍에서부터 아주 거친 소음에 이르기까지, 가장 단순한 음향에서부터 고도의 화음에 이르기까지, 더없이 격렬하고 열정적인 외침에서부터 이성의 극히 나직한 말[소리]Worte에 이르기까지 그들의 존재, 그들의 힘, 그들의 생명과 은밀한 관계들을 드러내며 말하는 것은 오직 자연뿐이다. 그래서 무한한 가시적 세계를 거부당한 맹인조차도 청각을 통해서 무한하게 생동하는 것을 포착할 수 있는 것이다.[35]

따라서 이처럼 가장 극단적인 의미에서 '이성의 말[소리]'까지 자연의 소유로 첨가되게 된다면 괴테에게 있어서 사유가 원현상의 왕국을 낱낱이 비추는 일은 결코 있을 수 없다고 해서 전혀 놀랄 일은 없다. 하지만 그와 함께 그는 경계선들을 그을 수 있는 가능성을 스스로에게서 박탈해버렸다. 존재를 짊어지는 것은 모두 무차별적으로 자연 개념에 속하는 것으로 돌려지는데, 이 개념은 1780년의 단편이 가르쳐주는 대로 괴물처럼 거대화된다. 게다가 괴테는 만년까지도 이 단편 ―「자연」― 에 들어 있는 아래의 구절을 신봉한다는 견해를 표명하고 있다. 이 단편의 마지막 문장은 이러하다.[36]

자연이 나를 자연 안에 두었다. 자연은 또한 나를 밖으로 데리고 나올 것

35) 괴테, 『색채론』, 「머리말」, 장희창 옮김, 민음사, 29~30쪽.
36) 1828년 5월 24/30일경 뮐러(Fr. v. Müller)와 가진 대화(Goethes Gespräche, 앞의 책, 5부 Ergänzungen, Nachträge, Nachweisungen, 라이프치히, 비더만, 1911년, 161쪽[2581번째 편지]) 그리고 같은 해 5월 24일 뮐러에게 보낸 서간 형식의 「자연」에 대한 설명문.

이다. 나는 자연에 몸을 맡긴다. 자연은 나를 자기 마음대로 할 것이다. 자연은 자신이 하는 일을 싫어하지 않을 것이다. 내가 자연에 대해 뭐라고 말한 것이 아니었다. 분명 그렇지 않았다. 무엇이 참이고 무엇이 허위인지 모든 것은 자연이 말했다. 모든 것은 자연의 허물이며, 모든 것은 자연의 공적이다.[37]

이러한 세계관 속에 들어 있는 것은 카오스이다. 왜냐하면 지배자도 한계도 없이 존재하는 것의 영역에서 자신을 유일한 힘으로 바라보는 신화적 삶이 궁극적으로 흘러들어오는 곳이 바로 이곳이기 때문이다.

② 불안 또는 인간의 현존재에 있어서의 신화적 삶의 형식

②-ⓐ 데몬적인 것 모든 비판을 거부하는 것과 자연을 우상 숭배하는 것은 예술가 괴테라는 존재에게 있어서 두 가지 신화적 삶의 형식이다. '올림포스의 신'이라는 별명은 이 두 가지 신화적 삶의 형식이 괴테에게 있어서 최고도로 펼쳐지고 있음을 나타내고 있는 것처럼 보인다. 동시에 그러한 별명은 신화적 본질에 내포되어 있는 빛을 나타내기도 한다. 하지만 신화적 본질에 어울리는 것은 어둠으로, 바로 그것이 인간 괴테의 존재에 극히 무거운 그늘을 드리웠다. 그러한 흔적들을 『진실과 시』[38]에서 찾아볼 수 있다. 하지만 괴테의 고백에서 묻어나오는 것은 극히 작은 부분에 불과하다. 단 하나 '데몬적인 것'

---

37) Goethe, *Sämtliche Werk*, 앞의 책, 34권, *Schriften zur Naturwissenschaften*, 막스 모리스의 서문과 주, 1부, 슈투트가르트와 베를린, 코타, 1905, 6쪽(「자연」).
38) 벤야민은 『시와 진실』을 칼 괴데케(Karl Friedrich Ludwig Goedeke) 판에 따라 이렇게 부르고 있다.

이라는 개념만이 다듬어지지 않은 채 마치 거석(巨石)처럼 고백의 들판에 서 있다. 이 개념과 함께 괴테는 자전적 작품의 마지막 장을 시작하고 있다.

이 자전적 진술이 진행되는 동안 독자는 한 아이가, 소년이 그리고 청년이 어떻게 여러 길을 통해서 초감각적인 것에 접근하려고 노력했는지를 자세히 보았을 것이다. 그는 처음에는 호감을 가지고 자연 종교 쪽을 바라보았으며, 다음에는 애정을 품고 실정 종교에 집착했다가, 더 나아가서는 내면의 집중을 통해 자기 자신의 힘을 시험해 보았으며, 마침내는 흔연하게 일반적 신앙에 귀의하게 되었던 것이다. 그런데 이런 영역들의 중간 지대에서 이리저리 방황하고 탐구하고 모색하는 사이에, 그는 그 모든 것들 중 어느 영역에도 속하지 않은 듯한 많은 것들과 조우하게 되었다. 그리고 그는 이 거대한 것, 파악하기 힘든 것으로부터는 생각을 다른 곳으로 돌리는 편이 나으리라는 것을 점차 인식하게 되었다고 믿는다. — 그는 생명이 있는 것이든 없는 것이든, 영혼이 있는 것이든 없는 것이든 자연 속에서 무엇인가를 발견했다고 믿었는데, 이것은 오로지 모순으로만 제 모습을 드러내며, 따라서 한마디 말로는커녕 어떤 한 개념으로도 파악될 수 없을 어떤 것이었다. 그것은 비이성적으로 보이니 신적인 것은 아니었고, 오성을 갖고 있지 않으니 인간적인 것도 아니었다. 선을 행하니 악마적인 것도 아니었고, 종종 남의 불행을 보고 고소해하니 천사 같은 것도 아니었다. 어떤 것의 연속임이 입증되지 않으니 우연에 흡사했고, 연관 관계를 암시하니 신의 섭리와 유사했다. 우리를 제한하는 모든 것에 침투할 수 있을 것 같았고, 우리 생존의 필연적인 요소들은 제멋대로 처리하는 듯이 보였다. 그것은 시간을 끌어당기고 공간을 확대시켰다. 그것은 오직 불가능한 것 가운데서만 안주하는 듯이 보였고, 가능한 것은 멸시하면서 시선도 주지 않았다. — 모든 존재들 사이에 들어서서는 그것들을 떼어놓거나 맺어주는 듯이 보였던 이 존재를 나는 옛 성현들이나, 이와 비슷한 것을 감지했던 사람들의 예를 따라 데몬적인 것이라고 명명했다. 나는 이 무시무시한 존재로부터 벗어나고자 했다.[39]

이러한 말들 속에서 35년도 더 지난 후 앞서 언급한 저 유명한 단편 속에서와 마찬가지로 파악하기 힘든 자연의 양의성에 대한 경험이 표현되고 있다는 것을 굳이 지적할 필요는 없을 것이다. '다이몬적인 것'이라는 이념 — 이것은 『진실과 시』에 인용되어 있는 『에그몬트』의 텍스트[40]에서는 좀 더 확실한 결론으로서 그리고 『근원의 말들. 신비로운』[41]의 첫 연에서는 인용문 형태로 — 은 평생 괴테의 직

---

39) 『시와 진실』, 4부 20장, 전영애 · 최민숙 옮김, 민음사, 1025쪽. 원래 데몬은 초자연적 · 영적 존재를 나타내는 그리스어 다이몬에서 유래한 말로 호메로스는 신 또는 신적인 힘이라는 의미로 이 말을 사용했다. 특히 인간에게 불가사의하게 갑자기 닥쳐오는 운명적인 힘을 선악을 불문하고 모두 다이몬 탓으로 돌렸다. 플라톤은 다이몬을 신과 인간의 중간자로 규정했는데, 오늘날 우리가 무의식으로 여기는 영역에서 작용한다고 말할 수 있는 모든 힘을 다이몬이라고 했다. 그 후 기독교의 부상으로 이교의 신들이 배제되면서 다이몬도 악마 또는 마신과 동일시되었다. 여기서 파생된 독일어의 '데몬적'이라는 말은 선악과는 무관한 개념으로 예술가에게 내재해 있으면서 그의 의지와 상관없이 그를 이끌어가는 천재적 인격의 불가사의하고 비밀스러운 특성을 묘사할 때 쓰였다. 벤야민은 이 인용문에서 마지막 문장의 '나는'과 '이 무시무시한' 사이에 있는 '내 습관대로 어떤 상징 뒤로 도망침으로써'라는 구절을 삭제해버렸다.
40) 『시와 진실』은 희곡 『에그몬트』의 2막 2장에서 주인공 에그몬트가 하는 말을 인용하고 있다. "자! 자! 이젠 그만! 보이지 않는 정령들의 채찍질을 받는 듯, 시간이라는 일륜의 말들이 우리 운명의 가벼운 마차를 끌고 쉬지 않고 달리다니, 우리에게는 용감하게 고삐를 단단히 잡고, 때론 우로, 때론 좌로, 이 돌멩이, 저 낭떠러지를 피해 수레를 모는 수밖에 다른 도리가 없구나. 어디로 가는지 누가 알랴? 어디서 왔는지조차 기억하지 못하거늘"(『시와 진실』, 1041쪽).

관을 따라다녔다. 『친화력』에서 운명이라는 이념 속에서 나타나고 있는 것이 바로 이 '다이몬적'이라는 이념으로, 더욱이 이 두 이념 사이에 매개가 필요할 경우 괴테에게 있어서는 몇 천 년부터 이 두 이념 사이의 연관의 고리를 마무리 지어온 그러한 매개 또한 결여되어 있지 않았다. 『근원의 말들』은 삶에 대한 회상을 암시하면서 신화적 사고의 규범으로서의 점성술을 분명하게 가리키고 있다. '다이몬적인 것'에 대한 언급으로 책을 끝맺고 있는 『진실과 시』는 점성술적인 것에 대한 언급과 함께 시작된다.[42] 그리고 실제로 이 시인의 삶

41) 이 오르페우스의 노래는 『신과 세계』에서 뽑은 것으로, 1연에는 「다이몬」이라는 제목이 붙어 있다. 5연의 8행시로 구성되어 있는 이 시의 각 연에는 순서대로 '다이몬(마성)', '티혜(우연)', '에로스(사랑)', '아낭케(필연)', '엘피스(희망)'라는 제목이 붙어 있다. 고대 이집트의 믿음에 따르면 인간이 태어날 때는 신 다이몬, 티혜, 에로스, 아낭케가 곁에 있다고 하며 이와 더불어 엘피스가 연결된다. 이와 비슷한 것이 오르페우스와 관련된 고대문학에서도 나타나는데, 거기서 시인이 빚는 것이 '성스러운 말'이다. 거기서 괴테는 '근원의 말'이라는 자신만의 표현을 만들었다(『괴테 시 전집』, 651쪽).
이 시의 1연은 이렇다.

> 그대를 세상에다 준 그날
> 태양이 유성들의 인사를 받으러 떠 있었던 대로
> 그때부터 그대 줄곧 성장해왔다.
> 그에 따라 그대 태어난 그 법칙에 따라,
> 그럴 뿐, 자기 자신을 벗어날 수 없노라고
> 이미 무녀들이, 예언자들이 말했지
> 어떤 시간도 어떤 힘도 토막 낼 수 없다네.
> 한번 각인된 모습은, 그 모습 살며 발전해 가네.

42) "1749년 8월 28일 정오 12시를 알리는 종소리와 함께 나는 마인 강변의 프랑크푸르트에서 태어났다. 별자리는 상서로웠다. 태양은 처녀자리에서 그날의 절정을 이루고 있었다. 목성과 금성은 태양에게 다정스러운 눈길을 보냈고 수성도 싫은 기색이 아니었으며, 토성과 화성은 관계하지 않았다. 다만 갓 만월이 된 달만은 보름달이 됨과 동시에 위력을 발휘하기 시작해 지구를 사이에 두고 태양과 일직선상에 마주 선 대일조(對日

은 점성술이 미치는 범위를 완전히 벗어나지 못하는 것처럼 보인다. 볼[43]이 『별 신앙과 점성술』에서 반은 장난처럼 반은 진담처럼 점복으로 내놓고 있는 바에 따르면 괴테의 탄생[44] 시의 천궁도는 해당 인물이 이 세상에서 짊어질 삶이 혼탁할 것임을 나타내고 있다.

상승궁이 토성의 뒤를 바짝 쫓고 있으며, 따라서 불길한 전갈자리에 놓이게 되는 사실 또한 이 삶에 일정한 그림자를 드리우고 있다. 이 전갈자리는 황도십이궁도 중 '수수께끼에 싸인' 것으로 여겨지고 있어 토성의 비밀스러운 본질과 맞물리면 이 삶이 만년에 달했을 때 적어도 일정하게 폐쇄적인 성격을 초래하게 될 것이다. 하지만 또한 — 그리고 다음과 같은 것이 예고되고 있다 — 전갈자리는 '땅위를 기어 다니는' 동물의 황도십이궁도로 거기에 '토질의 행성'인 토성이 위치해 있음으로써 '오장육부를 다 동원해 달라붙는 원기 왕성한 애욕을 자랑하며' 지상의 세계에 매달리는 강렬한 현세적 성격의 원인이 되기도 한다.

②-ⓑ **죽음에대한불안** "나는 이 무시무시한 존재로부터 벗어나고자 했다."[45] 다이몬적 힘들과 관계한 대가를 신화적 인간은 불안으로 지

照)의 힘을 그만큼 더 많이 행사했다. 달이 나의 탄생을 가로막는 바람에 그 시각이 지나가 버리기 전에는 내가 태어날 수 없었다. 후일에 점성술사가 매우 높게 평가했던 이 좋은 측면들이 아마도 내가 목숨을 보존한 원인이었을지 모른다. 왜냐하면 산파가 서투른 탓에 나는 거의 사산아로 태어났는데, 여러모로 애를 쓴 끝에야 겨우 세상 빛을 볼 수 있었기 때문이다"(『시와 진실』, 1부 1장, 15~16쪽).
43) Franz Boll(칼 베촐드와 공저), *Sternglaube und Sterndeutung. Die Geschchite und das Wesen der Astrologie*, 라이프치히와 베를린, 토이브너, 1918년, 89쪽.
44) 『시와 진실』 1장의 시작 부분에 따르면 괴테는 1749년 8월 28일 정오에 태어났다.
45) 괴테, 앞의 책, 1025쪽.

불한다.[46] 괴테 안에서는 그러한 불안이 종종 분명하게 말을 하고 있다. 그의 전기작가들은 그러한 불안의 출현을 마지못해 상기시키고는 한낱 일화로 단편화하고 있는데, 그러한 출현에 고찰의 빛을 비추어야 한다. 그러한 고찰은 물론 이 남자의 삶에 뿌리내리고 있는 태곳적 힘들의 위세Gewalt를 정말 무서울 정도로 명백하게 드러내줄 것이다. 물론 그러한 위세가 없었다면 그는 최고의 민족 시인이 되지 못했을 것이다. 그러한 불안들 중 가장 분명하게 나타나고 있는 것은 다른 모든 불안을 내포하고 있는 죽음에 대한 불안이다. 왜냐하면 그것이 신화의 주술권을 형성하고 있는 자연적 삶의 무정형적인 전일적 지배Panarchie를 가장 강력하게 위협하고 있기 때문이다. 죽음 및 죽음을 나타내는 모든 것에 대한 이 시인의 혐오는 완전히 극단적인 미신의 특징을 갖고 있다. 잘 알려진 대로 그 앞에서는 누구도 죽음에 대해 언급해서는 안 되었다. 하지만 그가 아내의 임종의 자리에 단 한 번도 발걸음을 하지 않았다는 사실은 그보다는 덜 알려져 있다. 그의 편지를 보면 친아들의 죽음에 대해서도 동일한 태도를 취했음을 알 수 있다. 무엇보다 특징적인 것은 첼터에게 아들의 죽음을 알리며 진정 악마적인 표현으로 — "그래도 묘를 넘어 전진!"[47] — 편지를 맺고 있는 것이다. 괴테가 임종의 자리에서 입에 올렸다고 하는 말[48]의 진의는 바로 그러한 의미로 이해되어야 할 것이다. 마침내 그

---

46) 벤야민은 여기서부터 (마지막의 네 구절을 예외로 한) 이 1절 끝까지에 이르는 제법 긴 단편을 1937년 5~6월 『남부 잡지Cahiers du Sud』(194호)에 「괴테에게서의 신화적 불안」이라는 제목으로 게재한 바 있다.

47) Briefwechsel zwischen Goethe und Zelter, 앞의 책, 6부(1830~1832년), 베를린, 둥커 & 훔볼트, 1834년, 160쪽(1831년 2월 23일 괴테가 첼터에게 보내는 편지).

48) '좀 더 많은 빛을!'

러한 말 속에서 신화적 삶의 활력이 임박한 죽음의 어둠에 맞서 마지막으로 한 줄기 빛을 더 달라는 무기력한 바람을 희구하고 있는 것이다. 만년의 수십 년 동안 그의 삶을 특징지은 달리 예를 찾아볼 수 없는 자기숭배도 그러한 신화적 삶의 활력에 뿌리를 내리고 있었다. 『진실과 시』, 『일지와 연지』[49], 『실러와의 왕복서간집』[50]의 간행, 그와 동시에 첼터와의 왕복서한집을 출판하기 위해 들인 공 또한 죽음을 좌절시키기 위한 수많은 노력들 중의 하나였다. 사후에도 영혼은 살아남는다고 말하고 있는 모든 글에서는 이보다 훨씬 더 분명하게 불사(성)를 하나의 희망으로 간직하려는 것이 아니라 담보로서 요구하는 이교적인 바람이 나타나고 있다. 본래 신화 자체에서는 불사(성)의 이념이 '죽지 않는다' 라는 형태로 나타나는 것처럼 괴테의 생각 속에게도 불사(성)의 이념이란 영혼이 본래의 고향으로 돌아가는 것이 아니라 무한정한 것으로부터 다른 무한정한 것으로 달아나는 것을 의미했다. 무엇보다도 빌란트 사후에 가진 대화[51] — 팔크가 이를 전하고 있다 — 는 괴테가 불사(성)를 자연에 적합한 것 그리고 — 그중의 인간적인 것이 아닌 것을 강조하기라도 하듯 — 원래 위대한 정신에게만 주어질 수 있는 것으로 간주하고 싶어 한다는 것을 보여준다.

  ②-ⓒ 삶에 대한 불안 불안만큼 변화무쌍한 감정도 없다. 마치 기본음에 무수한 배음(倍音)들이 더해지듯이 죽음의 불안에 삶에 대한 불안

---

49) 『일지와 연지(*Tag-und Jahreshefte*)(1830년)
50) *Briefwechsel zwischen Schiller und Goethe*(1828~1829년).
51) 1813년 1월 25일 팔크(J. D. Falk)와 가진 대화, *Goethes Gespräche*, 앞의 책, 2권, 라이프치히, 1909년, 169~176쪽(1490번째 대화). 팔크(1768~1826년)는 독일의 작가이자 교육학자이다.

이 더해진다. 이러한 삶에 대한 불안을 둘러싼 바로크풍의 움직임 또한 [괴테 연구] 전통은 적당히 보아 넘기고, 침묵해왔다. 이 연구 전통에게는 괴테 속에서 하나의 규범을 세우는 것이 중요했는데, 그러는 가운데 괴테가 자기 내부에서 참고 견뎌야 했던 삶의 여러 형태들 사이의 투쟁을 간파하는 것으로부터는 완전히 멀어지고 말았다. 괴테는 그러한 투쟁을 자기 자신의 내부에 아주 깊숙이 봉해버렸다. 그로 인해 그의 삶은 고독하며, 어떤 때는 고통에 시달리다가 때로는 반항적이다가 다시 침묵으로 일관하게 된다. 게르비누스[52]는 그의 저서 『괴테의 왕복서간에 대해』[53]에서 바이마르 초기 시대에 대해 서술하는 가운데 그러한 침묵이 얼마나 빨리 시작되었는지를 보여주고 있다. 그는 누구보다 먼저, 그리고 누구보다 더 큰 확신을 갖고 괴테의 삶에서 나타나는 그러한 현상에 주목했다. 아마도 그러한 현상 — 그것의 가치에 대해 그가 내린 판단이 얼마나 잘못되었든 — 의 의미를 예감한 사람은 그가 유일했을 것이다. 실제로 그는 만년의 괴테가 거의 침묵하다시피 자기 내면으로 침잠해 들어간 것도 또 자기 자신의 삶의 사상 내실에 대해 거의 역설적이라고 할 수 있을 정도로 관심이 커진 것도 놓치지 않았다. 그런데 이 두 가지가 말하는 바는 삶에 대한 불안이다. 즉 묵상으로부터는 삶의 힘Macht과 폭넓음에 대한 불안이, 삶의 사상 내실을 하나도 빼놓지 않고 포괄하려는 태도로부터는 삶이 달아나지는 않을까 하는 불안이 모습을 드러내고 있는 것이다. 게르비누스는 앞서 말한 저서에서 노년의 괴테의 창작이 이전의

---

52) 게르비누스(Georg Gottfried Gervinus : 1805~1871년)는 독일의 역사가이자 정치가이며 문학사가로 그의 위대한 독일문학사는 괴테에게서 신화적 위치를 박탈해버렸다.
53) Georg Gottfried Gervinus, *Über den Götheschen Briefwechsel*, 라이프치히, 엥겔만, 1836년, 136쪽.

각 시기와 구분되는 전환점을 찾아보려고 하고 있는데, 이탈리아 여행을 계획한 1797년을 그러한 시기로 보고 있다. 같은 시기에 실러에게 보낸 한 편지에서 괴테는 '완전히 시적'이지 않지만 그럼에도 그 자체로는 일정한 종류의 시적 감흥을 불러일으키는 대상들에 대해 서술하고 있다. 그는 이렇게 말하고 있다.

> 그러한 이유로 나는 그러한 효과를 만들어내는 대상들을 자세히 관찰해 보았는데, 그 결과 놀랍게도 그들 대상들이 본래부터 상징적인 것이라는 사실을 깨닫게 되었네.[54]

하지만 상징적인 것이란 그 안에서 진리 내실이 사상 내실과 해소하기 힘들게 그리고 필연적으로 연결되어 나타나는 현상을 말한다. 같은 편지에는 이렇게도 쓰여 있다.

> 따라서 앞으로 여행할 때는 시선을 끄는 것보다는 의미 있는 것에 주의를 기울인다면 결국 반드시 자신만이 아니라 다른 사람을 위해서도 멋진 수확을 거둘 수 있을 것이라네. 아직 여기에 있는 동안에는 우선 어떤 상징적인 것을 알아차릴 수 있는지 시도해볼 생각이라네. 특히 처음 보게 되는 미지의 장소들에서 한번 그렇게 훈련해볼 생각이네. 만약 그러한 시도가 성공한다면 경험을 이리저리 사방으로(Breite) 뒤쫓아 가지 않더라도 그때그때 허용되는 범위 내에서 어떠한 장소와 어떠한 순간에서든 깊이(Tiefe) 보려고 노력한다면 반드시 익히 아는 나라나 지방으로부터도 충

---

54) *Briefwechsel zwischen Schiller und Goethe*, 앞의 책(1797년 8월 16, 17일 괴테가 실러에게 보낸 편지).

분히 수확을 손에 넣을 수 있을 것이라네.[55]

이에 대해 게르비누스는 이렇게 덧붙이고 있다.

아마 그러한 태도는 만년의 괴테의 거의 모든 문학작품에 일관되게 해당되는 것이며, 이전에는 예술이 요구하는 대로 감성의 폭이 넓어지는 (Breite) 가운데 나타나는 경험들을 이들 후기 작품에서는 일정한 정신적 깊이에 따라 가늠하게 되었다고 할 수 있을 것이다. 물론 이때 그는 종종 끝을 알 수 없는 심연을 헤매기도 했다. 실러는 이처럼 너무나 신비로운 베일에 싸인 새로운 경험을 매우 예리하게 꿰뚫어보고는 이렇게 말하고 있다. 즉 …… 괴테에게는 시적인 감흥도 시적인 대상도 제외시킨 시적인 요구가 중요한 것처럼 보인다고 말이다. 〔실러에 따르면〕 거기서 실제로 중요한 것은 대상이 아니라 그러한 대상이 그에게 있어 어떠한 의미를 갖게 만드는 심정Gemüt이다(그리고 이러한 실러의 소견 속에서 표현되고 있는 명제를 통해 상징을 파악하는 동시에 그것을 상대화하려는 노력보다 더 의고전주의의 특징을 잘 보여주는 것도 없을 것이다 ― 벤야민의 언급).

즉 〔실러에 따르면〕 여기서 경계를 정하는 것은 심정이다. 그리고 괴테는 다른 모든 곳에서도 그러했던 것처럼 여기서도 평범한 것과 풍요로운 정신을 소재의 선택이 아니라 그것을 다루는 방식에서만 끌어낼 수 있었다. 괴테의 견해로는 임의의 두 개의 광장이 의미하는 것은 기분이 고양되었을 때는 어떤 거리나 다리도 대신할 수 있었다. 만약 실러가 괴테의 이처

55) 앞의 책.

럼 새로운 관찰 방법에서 실제로 발생할 수 있는 모든 결과를 짐작이라도
할 수 있었다면 대상들을 그런 식으로 바라보게 되면 개별적인 것 안에서
하나의 세계를 발견하게 될 것이기 때문에 그러한 관찰 방법에 완전히 몸
을 맡기려는 친구를 부추기거나 하는 등의 일은 하지 않았을 것이다.[56]
…… 왜냐하면 그에 이어 바로 다음과 같은 사태가 발생하기 때문이다.
즉 괴테는 여행용 서류 꾸러미를 만들기 시작해 거기에 온갖 공문서, 신
문, 주간지, 설교문에서 발췌한 것들, 연극 프로그램, 각종 칙령, 물품 가
격 일람표 등을 한데 묶은 다음 본인의 소견을 첨부해 그것을 세상 사람
들의 목소리와 비교한 다음 그에 따라 본인의 최초의 의견을 정정하고 새
롭게 알게 된 바를 다시 서류에 기록하는 등 그런 식으로 다양한 자료를
장래에 사용하기 위해 보존해 두려고 하는 것이다!! 여기서 이미 후일에
는 우스꽝스럽게 보일 정도로까지 근엄한 태도를 취하며 일기나 메모가
무슨 극히 중요한 것이라도 되는 양 취급하려는 태도의 조짐이 오롯이 나
타나고 있는데, 바로 그런 태도로 그는 극히 대수롭지 않은 것들조차 마
치 현자라도 된 듯 근엄한 표정으로 바라보았다. 이제부터는 선물로 받은
메달 하나하나가, 사람들에게 선물로 준 극히 작은 화강암 조각 하나하나
가 그의 눈에는 극히 중요한 의미를 가진 물건이 된다. 그리고 발굴 작업
을 하다가 프리드리히 대제가 온갖 명령을 내렸음에도 발견할 수 없었던
암염(巖鹽)을 발견하게 되자 터무니없이 그것을 기적이라 생각하고는 나
이프 끝으로 한번 떠낸 것만큼의 양을 떼어내 기적의 상징이라며 베를린
의 친구 첼터에게 보낸다. 저 오래된 격언, 즉 *nil admirari*[57]와는 정반대

---

56) 이상 게르비누스가 인용하고 있는 실러의 글은 1797년 9월 7일 실러가 괴테에게 보
낸 편지에서 따온 것이다.
57) '어떠한 일에도 놀라지 않고' (호라티우스, 『서한집』, 1권, 6. 1).

로 만사에 찬탄을 금치 못하고, 만사를 '의미심장하며 기묘하고 예측하기 힘든 것'으로 간주하는 것을 신조로 삼은 것보다 더 그의 만년의 정신상태를 특징적으로 보여주는 것도 없을 텐데, 그러한 성향은 나이가 들어갈수록 점점 더 심해진다![58]

게르비누스가 실로 절묘하게, 아무런 과장도 없이 그리고 있는 괴테의 이러한 태도에는 분명 찬탄을 부를 만한 면도 있지만 불안도 드리워져 있다. 인간은 상징들의 카오스 속에서 경직되며 자유를 잃어버리는데, 그러한 일은 고대인들에게는 알려져 있지 않았다. 그는 행동을 해야 하게 될 때는 징표와 신탁이 이끄는 대로 따랐다. 그의 삶에 그것들이 부족한 적은 없었다. 바이마르로의 길을 가리킨 것도 그러한 징표 중의 하나였다. 실제로 『진실과 시』에서 그는 어느 날 산책하던 중 자신의 소명이 문학인지 아니면 회화인지에 대해 생각이 나뉘어 신탁에서 계시를 구하려고 했던 일에 대해 들려주고 있다.[59] 책임을 지는 것에 대한 불안이 그가 천성적으로 사로잡힐 수밖에 없는 온갖 종류의 불안 중 가장 정신적인 것이었다. 그가 정치 문제, 사회문제 그리고 심지어 만년에는 한층 더 문학적인 문제에서까지 보수적인 태도를 취한 이유 중의 하나 또한 여기 있었다. 그것이 연애 관계에 있어서의 그의 소홀함의 뿌리였다. 그것이 『친화력』에 대한 그의 설명을 규정하고 있는 것 또한 분명하다. 왜냐하면 이 작품이야말로 그의 삶의 가장 깊숙한 곳, 즉 그의 고백도 드러내지 못했기 때문에 아직도 이 시인의 고백의 주술로부터 풀려나오지 못한 전통적인

58) 게르비누스, 앞의 책, 140쪽 이하.
59) 『시와 진실』, 3부 13장, 715~716쪽.

괴테 연구에는 여전히 감추어진 상태로 있는 저 근저에 가라앉아 있는 사실들에 빛을 비추고 있기 때문이다. 하지만 이러한 신화적 의식 (意識)을 종종 이 '올림포스의 신'의 삶 속에 비극적인 것이 들어 있다는 것을 〔억지로〕 인정하기 위해 동원하곤 하는 저 진부한 미사여구로 논해서는 안 될 것이다. 비극적인 것이란 연극 속의 인물 person, 즉 자기 자신을 연기하는 인물의 현존재Dasein 속에만 존재하는 것이지 인간의 현존재 속에는 결코 존재하지 않는다. 오히려 다름 아니라 괴테처럼 자기 내부의 본질을 드러내는 요소를 거의 찾아볼 수 없는 인간의 고요히 관조하는 현존재에게서 가장 결여되어 있다. 따라서 어떠한 인간의 삶에 대해서도 마찬가지겠지만 괴테의 그러한 삶에 있어서도 문제의 핵심은 비극의 주인공이 죽음 속에서 보여주는 자유가 아니라 영원한 삶에 있어서의 구원Erlösung이다.

II 반명제로서의 '구원'

그리하여 사방엔, 빛 둘레엔,
시간의 우듬지들 쌓여가고
사랑하는 사람들 가까이 살건만
가장 먼 산정들에서 지쳐 있으니
우리에게 순결한 물을 다오.
오! 우리에게 날개를 다오.
진실되이 그리 가서 다시 돌아올 수 있도록.
— 횔덜린*

---

* 횔덜린, 「파트모스」, 『횔덜린 시선』, 장영태 옮김, 443쪽, 유로 서적(번역을 일부 수정했다). 후일에 나온 미완성 판본에서 인용했다. 횔덜린은 1연 1행에 '빛 둘레엔(um Klarheit)'을 첨가해 「요한복음」의 참 빛(신)을 가리키려고 했던 것처럼 보인다. 횔덜린 연구자이자 벤야민의 친구인 피에르 베르토(Pierre Bertaux)는 "'가장 먼 산정들'은 '심연을 가로질러' 서로를 부르는 거인들처럼 아마도 소크라테스 이전의 것들에 대한 니체식 이미지를 불러일으키고 있는 것 같다"고 지적하고 있다. 나중에 살펴보겠지만 예배당에서 명상에 잠겨 있던(2부 3장) 오틸리에는 망자들이 각자 자기 자리에 앉아 서로 소리 없는 대화를 나누는 듯한 상상을 한다. 하지만 (사적인 편지에서) 베다 알레만(Beda Allemann)이 환기시키고 있는 대로 「요한복음」식의 우듬지들을 향한 횔덜린식의 비상은 기상천외한 꿈으로, '순결한 물'과 '진실됨'에 대한 언급으로 인해 완화된다.

1
비평과 전기적 연구

A 전통적 견해

① 작품 분석

『친화력』도 마찬가지지만 어떠한 작품이라도 작가의 삶과 본질에 대해 해명해줄 수 있는 반면 일반적으로 행해지는 고찰은 작가의 삶과 본질을 근거로 삼고 있다고 믿을수록 그만큼 더 그것으로부터 빗나가고 만다. 왜냐하면 고전적인 작가의 작품집은 으레 서문에서 거의 빼놓지 않고 다름 아니라 거기 담긴 작품의 내실은 다른 어떤 작품의 내실보다도 더 오직 작가의 삶으로부터만 이해될 수 있다는 것을 강조하는 식이지만 그러한 판단은 이미 근본적으로 작가의 본질에 대한 상투적인 이미지와 공허한 또는 도대체 이해할 수 없는 체험을 묘사하는 것을 통해 작가의 내부에서 작품이 생성되어 나온 과정을 해명하려는 방법상의 근원적 착오[1]를 포함하고 있기 때문이다. 근대의 거의 모든 문헌학, 즉 아직 용어와 주제에 대한 규명을 자체의 판단 규정으로 삼고 있지 않은 문헌학에서 찾아볼 수 있는 그러한 근원적 착오는 작가의 본질과 삶에서 출발해 작품을 그로부터 비롯된 산물로 이끌어내기까지는 않더라도 그럼에도 불구하고 점점 더 아무짝에도 쓸모없는 작품 이해에 가까워지고 만다. 이에 비해 확실한 것, 검증 가능한 것에 기반해 인식을 수립하는 것이 의문의 여지없이 적절한 방법인 한 통찰의 시선이 내실과 본질로 향하는 경우에는 항상 작품이 철두철미하게 고찰의 전면에 놓여야 한다. 왜냐하면 작품 속에서보다 내실과 본질이 더 영속적으로, 확실한 형태를 부여받은 채, 파악 가능한 모습으로 나타나는 곳도 달리 없기 때문이다. 〔그런데〕 작품에서조차 내실과 본질의 출현은 파악하기가 매우 힘들며 대부분의 사람들에게는 접근조차 할 수 없는 것처럼 보이는데, 이 점이 그러한 사람들에게는 예술사 연구를 작품에 대한 정확한 인식보다는 저자나 저자의 인간관계에 대한 연구 위에 구축하기 위해 충분한 최후의 근거가 되는 것이다. 하지만 그렇다고 하여 그것이 작품에 대해 판단하려는 사람에게 그들이 말하는 것을 믿거나, 나아가 그것을 따르도록 허용해주는 것은 아니다. 오히려 그러한 사람은 창작자와 작품 사이의 유일하게 이치에 맞는 관련은 작품이 창작자에 대해 하고 있는 증언에서만 존재한다는 점을 명심해야 한다. 어떤 사람의 본질에 대해서는 그가 표현하는 말 — 여기서 말하는 의미로는 작품도 그러한 말의 일부를 이루고 있다 — 을 통해서만 알 수 있는 것이 아니다. 아니, 그러한 지식은 무엇보다도 작품에 의해 규정된다. 작품은 행위와 마찬가지로 어떤 것에서 유추될 수 있는

1) '추론 전체를 그르치는 최초의 오류' 라는 뜻이다.

것이 아니다. 이러한 명제를 전체적으로는 받아들이면서도 개별적 논의에서는 거스르는 고찰은 모두 내실에 대한 요구를 이미 잃어버린 것이다.

② 본질과 작품에 대한 서술

이처럼 진부한 서술은 작품의 가치와 특성에 대한 통찰뿐만 아니라 마찬가지로 작가의 본질과 삶에 대한 통찰도 놓치고 만다. 우선 작자의 본질에 대해서 보자면, 그의 총체성, '본성Natur'이라는 점에서 볼 때 작품에 대한 해석을 등한히 하는 한 어떠한 인식도 수포로 돌아가 버린다. 왜냐하면 작품에 대한 해석 역시 작자의 본질에 대한 궁극적이고 완전한 견해 ― 그러한 것은 여러 가지 이유에서 생각할 수조차 없는 것이다 ― 를 제공할 수 없지만 그렇다고 하여 작품을 무시한다면 그러한 본질은 전혀 가늠조차 할 수 없는 상태에 놓이기 때문이다. 하지만 전기적 연구라는 종래의 방법에도 작가의 삶에 대한 통찰은 막혀 있었다. [작가의] 본질과 작품 사이의 이론적 관계를 명확히 하는 것은 작자의 삶에 대한 모든 직관의 기본 조건이다. 하지만 그러한 직관을 가능하게 하기 위한 고찰이 지금까지는 거의 이루어지지 않아서인지 지금은 일반적으로 심리학적 개념들이 최고의 인식 수단으로 간주되고 있지만 그러한 전문 술어들이 유행하고 있는 한 이 분야에서보다 더 사태의 진상에 대한 예감을 일절 단념해야 하는 지경에 빠지는 분야도 없을 것이다. 왜냐하면 적어도 아래와 같이는 주장할 수 있기 때문이다. 즉 어떤 창작자의 삶의 모습을 묘사할 때 전기적인 것을 우위에 두는 것, 다시 말해 윤리적 문제들의 결정적인 성격과 함께 인간으로서는 결정할 수 없는 측면을 강조하면서 하나의 인간의 삶으로서 묘사하는 것은 오직 근원은 파헤칠 수 없다는 전제하에 모든 작품을 — 가치와 내실이라는 측면에서 한정하면서 — 그것이 창작자의 삶에서 가졌을지도 모르는 궁극적인 의미에서 배제시키는 경우뿐일 것이다. 왜냐하면 위대한 작품은 평범한 인간 존재에게서는 탄생하지 않는다 하더라도, 아니 그뿐 아니라 그러한 사실이 작품의 순수함을 보증해주는 것이더라도 결국 그것은 여전히 작품이 갖는 다양한 요소들 중의 하나에 지나지 않기 때문이다. 따라서 작품은 조형자의 삶을, 내실보다 생성Werden에 입각해 극히 단편적으로밖에는 밝힐 수 없다. 작품이 어떤 사람의 삶에서 가질 수 있는 의미는 완전히 불확실하기 때문에 그 결과 이런저런 특수한 내용은 오직 어떤 창작자의 삶에서만 찾아볼 수 있으며, 오직 그런 사람의 삶에서만 정당화될 수 있는 것으로 간주되어 왔다. 그러한 삶은 윤리적 금언들로부터 해방되어 있을 뿐만 아니라 보다 고차원적인 정당성에 관여하며, 통찰에 대해 훨씬 더 명료하게 열려 있어야 한다. 그러한 견해를 공언하고 있는 사람들에게 있어 작품 속에서 끊임없이 나타나고 있는 진정한 삶의 내용이 하나같이 중시되고 있지 않다 한들 무엇이 이상하겠는가. 아마 그러한 견해가 괴테 연구에 있어서만큼 분명하게 나타나는 경우도 없을 것이다.

B 영웅화하는 견해

창작자의 삶은 자율적인 내용을 마음대로 할 수 있다고 보는 이러한 견해에 있어서는 사소한 것을 중시하는 사고관습이 그와 달리 아주 깊숙이 들여다보는 사고관습과 어찌나 긴밀하게 얽혀있는지 전자는 그저 후자, 즉 태고 이래의 사고관습의 하나의 변형에 불과하며 후자의 사고관습이 최근에 다시 드러났다는 식의 추정이 허용될 정도이다. 지금까지 통용되어온 견해에서는 작품과 본질과 삶이 모두 무규정 상태로 뒤섞여 있었다면 후자의 견해는 확실하게 이 삼자에게 통일성을 부여하고 있다. 그러한 식으로 신화적 영웅의 겉모습을 구성하는 것이다. 실제로 신화의 영역에서 본질, 작품, 삶은 통일(성)을 이루고 있으며 신화 이외의 영역에서는 그저 적당히 작가연하는 사람들lax literatus의 의식 속에서만 제자리를 얻을 수 있기 때문이다. 신화의 영역에서 본질이란 다이몬이며, 삶이란 운명이고, 이 양자에게 명확한 형태를 부여할 뿐인 작품은 살아있는 형상이다. 거기서 작품은 본질의 근거와 삶의 내용을 동시에 내포하고 있다. 신화적 삶의 전범이 되는 형식이란 다름 아닌 영웅의 삶이다. 그러한 삶에서 실제적인 것은 동시에 상징적이다. 다시 말해 그러한 삶에 있어서만 상징적인 모습, 그리고 그와 함께 인간의 삶의 상징적인 내실이 동일한 방식으로 인식에 적합한 형태로 주어진다. 하지만 그러한 인간이 살아가는 삶은 오히려 초인간적 삶이며, 따라서 그러한 모습을 하고 있는 인간 존재뿐만 아니라 오히려 보다 결정적으로는 내실의 본질에서도 본래의 인간적 삶과는 구별된다. 왜냐하면 본래의 인간적 삶의 은폐된 상징적 표현이 살아있는 자의 개별적 모습만큼이나 인간적인 모습에도 똑같이 구속적으로[철저하게] 의거하고 있는 데 반해 영웅의 삶의 확실한 상징적 표현은 개별적 특수성의 영역에도 또 도덕적 유일성의 영역에도 이르지 못하기 때문이다. 개별적 존재로부터 영웅을 구분해주는 것은 유형성Typus으로, 아무리 초인간적인 것이라고는 해도 그것은 역시 규범이다. 그리고 영웅을 책임이라는 도덕적 유일성에서 구분해주는 것이 대리인이라는 역할이다. 왜냐하면 영웅은 자신의 신 앞에서뿐만 아니라 인류의 신들 앞에서 인류의 대리인이기 때문이다. 애국주의적인 '모두를 위한 한 사람'에서부터 구원자의 희생적인 죽음에 이르기까지 도덕적 영역에서 대리는 모두 신화적 성질을 띠고 있다. — 영웅의 삶에 있어서의 유형성과 대리인적 성격은 그가 짊어진 사명이라는 개념에서 정점에 달한다. 그러한 사명의 현전과 그것의 명백한 상징적 표현이 초인간적 삶을 인간적 삶으로부터 구별해준다. 바로 그것들이 열두 가지 사명을 완수해야 하는 신화적 영웅 헤라클레스 못지않게 하데스로 내려가야 하는 신화적 가인(歌人) 오르페우스를 특징짓고 있다. 그러한 상징적 표현의 가장 강력한 원천 중의 하나는 성좌 신화로부터 흘러나오고 있다. 즉 영웅은 구원자라는 초인간적 유형으로서 별이 총총한 하늘에서의 과업을 통해 인류의 대리인이 된다. 그러한 영웅에는 오르페우스적 시의 『근원의 말들』이 적용된다. 태양 같은 그의 「다이몬」도, 달과 같이 변해가는 그의 「티헤」도, 별의 「아낭케」처럼 벗어나기 힘든 그의 운명도, 심지어 에로스도 아니라 오직 「엘피스[희망]」만이 그것들을 초월한 저편을 가리키고 있다.[2] 따라서 인간과 가

2) 앞서 제1연을 인용한 바 있다. 다른 네 연은 이렇다.

　티헤[우연]
　엄격한 한계는 즐겁게 비켜간다.
　변전하는 것 하나
　우리와 더불어 우리 주위를 감돌며
　끝내 외롭진 못하여 그대, 어울리도록 스스로를 빛고 있지
　또 아마도 남들이 행동하듯 행동하고 있지.
　삶 속에서 쉽사리 허물어지는가 하면 또 저항한다.
　그건 허식이어서 그렇게 허허롭게 지나가 버린다.
　벌써 세월의 원은 고요히 마무리되고
　램프는 점화를 기다리고 있구나.

　에로스[사랑]

까운 것을 다른 다양한 말들 속에서 찾던 괴테가 희망Elpis이라는 말과 만나는 것, 그리고 그러한 말들 중 오직 이 희망이라는 말에 대해서만 어떠한 설명의 필요도 느끼지 않은 것은 전혀 우연이 아니다. ─ 하지만 또한 이 희망이 아닌 그 밖의 다른 네 가지 경직된 기준이 군돌프의 『괴테』를 위한 도식을 제공했던 것 또한 우연이 아니다. 전기적 연구와 관련해 제기되는 방법상의 문제가 그의 저서에서 사용

오고야 만다! ─ 하늘에서 떨어져 내린다.
오래된 황야로부터 그가 가볍게 몸 날려 향하는 곳으로
가벼운 날개 타고 떠돈다.
이마와 가슴 주위로 봄날을 따라
도망치는 것 같은가 하면, 도망치며 다시 돌아온다.
거기 고통 속에 한 가닥 편안함이 있다. 참으로 감미롭고 두렵게
어떤 마음들은 부질없이 여러 마음들 속을 떠돌지만
가장 고귀한 마음은 자신을 한마음에 바친다.

아낭케〔필연〕
세상은 다시, 별들이 원하는 대로이다.
제약과 법, 그리고 모든 사람들의 의지는
다만 하나의 바람, 우리가 바로 그래야 하기에
의지 앞에서는 자의(自意)가 잠잠히 입 다문다.
가장 사랑스러운 것이 비난받아 마음을 떠난다.
가혹한 "해야만 한다"에 의지와 망상이 순응한다.
그렇게 여러 해가 지나 허상을 벗은 우리는
더 옹색해져 있을 뿐, 처음보다 더.

엘피스〔희망〕
그렇지만 그런 한계의, 그런 철벽의
가장 꺼림칙한 문도 빗장이 열린다.
희망은 서 있으라, 바위같이 끄떡없게 오래!
하나의 존재가 가볍게 거침없이 일어난다.
구름 덮개에서, 안개에서, 소나기에서
희망이 우리를 들어올린다. 그와 더불어, 그를 통하여 날개 날고
그대들 희망을 잘 알지, 그건 몽상하며 모든 영역을 지나간다.
날개 한 번 치면 ─ 영원이 우리들 뒤에 있다.

되는 연역 방식에서 추정할 수 있는 것보다는 훨씬 덜 원리론적인 것은 이 때문이다. 왜냐하면 군돌프의 저서는 결국 괴테의 삶을 신화적인 것으로 묘사하려고 시도하기 때문이다. 그리고 그러한 견해가 주의를 요하는 것은 괴테라는 남자의 현존재 속에 신화적인 것이 살아있기 때문만이 아니라 여기서 고찰할 작품이 신화적 요소들로 인해 군돌프와 같은 견해가 호소력을 가질 수도 있어 배전의 주의가 요구되기 때문이다. 만약 군돌프의 그러한 견해가 그러한 주장을 강화해주는 데 성공한다면 그것은 이 소설의 의미가 자율적으로 지배하는 층을 분리해서 추려내는 일은 불가능하다는 것을 의미한다. 그처럼 분리된 영역을 확인할 길 없는 것을 두고 문학작품 운운할 수는 없으며 단지 그것보다 이전 단계의 것, 즉 마술적인 내용의 글이라고 할 수 있을 뿐이다. 따라서 괴테의 작품, 특히 『친화력』을 꼼꼼히 검토할 때는 군돌프의 그러한 시도를 논파하는 데 성패가 달려 있다. 그러한 논파와 더불어 구원을 가져다주는 내실이 발하는 빛의 핵심에 대한 통찰로 나아갈 수 있는데, 이 내실은 다른 모든 작품에서도 마찬가지지만 『친화력』에서 군돌프의 입장으로서는 간과할 수밖에 없다.

2
군돌프의 『괴테』

A 방법상의 논파

① 게오르게파에게서의 시인

①-ⓐ 영웅으로서 반신(半神)의 삶에 어울리는 기준이 독특한 방식으로 전위(轉位)되어 게오르게파가 표명하고 있는 시인관 속에 나타나고 있다. 즉 게오르게파는 영웅에게서와 마찬가지로 시인이 하는 일을 사명으로 인정하고, 그것에 의해 시인이 받은 위탁은 신에게서 위임받은 것으로 간주한다. 하지만 신에게서 인간으로 내려오는 것은 사명이 아니라 오직 요구뿐이며, 따라서 신 앞에서 시인의 삶에는 어떠한 특별한 가치도 주어지지 않는다. 게다가 시인 측에서 보더라도 사명이라는 개념은 부적절하다. 본래적 의미에서의 문학은 오직 말이 지고의 사명이라는 주술로부터 해방될 때만 성립될 수 있다. 그러한 문학은 신으로부터 내려오는 것이 아니라 영혼 속의 깊이를 알

수 없는 것에서부터 솟아오른다. 문학은 인간의 가장 깊은 곳에 있는 자아와 관련되어 있다. 게오르게파에게서 문학의 사명은 직접 신에게서 유래하는 것으로 보이기 때문에 그러한 사명은 시인에게 민족에 있어서는 불가침적이지만 단지 상대적일 뿐인 지위를 부여해줄 뿐만 아니라 인간 자체로서는 극히 의심스러운 지상권만 부여한다. 그와 더불어 그처럼 극히 의심스러운 지상권을 신 앞에 선 시인의 삶에 대해서도 부여하는데, 그 결과 시인은 초인으로서 신에 필적하는 자처럼 보이게 된다. 그러나 시인이라는 것은 일종의 인간적 본질의 출현, 그것도 위계적이 아니라 종별적인 출현, 성자(聖者)보다 일시적인 출현이다. 왜냐하면 시인의 본질 속에는 개별적 존재가 민족 공동체와 맺고 있는 관계가 규정되어 있으며, 성자의 본질 속에서는 인간이 신과 맺고 있는 관계가 규정되어 있기 때문이다.

ⓘ-ⓑ 창조자로서 군돌프의 『괴테』의 기반이 되고 있는 게오르게파의 다양한 고찰들 속에서는 이처럼 시인을 영웅시하는 견해에다 아무 생각 없이 언어를 뒤죽박죽으로 사용하는 혼란의 심연에서 발생하는, 그에 못지않게 중대한 두 번째 오류가 더해져 극도의 혼란과 재앙이 초래되고 있다. 비록 시인에게 '창조자'라는 칭호를 부여하는 것이 그대로 그러한 오류에 속하는 것은 아니라고 할지라도 거기서 풍기는 어떤 은유적인 뉘앙스, 즉 진정한 창조자를 연상시키는 어떤 것을 감지하지 못하는 사람은 모두 그러한 오류에 빠지기 때문이다. 그리고 실제로 예술가는 근원Urgrund이나 창조자Schöpfer라기보다는 원천Ursprung이나 조형자Bildner이며, 물론 그의 작품도 결코 피조물Geschöpf이 아니라 오히려 형성물Gebilde이다. 물론 피조물뿐만 아니라 형성물 또한 생명을 갖고 있다. 그러나 이 둘을 결정적으로 구분하는 근거가 되는 것은 피조물의 삶만이 구원의 지향에

거리낌 없이 관여하고 있는데 반해 형성물들의 삶은 결코 그러한 관련성을 갖지 못하는 데 있다. 따라서 '창조자'로서의 예술가에 대해 어떤 비유법을 써서 이야기하든 창조가 그것에 가장 고유한 도덕의 힘*virtus*, 즉 제1원인으로서의 힘을 펼쳐 보일 수 있는 것은 예술가의 작품이 아니라 오직 피조물에 있어서일 뿐이다. 따라서 툭하면 '창조자'라는 말을 입에 올리는 저 경솔한 어법은 아주 자명하게 예술가의 작품이 아니라 그의 삶 자체를 가장 고유한 생산물로 간주하기에 이른다. 그런데 영웅의 삶에 있어서는 상징적 의미가 아주 명백해짐으로써 완전히 형상화된 것 — 투쟁이 그것의 형상이다 — 이 나타나는 데 비해 시인의 삶에 있어서는 다른 어떠한 사람들의 삶에서와 마찬가지로 명확한 사명도 또한 명확하게 분명히 그것으로 증명할 수 있는 투쟁도 찾아볼 수 없다. 하지만 그럼에도 불구하고 그러한 〔영웅이자 창조자라는〕 시인의 모습을 불러내야 하기 때문에 투쟁 속의 생동감 넘치는 형상 저쪽에서 제시될 수 있는 것이라고는 저작 속에서 굳어진 형상뿐이다. 그리하여 하나의 도그마가, 즉 작품에 마법을 걸어 생명을 불어넣은 다음 이제 삶 못지않게 유혹적인 미망을 통해 다시금 작품으로 꼼짝 못하도록 만든 〔경화시킨〕 후 영웅과 창조자를 뒤섞어 저 명성 자자한 시인의 '형상'을 만들어낼 수 있다고 오산하게 만드는 도그마가 완성되는데, 그러한 시인의 이미지 속에서는 더 이상 어떤 것도 구분할 수 없게 되는 반면 마치 심오한 의미를 가진 듯한 외양 하에 온갖 것이 주장될 수 있다.

② **작품으로서의 삶**

괴테 숭배와 관련해 가장 생각 없는 도그마, 즉 괴테의 모든 작품 중 최고의 것은 그의 삶이라는, 괴테 추종자들의 가장 빛바랜 신앙고백을 군돌프의 『괴테』는 그대로 받아들이고 있다. 그에 따르면 괴테의 삶은 작품의 삶과 엄밀하게 구분되지 않는다. 괴테는 분명히 역설적이지만 명료한 하나의 이미지를 이용해 색채는 '빛의 행위이자 고통을 받아들이는 수고' [1] 라고 말하고 있는데, 이와 비슷하게 군돌프는 극히 흐릿한 직관 속에서 괴테의 삶을 그러한 빛과 같은 것으로 만들어버리고 있다. 그리고 군돌프의 직관 속에서 이 빛은 결국 그러한 색채, 즉 그의 작품, 괴테의 삶과 다른 것이 아니게 된다. 이러한 입장은 그에게 두 가지를 이룰 수 있게 해준다. 먼저 도덕적 성격을 가진 모든 개념을 시야에서 멀어지도록 만드는 동시에 〔두 번째로〕 영웅의 승리자적 면모를 창조자의 형상으로 인정함으로써 독신적(瀆神的)인 심층에까지 이르게 된다. 그리하여 군돌프는 『친화력』에 대해 괴테가 이 작품에서 "법을 다루는 신의 수법에 대해 숙고했다" [2] 고까지 주장할 수 있었다. 하지만 인간의 삶은 아무리 창작자의 삶이더라도 결코 창조자의 삶이 될 수는 없다. 또한 스스로 자기 자신의 모습을 부여하는 영웅의 삶으로 해석될 수도 없다. 〔그런데〕 군돌프는 바로 그러한 관점에서 인간의 삶에 주석을 달고 있다. 왜냐하면 군돌프는 그러한 삶의 사상 내실의 모든 것을, 특히 도저히 이해되지 않는 것을 위해 모든 것을 살펴보아야 할 전기 작가의 성실한 태도에 따라 파악하는 것도 또 이 삶을 짊어진 인간 존재를 신중에 신중을 기해야 하는 진정한 전기적 연구에 따라 해독 불가능한 기록까지도 조심조심 살펴보아야 할 문서보관실 자체로 파악하는 것이 아니라 사상 내실과 진리 내실은 분명히 파악할 수 있는 형태로 존재하며,

---

1) 괴테, 『색채론』, 「머리말」, 29쪽(번역을 수정했다).
2) 군돌프, 『괴테』, 555쪽.

게다가 영웅의 삶에서처럼 서로 조응해야 한다고 가정하기 때문이다. 하지만 눈에 보이는 것은 삶의 사상 내실뿐이며 진리 내실은 감추어져 있다. 물론 각각의 특징, 각각의 관계는 해명될 수 있지만 총체는, 아무리 그것이 오직 유한한 관계 속에서만 파악될 수 있는 것이라고 하더라도 해명될 수 없다. 왜냐하면 총체는 그 자체가 무한하기 때문이다. 전기적 연구 영역에는 주석도 비평도 존재할 수 없는 것은 이 때문이다. 바로 이러한 기본 원칙을 침해한다는 점에서 그밖의 다른 점에서는 괴테 연구의 대극을 이룬다고 해도 좋을 두 저서가 기묘한 방식으로 만나고 있다. 즉 군돌프의 저서와 바움가르트너의 저술[3]이 그것이다. 후자가 진리 내실이 묻혀 있는 곳은 예감조차 못한 채 단도직입적으로 그것의 규명을 꾀하며, 따라서 중대한 결함을 끝없이 쌓아올릴 수밖에 없는 반면 군돌프는 괴테의 삶의 사상 내실을 구성하는 세계에 푹 빠져 그러한 사상 내실 속에서 이 삶의 진리 내실을 제시할 수 있다고 자칭하고 있을 뿐이다. 왜냐하면 예술작품에 견주어 유추하는 방식으로 인간의 삶을 고찰해서는 안 되기 때문이다. 하지만 군돌프의 자료 비평 원리는 근본적으로 그러한 왜곡에 대한 결의를 분명하게 나타내고 있다. 만약 자료들의 등급을 매길때 대체로 작품이 첫 번째 위치에 놓이고, 서간이나 나아가 누구누구와 나눈 대화는 그것 다음으로 밀려난다면, 그러한 태도는 오직 삶자체를 작품으로 간주해야만 설명될 수 있다. 왜냐하면 오직 그처럼 작품으로 간주된 삶에 대해서만 그와 등가물인 작품으로부터의 주

3) Alexander Baumgartner, *Göthe. Sein Leben und seine Werke*(전3권), 2판, 프라이부르크 임 브리스가우, 헤르더, 1885~1886년. 바움가르트너(1841~1910년)는 스위스 출신의 예수회 문학사가이다.

석이 그와는 다른 자료들로부터의 주석보다 더 큰 가치를 가질 수 있기 때문이다. 하지만 그렇게 될 수 있는 것은 단지 작품이라는 개념을 통해 시인의 삶이 비집고 들어갈 수 없는 엄밀하게 한정된 고유한 영역이 확정되기 때문일 뿐이다. 게다가 만약 앞서 언급한 자료들의 등급 매기기가 혹시 원래 글로 쓰인 채 전해져온 자료들을 처음부터 구전되어온 자료들과 구분하기 위한 것이라 해도 그것 또한 본래적 의미에서의 역사에 있어서만 중차대한 문제일 뿐이며, 다른 한편 전기적 연구 또한 아무리 내실에 대한 요구가 높다고 하더라도 하나의 인생이 펼쳐지는 것에 의존할 수밖에 없다. 물론 군돌프는 그의 저서의 서두에서 전기적 관심을 단호하게 거부하고 있다. 하지만 최근의 전기적 연구들이 종종 특유의 품위를 잃고 있기 때문에 그러한 연구에서는 여러 개념들로 이루어진 규범 같은 것이 기저에 깔려 있으며, 그것 없이는 인간에 대한 어떠한 역사적 고찰도 결국 구체성[대상]을 결여한 것으로 추락하고 만다는 것을 잊어서는 안 된다. 따라서 군돌프의 이 저작이 내적으로 기형이 됨으로써 시인 괴테의 모습 또한 고유한 형태를 갖추지 못한 하나의 유형이 되어버리고 만다고 해도 놀랄 것은 전혀 없다. 그러한 유형은 베티나가 구상한 기념상[4]을 연상시키는데, 거기서는 숭배 대상인 괴테의 특이한 형태들이 무형의 것, 즉 남녀가 하나로 합쳐진 듯한 것으로 용해되어 버리고 있다. 그러한 기념비적 장대함은 날조된 것으로, ─ 군돌프 본인의 말을 빌리자면 ─ 무기력한 로고스로부터 나타나는 이미지는 무절제한 에로스가 만들어낸 이미지와 그리 다르지 않음을 알 수 있다.

4) 베티나 폰 아르님, 앞의 책(괴테가 1810년 2월 5일 베티나에게 보낸 편지).

③ 신화와 진리

오직 이 저서의 방법론을 철저하게 추적해야만 이 저서의 키메라적 본성에 맞설 수 있다. 그러한 무기 없이 각각의 세부 사항을 공격해보았자 헛수고일 뿐이다. 거의 뚫고 들어갈 수 없는 전문용어들로 철갑을 두르고 있기 때문이다. 그러한 추적을 통해 신화와 진리 사이의 관계가 모든 인식의 기반을 이루고 있다는 것이 무슨 의미인지가 분명해질 것이다. 이 관계는 상호 배제적인 관계이다. 신화 속에는 어떠한 진리도 존재하지 않는다. 신화 속에는 어떤 것도 명료하게 존재하지 않으며, 따라서 오류조차도 존재하지 않기 때문이다. 하지만 신화를 초월해서는 진리 또한 존재할 수 없기 때문에(원래 객관성 Sachlichkeit은 진리 속에 머물러 있듯이 진리는 오직 사상[事象]들 속에만 존재하기 때문이다) 신화의 정신에 관해서는 단 하나의 인식밖에 존재하지 않는다. 그리고 진리의 현전이 가능하려면 그것은 오직 신화에 대한 인식, 즉 신화는 진리에 대해 파괴적일 만큼 무관심하다는 인식이 전제될 경우에만 가능하다. 그리스에서 본래의 예술, 본래의 철학이 — 비본래적 단계인 주술적 단계에서와 달리 — 신화의 종언과 더불어 등장하게 된 것은 이 때문이다. 그것은 예술과 철학 모두 정확히 똑같이 진리에 바탕을 두고 있기 때문이다. 하지만 진리와 신화의 동일시에 의해 초래되는 혼란이 어쩌나 깊이를 가늠할 수 없을 정도인지 그 때문에 최초의 왜곡이 겉으로 드러나지 않은 채 계속 작용하는 바람에 군돌프의 저서의 거의 모든 문장을 모든 비판적 의심으로부터 비호할 조짐을 보이기에 이르고 있다. 하지만 여기서 비평가가 발휘해야 할 기량이라고는 제2의 걸리버가 되어 난쟁이 나라 사람들이 쭉 늘어놓은 문장들 중의 단 하나만을, 아무리 그것이 안절부절못하며 궤변만 늘어놓고 있을 뿐이더라도 전혀 개의치 않고 꽉 거머쥔 채 심사숙고하는 것뿐이다.

자연과 문화 사이에 놓인 인간의 긴장에서 발생하는, 즉 피에 의해 동물
과, 영혼에 의해 신성과 경계를 접하고 있는 인간의 이중성에서 발생하는
모든 끌어당기는 힘(引力)과 밀쳐내는 힘(斥力)들은 오직 혼인에서만 결
합하고 있다. …… 오직 혼인에 있어서만 두 사람의 운명적이자 본능적인
화합 또는 이별이 …… 적자를 낳음으로써 이교적으로 말하면 비밀 의식
이, 그리스도교적으로 말하면 성례(聖禮)가 된다. 혼인은 동물적인 행위
일 뿐만 아니라 마술적인 행위, 마법이기도 하다.[5]

이것은 위에서와 같은 표현이 가진 냉혹한 신비주의 말고는 크래커
봉봉 안에 들어 있는 '오늘의 운세'를 적은 쪽지식의 사고방식과 거
의 구별되지 않는 표현 방식이다. 이에 비해 칸트의 설명은 얼마나
확실한가. 그것은 혼인의 자연적 계기 ─ 성 ─ 를 엄밀하게 지적하
면서도 거기에 포함되어 있는 신적인 계기 ─ 정절 ─ 의 로고스로
향한 길을 가로막지 않는다. 즉 참으로 신적인 것에 적합한 것은 로
고스로, 이 참으로 신적인 것은 삶에 근거를 부여함에 있어 결코 진
리를 결여하고 있지 않으며, 제의에 근거를 부여함에 있어 결코 신학
을 외면하지 않는다. 이에 반해 모든 이교도적 직관의 공통점은 교리
보다는 숭배 의식에 우위를 두는 데 있는데, 그러한 직관은 그것이
오직 비의(秘義)일 뿐이라는 점에서 가장 확실하게 이교도적인 성격
을 드러낸다. 군돌프의 『괴테』 ─ 이것은 그가 괴테라는 자신의 작은
조상(彫像)을 모시기 위해 만든 볼품없는 대좌(臺座)이다 ─ 는 저자

5) 군돌프, 『괴테』, 566쪽.

가 그러한 비의에 정통한 사람이라는 것을 — 이 말의 모든 의미에서 — 입증해주고 있다. 그는 어떤 비밀의 열쇠를 손에 들고 그것의 비밀을 꿰뚫어보려는 철학자들의 노력을 그저 인내심만으로 견뎌내고 있을 뿐이다. 하지만 이제 막 신화로부터 벗어나기 시작한 것조차 원래의 신화 속으로 되돌려 보내 혼란을 초래하는 것보다 더 해로운 사고방식도 없을 것이다. 물론 그러한 사고방식은 그와 함께 어쩔 수 없이 온갖 기이한 것들에 다시 몰두할 수밖에 없지만 그러자마자 제대로 된 정신을 가진 사람들이라면 즉각 요주의의 경보를 울렸어야 했다. 그러한 사람들에게 그러한 열대Tropen[6]의 밀림에 머문다는 것은 전혀 제대로 된 사태가 아니기 때문이다. 그러한 원시림에서는 말들이 그저 종알종알 대는 원숭이가 되어 이 호언장담에서 저 호언장담으로 획획 건너뛰어 다니고 있는데, 그것은 단지 만약 그렇게 해서 대지에 닿기라도 한다면 즉각 거기 서 있을 수 없다는 것이 드러나기 때문에 대지에 닿지 않으려는 것뿐이다. 이 대지가 바로 로고스로, 말은 이 로고스라는 대지에 두 발을 딛고 서서 거기서 해명을 해야 한다. 하지만 이 종알대기만 하는 원숭이들의 말은 로고스 위에 서 있는 듯한 외양만 잔뜩 내세운 채 그것을 방편으로 로고스를 피하려고만 할 뿐이다. 왜냐하면 모든 — 훔쳐온 것까지 포함해 — 신화적 사고에 맞서 진리에 대한 물음을 던지는 것은 그러한 사고방식에서는 무로 돌아가고 말기 때문이다. 즉 그러한 사고방식은 아무런 거리낌도 없이 단순한 사상 내실의 눈에는 보이지 않는 지층을 괴테의 작품의 진리 내실로 간주하며, 운명과 같은 관념으로부터 인식을 통해

6) 독일어 'Trope'는 '형상을 이용한 비유적 또는 전유적 표현'이라는 의미이지만 복수형인 'Tropen'은 '열대'라는 의미도 함께 갖고 있다.

진정한 내실을 명확히 밝히는 대신 거기에 감정이입에 따른 감상성의 분위기를 잔뜩 불어넣음으로써 진정한 내실을 손상시키고 만다. 그리하여 괴테의 이미지를 날조해서 만들어낸 기념비적 장대함과 더불어 그러한 상을 그렇게 인식하는 것의 합법성이 날조된다. 군돌프의 그러한 인식이 어떠한 로고스에 기대고 있는지를 찾다가 일단 그의 방법이 얼마나 취약한지를 깨닫게 되면 우리는 곧장 그러한 사고방식이 언어적 참칭에 기반해 있음을 발견하게 되며 그와 더불어 문제의 핵심에 다다를 수 있게 된다.

그러한 사고방식이 사용하는 개념들은 이름을 사칭할 뿐이며, 그의 판단은 판에 박힌 상투어일 뿐이다. 왜냐하면 평소대로라면 아무리 딱한 사람들조차 언어의 이성이 내뿜는 빛을 완전히 꺼버릴 수 없을 테지만 다름 아닌 이 언어가 군돌프의 그러한 사고방식에서는 어떠한 어둠, 언어만이 밝힐 수 있는 어떤 어둠을 확산시키지 않을 수 없기 때문이다. 이렇게 볼 때 이전의 여러 학파의 괴테 연구서들보다 이 저서가 더 뛰어나다는 마지막 믿음의 근거도 사라지지 않을 수 없게 된다. — 비록 위축된 문헌학은 양심에 걸리기 때문만이 아니라 자신의 기본 개념을 기준으로 해서는 이 저서를 측량하는 것이 불가능하기 때문에 이 저서를 이전의 여러 학파들의 적자이자 보다 위대한 후계자로서 인정하고 있지만 말이다. 그럼에도 불구하고 아무리 이 저작의 사고방식이 도무지 갈피를 잡을 수 없을 정도로 깊이 도착되어 있다 해도 철학적 고찰의 시도로부터 벗어날 수는 없을 것이다. 그러한 노력은 성공이라는 타락한 가상을 띠게 되는 경우에도 스스로를 심판할 테지만 말이다.

B 구체적인 사상에 입각한 논파 — 만년의 괴테

어떠한 시기의 괴테이든 그의 삶과 작품에 대한 이해가 문제되는 경우 신화적인 것 — 그것이 아무리 그의 삶과 작품에서 명료하게 나타난다고 해도 — 이 인식의 근거를 이룰 수는 없다. 물론 개별적인 점에서는 얼마든지 고찰의 대상이 될 수도 있겠지만 그렇다고 해도 그러한 경우와 달리 작품과 삶에 있어서의 본질과 진리가 문제시되는 경우 신화에 대한 통찰은 아무리 구체적인 관계에 대한 것이라도 궁극적인 것이 될 수는 없다. 왜냐하면 괴테의 삶도 또 그의 작품도 어느 하나 이 신화의 영역에 완전한 모습으로 나타나는 것은 아니기 때문이다. 그것은 삶이 문제인 한 원래 그가 하나의 인간 존재라는 사실에 의해 보증된다. 이에 반해 작품들은 삶 속에서는 비밀스럽게 감추어져 있는 투쟁이 만년의 작품 속에서 모습을 드러내는 한에서 개별적으로 그것을 가르쳐주고 있다. 그리고 우리는 오직 이 만년의 작품들에서만 소재뿐만 아니라 내실 자체에 있어서도 신화적인 것과 만나게 된다. 이들 작품을 그러한 삶과 가진 연관 속에서 그것의 최종적인 결과에 대한 유효한 증언을 이루고 있는 것으로 간주하기로 하자. 그것의 증언력은 괴테라는 인간 존재 속의 신화적 세계만을 향하고 있는 것은 아니며 또한 가장 깊은 수준에서 그러한 것도 아니다. 왜냐하면 괴테라는 인간 존재 속에서는 그에게 엉켜 붙어 있는 신화적 세계에서 몸을 흔들어 풀려나려는 고투를 찾아볼 수 있는데, 이 고투에 대해서는 이 신화적인 세계의 본질 못지않게 그의 소설 속에서도 증언되고 있기 때문이다. 신화적 힘들에 대한 터무니없는 근본 경험, 즉 이들 힘들과의 유화는 끊임없는 희생 이외의 방법으로는 손에 넣을 수 없다는 경험 속에서 괴테는 그러한 힘들에 맞섰다. 그

러한 신화적 질서가 아직 지배하고 있는 상황에서는 어디에서도 그
것에 복종하는 것, 아니 권력자를 모시는 사람이라면 으레 그렇듯이
자기 몫을 다해 그러한 질서를 강고하게 만드는 것, 그것이 장년이
된 후 괴테가 내심 두려움이 없지는 않았지만 강철 같은 의지로 끊임
없이 새롭게 감행한 시도였다. 하지만 그가 자신에게 강요된 최후의,
그리고 가장 중차대한 것에 굴복한 후, 즉 신화적 힘들이 가하는 구
속의 가공할 상징처럼 보이는 결혼이라는 제도에 맞서 30년도 더 넘
게 저항하다가 마침내 이 투쟁에서 굴복한 후에는[7] 그러한 시도도
좌절되고 말았다. 그리고 운명적인 압박의 나날들 속에서 어쩔 수 없
이 정식으로 결혼한 지 1년 후 그는 『친화력』을 쓰기 시작했다. 이 작
품을 통해 그는 장년이 되어 계약을 맺은[타협한] 저 신화적 세계에
대해 항의를 제기하고 있는데 그것은 만년의 작업으로 갈수록 점점
더 강력하게 펼쳐진다. 『친화력』은 이러한 만년의 작업에서 하나의
전환점으로 작용한다. 이 작품과 더불어 그의 창작의 마지막 계열이
시작되는데, 그는 그러한 작품들 어떤 것으로부터도 완전히 자신을
분리할 수 없었다. 그들 작품의 맥박이 괴테 안에서 마지막까지 뛰고
있었기 때문이다. 1820년의 일기 중 "『친화력』을 읽기 시작했다"는
언급에서 볼 수 있는 감동적인 논조는 그와 같이 이해될 수 있으며[8],
또한 라우베가 전하고 있는 장면에 나타나 있는 말없는 아이러니도
마찬가지다.

7) 괴테가 바이마르로 이주한 후 얼마 되지 않아 애인 관계에 들어간 크리스티아네 불
피우스와 정식으로 결혼한 것은 1806년의 일이다.
8) 1820년 1월 6일자 일기를 가리킨다. Gräf, *Goethe über seiner Dichtungen*, 앞의 책, 463쪽
(888a번째 편지를 가리킨다)에서 재인용.

한 귀부인이 괴테를 향해 『친화력』에 대해 이렇게 말했다. '이 책을 전혀 좋게 볼 수가 없습니다, 폰 괴테 각하. 실로 부도덕합니다. 점잖은 부인들에게는 도저히 권할 만한 것이 못 됩니다.' — 그에 대해 괴테는 한동안 매우 진지한 표정으로 침묵하더니 마침내 진심을 가득 담아 말을 꺼냈다. '유감이군요. 그래도 그것은 무엇보다 제 최고의 작품입니다.'[9]

앞서 말한 마지막 계열의 작품들은 어떤 정화를 증거해주는 동시에 동반하고 있는데, 이 정화는 더 이상 〔어떤 구속으로부터의〕 해방일 필요는 없었다. 아마 청년 시절에 삶의 고뇌에 직면하면 종종 너무 쉽게 문예의 세계로 도피했기 때문에 노년은 마치 무시무시한 아이러니에 따라 벌을 내리기라도 하듯 문학을 그의 삶의 지배자로 만들어버렸던 것이다. 괴테는 자신의 삶을 문학작품을 만들어낼 수 있는 기회로 만들어주는 질서들에 따르도록 했다. 만년의 사상 내실에 대한 관조에는 이러한 도덕적 사정이 관련되어 있었다. 그처럼 가면을 쓴 참회의 3대 기록이 『진실과 시』, 『서동시집』 그리고 『파우스트』 2부이다. 자신의 삶을 역사화하는 — 그러한 임무는 먼저 『진실과 시』에, 그리고 이후에는 『일지와 연지』에 맡겨졌다 — 작업은 그러한 삶이 얼마나 시적 내실로 충만한 삶의 원현상이었는지, 즉 '시인'이라는 존재에게 얼마나 많은 소재와 기회로 가득 찬 삶의 원현상인지를 진실로 만들고 또 시로 만들어야 했다.[10] 여기서 말하는 문학〔시〕의

---

9) 1809년경의 대화, *Goethes Gespräche*, 앞의 책, 2권, 62쪽(1250번째 대화) — '어느 활발한 귀부인'에게서 이 이야기를 듣게 된 라우베가 기록했다. 라우베(Heinrich Laube, 1806~1884년)는 청년 독일파에 속하는 작가이자 비평가이다.

10) 독일어 원문은 'bewahrheiten und erdichten'으로, 이 말은 '시와 진실(Wahrheit und Dichtungen)'을 연상시킨다.

기회란 근대적 관습이 문학적 허구의 토대로 삼아온 체험과는 다른 것일 뿐만 아니라 오히려 정반대의 것이다. 다양한 문학사에서 정해진 문구로 이어져 내려온 견해, 즉 괴테의 문학[시]은 '기회 시'[11]라는 견해가 의미하는 것은 그의 문학[시]이 체험의 문학[시]이라는 의미인데, 이 견해는 괴테의 만년의 가장 위대한 작품들에 관해서는 진실과 반대되는 것을 말해왔다. 왜냐하면 기회는 내실을 부여하는 것이며, 체험은 단지 하나의 감정만 남길 뿐이기 때문이다. 기회와 체험 사이의 이러한 관계와 친연 관계에 있고 유사한 것이 정령 Genius[12]과 천재Genie라는 두 말 사이의 관계이다. 근대인의 말에 따르면 천재란 결국 그저 하나의 칭호일 뿐으로, 어떠한 입장에서 보든 한 인간이 예술과 맺고 있는 관계를 본질적인 관계로 명확하게 파악하는 데는 결코 어울리지 않는다. 그러한 관계를 아주 잘 표현하고 있는 것은 정령이라는 말인데, 횔덜린의 다음 시구가 그것을 증명해주고 있다.

많은 생명 있는 것들 네게 알려져 있지 않은가?
너의 발은 융단 위를 걷는 것처럼 진실 위를 걷지 않는가?
그렇기 때문에 나의 정령이여! 아무것도 손에 넣지 못해도 좋다.

11) 창작된 문학작품이라기보다는 일상생활에서 경조사, 방문 등 특별한 기회에 쓰인 실용적인 시로, '기회 시'를 쓰는 것은 당시에 일반적인 일이었으며 괴테 스스로도 잘 간수해두지 않았다. 하지만 괴테는 훗날 모든 시는 근본적으로 '기회 시'라는 견해를 갖게 된다(『괴테 시 전집』, 153쪽).
12) 앞의 책, 203쪽, 주 2를 보라. 그리스어의 영향으로 라틴어 Gunius로서의 신은 각 개인에게 운명적으로 부여된 다이몬(혹은 플로티누스 같은 철학자의 후대의 해석에 따르면 개인이 바로 자신의 태도에 의해 스스로에게 부여하는 다이몬. 『엔네아데스』, III, 4 참조)과 같은 의미로 쓰였다.

생명 속으로 걸어 들어가라. 우려할 필요는 없다!

생기하는 모든 일 너의 마음에 부합되리라![13]

바로 이것이 시인의 고대적인 소명으로, 시인이라는 것은 핀다로스에서 멜레아그로스[14]에 이르기까지, 또한 이스토모스 제전[15]에서부터 밀회의 시간에 이르기까지 고귀함의 정도 차는 있을지언정 그 자체로서는 항상 자신의 노래[시가]Gesang에 적합한 기회를 찾아낼 수 있었으며, 그로 인해 체험에 바탕을 둔 노래[시가]를 지을 생각은 떠올릴 수조차 없었다. 따라서 원래 체험이라는 개념은 더할 나위 없이 고귀하면서도 소심한 속물적인 시민들조차 갈망할 수 있을 정도로 보잘것없음을 에둘러 말하는 것에 다름 아니다. 그것은 진리와의 모든 관계를 박탈당해 잠들어 있는 책임감을 일깨울 수 없기 때문이다. 만년의 괴테는 시[문학]의 본질을 충분히 깊이 간파하고 있었기 때문에 자신을 둘러싼 세계에서 노래[시가]를 위한 기회가 모두 사라져버렸다는 것을 전율처럼 느꼈음에도 저 진실의 융단 위를 홀로 성큼성큼 걸어가려고 했다. 만년의 그는 독일 낭만주의의 입구에 서 있었다. 횔덜린에게도 그러했듯이 그에게도 이러저러한 형태의 회심(回心)이나 어떤 공동체로의 귀의 같은 형태로 종교에 접근하는 것은

13) 횔덜린, 「수줍음(Blödigkeit)」, 1연과 2연의 1행(『횔덜린 시선』, 장영태 역, 유로서적, 248쪽[번역을 수정했다]). 이와 관련해 벤야민의 논문 「프리드리히 횔덜린의 두 편의 시」를 참조하라.
14) 멜레아그로스는 기원전 140년경~70년경의 그리스 시인이다.
15) 코린트 지협에서 개최되는 고대 그리스의 음악과 체육 대회.

허용되지 않았다. 괴테는 초기 낭만주의자들에게서 볼 수 있었던 것과 같은 그러한 회심과 귀의를 꺼렸다. 하지만 그들이 그러한 회심을 통해 그리고 그와 함께 자신의 삶을 지워버리면서까지 충족시키려고 했던 법칙들은 마찬가지로 그러한 법칙들에 굴복해야 했던 괴테 내부에 삶의 최고의 불꽃을 타오르게 했다. 모든 정열의 타다 남은 재마저도 그러한 불꽃 속에서 다 타버렸다. 그리하여 생의 마지막까지 편지들에서 마리안네[16]에 대한 사랑을 그토록 고통스럽게 마음속에 꼭꼭 감출 수 있었던 것이다. 그 결과 두 사람 사이에 연정이 있었다는 사실이 밝혀진 지 10년 이상의 세월이 지난 뒤 『서동시집』에서 아마도 가장 강렬한 시를 쓸 수 있었을 것이다.

　　더 이상 비단 천위에

　　조화로운 운을 쓰지 않으리.[17]

그리고 그의 삶, 아니 결국에는 수명까지 좌지우지한 이러한 창작력이 최종적으로 나타난 것이 『파우스트』의 완결이었다. 이들 만년의 작품의 계열들 중 최초의 작품이 바로 『친화력』으로, 그렇다고 한다면 아무리 신화가 음울하게 지배하고 있더라도 이 작품 속에서 이미 보다 순화된 하나의 약속이 눈에 보이는 것으로 나타날 것임에 틀림없다. 그러나 군돌프와 같은 고찰 방식에게는 그러한 약속이 분명하

16) 마리안네(Marianne von Willemer : 1784~1860년). 프랑크푸르트의 한 은행원의 아내로 『서동시집』(1819년)에 등장하는 줄라이카의 모델이다.
17) 「줄라이카 시편」에 실린 한 자유시의 첫 대목이다. 마리안네 폰 빌레머의 작품들이 『서동시집』의 이 시편에 수록되어 있다.

게 드러날 수 없을 것이다. 다른 연구자들과 마찬가지로 군돌프의 고찰도 〔작중에 삽입된〕 노벨레[18] 「별난 이웃 아이들」[19]에 대해서는 거의 아무런 설명도 하고 있지 못하다.

18) Novelle를 여기서는 중편소설이나 단편소설로 번역하지 않고 그대로 노벨레로 옮긴다. 반면 『친화력』의 주요 부분 또는 본 이야기는 '장편소설(ein Roman)'이라고 명기되어 있다. 아래에서 벤야민은 『돈키호테』와 『데카메론』까지 Novelle로 부르고 있어, 이것이 단지 분량상의 분류가 아닌 것은 분명해 보인다. 원래 Novelle는 '특이한 사건과 극적인 구성을 갖춘 중단편 분량의 소설'을 가리킨다.

19) 『친화력』 2부 10장의 뒷부분을 이루고 있는 노벨레. 잠시 머물게 된 한 길손이 샤를로테와 오틸리에 앞에서 들려주는 이야기로, 액자 소설 식으로 소설 안에 삽입되어 있으며 명백히 노벨레의 성격을 띤다. 명망 있는 두 이웃 집안의 아이들은 양가의 부모들에 의해 장래가 결정된 가운데 함께 성장한다. 하지만 그들은 서로를 미워하고 늘 적수라고 생각한다. 소년은 고향을 떠나고 소녀는 다른 남자와 약혼한다. 소년이 돌아오자 소녀는 그에 대한 자신의 증오가 사랑의 한 형태였음을 깨닫게 되고, 배를 타고 유람하던 중 물속으로 뛰어든다. 소년은 가까스로 소녀를 구하고 둘은 완전히 재회한다.

노벨레

A 작품 구성에 있어서의 이 노벨레의 필연성

① 『친화력』의 소설 형식

『친화력』 자체는 애초에 『빌헬름 마이스터의 편력 시대』에 삽입하기 위한 노벨레로 계획된 것이었지만 분량이 늘어나는 바람에 그러한 틀을 벗어나게 되었다. 하지만 이 작품이 장편소설로 모습을 바꾸지 않을 수 없었던 모든 사정에도 불구하고 형식에 대한 원래 구상의 흔적들은 그대로 남아 있다. 이 작품에서 하나의 정점에 달하고 있는 괴테의 대가다운 완벽한 솜씨만이 당초의 노벨레적 경향이 장편소설 형식을 파괴하는 것을 막을 수 있었다. 노벨레 형식을 통해 장편소설 형식을, 말하자면 순화함으로써 둘 사이의 알력이 억지로 봉합되어 완전히 하나가 되는 것처럼 보인다. 그것을 가능하게 해준 제어의 비결, 즉 내실 측에서 유무를 말하게 하지 않고 단도직입적으로 밀고 들어오는 것은 작가가 독자의 관심을 사건 자체의 핵심부로 불러들이는 것을 단념하는 데 있다. 즉 오틸리에의 예상치 못한 죽음이 가장 분명하게 보여주고 있는 것처럼 실제로 이 핵심부에 독자의 시선이 직접 향하는 것은 도저히 불가능하게 되어 있다. 이를 통해 노벨레 형식이 장편소설 형식에 미치는 영향이 그대로 드러나며, 다름 아니라 바로 이 오틸리에의 죽음에 대한 묘사 방법에 있어 노벨레 속에서는 계속 닫힌 상태로 있던 앞의 핵심부가 마침내 배가된 힘으로 모습을 나타내면서 주의를 끌 때 어떤 단절 역시 가장 용이하게 간파할 수 있는 것이 된다. 이미 마이어[1]가 지적한 대로 이 이야기가 등장인물들을 그룹으로 제시하기 좋아하는 것 또한 그와 동일한 형식적 경향에 속하는 것으로 볼 수 있다. 더욱이 이들 그룹의 구상성은 근본적으로 비회화적이다. 오히려 조형적이라고, 입체경적이라고 할 수 있을 것이다. 이 구상성은 또한 노벨레라는 형태로도 나타나고 있다. 왜냐하면 장편소설이 거대한 소용돌이처럼 도저히 저항할 수 없는 힘으로 독자를 이야기의 내부로 끌어들이고 있는 데 반해 노벨레는 거리를 두고 접근해서 그것의 마력이 미치는 권역〔주술권〕으로부터 생명을 가진 모든 것을 내쫓기 때문이다. 이러한 점에서 『친화력』은 분량에도 불구하고 노벨레적 성격을 유지하고 있다. 『친화력』은 표현이 갖는 효과의 지속이라는 면에서 안에 삽입되어 있는 본래적 의미의 노벨레를 넘어서지는 않는다. 이 작품에서는 어떤 한계 형식이 창출되고 있는데, 그러한 형식에 의해 이 작품은 다양한 장편소설들 각각의 차이보다 훨씬 더 다른 장편소설들로부터 분리되어 있다.

---

1) Richard M. Meyer, *Goethe*, 앞의 책, 371쪽 이하 그리고 373쪽.

『빌헬름 마이스터』와『친화력』에서 예술 양식은 철두철미하게 모든 곳에서 화자를 느낄 수 있다는 점에 의해 규정된다. 여기에는 예술 형식상 리얼리즘이 결여되어 있다. 리얼리즘의 수법에 따른 경우 …… 사건이나 인물들이 제 발로 서서 자립하며, 그 결과 마치 무대 위의 사건이나 인물들처럼 어떤 직접적인 존재로서만 작용한다. 그러나『빌헬름 마이스터』나『친화력』은 오히려 실제로는 사건이나 인물들 배후에 서있는 것을 누구나 느낄 수 있는 화자에 의해 옮겨지는 '이야기' 이다. …… 괴테의 장편소설들은 '화자' 라는 범주 내에서 진행된다.[2]

짐멜은 다른 구절에서는 그것에 대해 '낭독된다' 라고 말하고 있다.[3] 그에게 그러한 현상이 더 이상 분석 가능한 것처럼 보이지는 않았는데 아무튼『빌헬름 마이스터』와 관련해 그것이 어떻게 설명될지 몰라도『친화력』에서 그것은 괴테가 정색을 하고 자신의 문학 세계 속에서는 오직 자신만이 모든 것을 총괄하는 사람이 되려고 무지 애를 쓰고 있는 데서 비롯된다. 독자에 대한 그러한 벽이 노벨레의 고전적 형식을 특징짓고 있다. 보카치오는 〔단편들로 이루어진 본인의 작품 앞에〕 액자〔틀〕를 부여했으며 세르반테스는 앞에 서문을 첨부했다. 따라서 아무리『친화력』에서 장편소설 형식 자체가 강조되더라도 바

2) 짐멜,『괴테』(1913년). 짐멜은 사회철학자이자 사회학자로『화폐의 철학』과 함께 모더니티 이론을 발전시키기 시작했다. 이와 관련해 「대도시와 정신적 삶」은 고전적인 논문으로 유명하다. 그의 작업은 벤야민, 에른스트 카시러, 에른스트 블로흐, 게오르그 루카치, 지그프리드 크라카우어 등 다음 세대의 사회철학자들에게 엄청난 영향을 미쳤는데, 그들 중 일부는 그의 제자들이었다.
3) 앞의 책.

로 그러한 강조 자체가, 그리고 유형과 윤곽의 그러한 과잉이 이 작품이 노벨레적 성격을 갖고 있다는 것을 드러내고 있다.

② 『친화력』에 삽입된 노벨레의 형식

한 편의 노벨레를 삽입하는 것보다 더 이 작품의 장편 형식에 남아 있는 애매함의 잔재를 눈에 띄지 않게 만들 수 있는 방법도 없었을 텐데, 이처럼 삽입된 노벨레는 그러한 장르의 하나의 모범이지만 이 작품의 주요 부분[4]이 이 노벨레와 뚜렷하게 대조될수록 그만큼 더 작품의 본 이야기를 본래의 장편소설과 유사한 것으로 보여주지 않을 수가 없다. 이 작품의 전체적인 구성에 있어 「별난 이웃 아이들」이 가진 의미는 거기에 바탕을 두고 있는데, 단순히 형식적인 측면만 고려하더라도 그것은 하나의 모범적인 노벨레로 간주되어야 마땅하다. 괴테 또한 이 노벨레를 장편소설 못지않게, 아니 어떠한 의미에서는 그것 이상으로 하나의 모델로 제시하려고 했다. 왜냐하면 노벨레가 전하는 사건은 장편소설 자체에서는 실제로 일어난 것이라고 말하고 있음에도 불구하고 노벨레라는 것이 표시되어 있기 때문이다. 『친화력』의 본 이야기가 반드시 '장편소설Ein Roman'로 간주되어야 하듯이[5] 이 이야기는 반드시 '노벨레'로 간주되어야 한다[는 것이 괴테의 의도였던 셈이다]. '노벨레'라고 표시된 이 이야기에서 이 장르의 법칙에 철저하게 따르는 것이, 즉 이야기의 핵심을 이루는 것은 불가침의 것으로 지켜져야 한다는 것이 말하자면 이 작품의 핵심적인 특징을 이루는 비밀이라는 것이 확연하게 드러난다.

---

4) 『친화력』에서 노벨레 「별난 이웃 아이들」을 제외한 부분을 가리킨다.
5) 『친화력』에는 부제의 위치에 'Ein Roman'이라고 명기되어 있다.

즉 비밀이란 이 노벨레에서 갈등의 해결을 가져오는 급반전 Katastrophe을 말하는 것으로서 그것이 이야기의 생동감 넘치는 원리로 중심에 놓이는 반면 장편소설에서의 급반전[6] — 사건의 결말을 이루는 사건으로서의 — 의 의미는 기묘한 것인 채로 남아있다. 모든 것에 활기를 불어넣고 있는 노벨레의 급반전이 가진 힘은 장편소설 속의 상당히 많은 것이 그에 대응하고 있음에도 불구하고 밝혀내기가 힘들며, 그 결과 아무런 실마리도 갖고 있지 못한 고찰에게 이 노벨레는 「어리석은 순례녀」[7] 못지않게 자립적이며 게다가 마찬가지로 수수께끼에 휩싸여 있는 것처럼 보인다. 그러나 이 노벨레의 세계는 밝은 빛이 지배하고 있다. 모든 것이 처음부터 뚜렷하게 윤곽을 드러낸 채 정점에 달하고 있는 것이다. 이 빛은 장편소설의 어두침침한 하데스에 내리쬐는 결단의 낮이다. 따라서 이 노벨레는 장편소설보다 더 산문적이다. 고차원적인 산문이라는 형태로 노벨레는 장편소설과 맞서 있다. 이것에 노벨레의 등장인물들이 진짜 익명인 데 반해 장편소설의 등장인물들의 익명성이 어중간하며 불확실한 것이 대응하고 있다.

B 사상(事象)에 입각한 노벨레의 의미

① 개별적인 점에서의 조응
①-ⓐ 서로 사랑하는 두 사람과 주변 사람들 장편소설의 인물들의 삶에

---

6) 오틸리에의 죽음을 말한다.
7) 『빌헬름 마이스터의 편력 시대』, 1권 5장에 삽입되어 있는 노벨레를 가리킨다.

서는 속세를 벗어난 은둔의 공기가 지배하고 있으며 그것이 완벽하게 행동의 자유를 보장해주는 데 반해 노벨레의 인물들은 모든 측면에서 주변 세계, 즉 그들에게 속한 사람들에게 엄격한 제약을 받으면서 등장한다. 장편소설의 세계에서는 오틸리에가 사랑하는 사람[에두아르트]의 간절한 청으로 아버지 사진이 들어 있는 목걸이와 더불어 고향에 대한 추억마저 단념하고 완전히 사랑에 몸을 맡기는 데 반해[8] 노벨레의 두 연인은 하나로 결합된 이후조차 양친의 축복을 받지 않으면 안 된다고 느낀다. 이처럼 별것 아닌 것이 이 두 연인의 특징을 가장 심오하게 보여준다. 왜냐하면 [노벨레의] 연인은 성년에 다다르는 것과 동시에 부모의 집의 속박으로부터 벗어나는 것이 분명하지만 그들이 양친의 집이 가진 내적인 힘을 변화시키는 것 또한 그에 못지않게 분명하기 때문이다. 그러한 변화는 설령 둘 중의 하나가 그러한 힘에 사로잡혀 있더라도 다른 한쪽이 사랑으로 연인을 그러한 힘을 넘어선 곳으로 데려가는 것에 의해 이루어진다. 도대체 사랑하는 사람에게 있어 어떤 표시 같은 것이 존재한다면 그것은 사랑하는 사람들에게는 성Geschlecht의 심연뿐만 아니라 심지어 가족의 심연까지도 닫히고 마는 사태일 것이다. 사랑에서 생겨나는 이러한 견해가 효력을 가지려면 사랑하는 오틸리에에게 에두아르트가 한 것처럼 심약하게 양친을 바라보거나, 더 나아가 양친에 대해 알아보는 것을 피해서는 안 된다. 사랑하는 자들의 힘이 승리를 거두는 것은 아무리 연인 바로 곁에 양친이 있어도 그러한 힘이 양친의 그늘을

8) "그러다가 서두르지도, 머뭇거리지도 않으면서 시선은 에두아르트보다는 하늘 쪽을 향한 채, 목걸이를 풀어 사진을 꺼내어 자신의 이마에 대고는 친구에게 건네주었다"(72쪽[1부 7장]).

엷게 만드는 경우뿐이다. 사랑하는 자들이 자신들이 발하는 빛으로 서로를 모든 속박으로부터 얼마나 벗어나게 해줄 수 있는지가 노벨 레에서는 의상의 이미지를 통해 이야기되고 있는데, [혼례복을 몸에 두른 두 연인을] 양쪽 부모 모두 거의 자기 자식으로 알아보지 못한 다.[9] 하지만 이 두 연인은 양친뿐만 아니라 주변의 다른 모든 사람들 과도 어떤 관계를 맺는다. 그리고 장편소설의 인물들에게서는 어떤 것에도 좌우되지 않는 자유가 단지 시간적 · 공간적으로 운명에 따 라야 할 숙명을 한층 더 엄격하게 만드는 데 반해, 노벨레의 인물들 이 가진 자유는 아무리 두 사람에게 극한의 고난, 가령 난파와 같은 고난이 닥치더라도 그것은 [자신들이 아닌] 동행한 선객들에게 닥치 리라는 이루 헤아릴 수 없이 귀중한 보증을 감추고 있다. 이로부터 다음과 같은 사실을 알 수 있다. 즉 아무리 극단적인 행동으로 치달 아도 노벨레의 연인은 가까운 사람들의 울타리 밖으로 추방되지 않 지만 이에 반해 장편소설의 인물들은 아무리 형식적으로 완전무결 한 삶을 살더라도 희생이 따를 때까지 평화롭게 살고 있는 사람들의 공동체로부터 어느 순간이든 무자비하게 내쫓기는 것에 대해 어떤 방도도 강구할 수 없다.

   ①-ⓑ **희생과 결단** 노벨레의 연인은 희생을 대가로 평화를 살 필요가 없다. 물속에 몸을 던지는 여주인공의 죽음에의 도약[10]에는 그러한

---

9) 나중에 문제가 될 화환 에피소드가 있고 난 후 청년은 자신의 '아름다운 앙숙'을 구 하러 물속으로 뛰어든다. 그는 그녀를 강기슭으로 데려가지만 그녀는 아직 숨이 돌아오 지 않은 상태이다. 한 외딴 집의 젊은 부부가 그를 맞아들이고 물에 빠진 소녀를 소생시 키도록 도와준다. 그들에게 줄 다른 옷이 없던 부부는 두 사람에게 혼례복을 제공하고, 이러한 복장을 하게 되니 두 주인공의 부모들이 자식을 찾기 위해 배에서 내렸을 때 두 사람이 숲에서 불쑥 나타났는데도 얼른 알아보지 못한다.

의도가 없다는 것은 작가에 의해 너무나도 자상하고 정확하게 암시되고 있다. 왜냐하면 그녀가 청년에게 화환을 던졌을 때 거기 감추어져 있던 의도라고는 고작 '아름다움에 감싸여 죽고 싶지' 않으며, 죽었을 때 희생물로 바쳐진 동정녀처럼 꽃다발로 장식되고 싶지 않다는 점을 분명히 하려는 것뿐이었기 때문이다. 청년 또한 온통 배의 키에만 신경을 쓰고 있었기 때문에 돌아가고 있는 상황을 알고 있었든 몰랐든 소녀의 죽음에의 도약에 — 마치 그것이 희생의 행위인 것처럼 — 자신이 전혀 관련되어 있지 않다는 사실을 그 나름대로 분명하게 증명해주고 있다. 두 사람이 이처럼 온갖 것을 과감하게 시도하는 것은 자유를 잘못 이해해서가 아니며, 따라서 이 두 사람에게서 희생이 모습을 드러내거나 하는 일은 없으며, 오히려 그들 내부에서 결단이 내려진다. 실제로 자유는 운명과 마찬가지로 소녀를 구하려는 젊은이의 결단과는 무관한 것이었다. 장편소설의 등장인물들에

10) 2부 10장. 많은 사람들이 함께 유람선을 탄다. 주인공 청년이 키를 잡고 선장은 잠이 들었다. 배가 두 개의 섬 때문에 하상이 좁아지고 위험천만한 소용돌이가 이는 장소에 다가간다. 청년은 정신을 바짝 차린다. "바로 그 순간 화환을 머리에 인 채 그의 적수이던 아름다운 그녀가 갑판 위에 모습을 나타냈다. 그녀는 화환을 손에 들어 배를 몰고 있는 그에게 던졌다. '이걸 기념으로 받으세요!' 라고 그녀는 외쳤다. 그는 그 화환을 받아들면서 '날 방해하지 마시오! 난 지금 온 힘과 주의를 기울여야 한단 말이오' 라고 마주 향해 소리쳤다. '난 당신을 더 이상 방해하지 않을 거예요. 당신은 나를 다시는 보지 못하게 될 거예요!' 라고 그녀가 외쳤다. 그녀는 이 말을 하고는 배 앞쪽으로 가서 물로 뛰어들었다. 몇 사람의 외치는 소리가 들렸다. '사람 살려! 사람 살려! 사람이 물에 빠져 죽고 있다.' 그는 극도로 당황했다. 소란스러운 소리에 늙은 선장이 잠에서 깨어 젊은이가 넘겨준 키를 잡으려 했지만 두 사람이 교체할 만한 시간이 없었다. 배가 뭍에 얹히자 그 순간 그는 거추장스러운 옷을 집어던지면서 뛰어들어 그 애물단지 아가씨 쪽으로 헤엄쳐갔다." 여기서 벤야민의 원문은 '죽음에의 도약Todessprung' 이지만 그것은 '죽음' 과는 전혀 무관하다.

게서 운명을 불러내는 것은 키메라적인 자유의 추구이다. 노벨레 속의 두 연인은 자유와 운명의 피안에 서 있으며, 두 사람의 용기 있는 결단만으로도 머리 위에 암운처럼 드리워져 있는 운명을 산산조각 내고 또 두 사람을 선택이라는 허무 속으로 끌어내리려고 하는 자유의 정체를 간파하기에 충분하다. 바로 그것이 결단이 이루어지는 짧은 순간에 그들의 행동이 갖는 의미이다. 두 사람은 생명으로 가득한 lebendigen 물속에 잠기는데, 축복으로 가득한 이 물의 힘은 이 사건에서 장편소설 속의 한 사건[11]에 묘사되어 있는 죽은 듯 잠잠한toten 물의 죽음을 부르는 힘 못지않게 강력한 것처럼 보인다. 노벨레에서 연인들이 살아난 후 우연히 거기 있던 혼례복을 몸에 두르는 저 기이한 가장(假裝)의 장면 또한 장편소설 속의 한 에피소드에 의해 완전히 해명된다. 즉 이 에피소드에서 난니는 오틸리에를 위해 마련되었지만 결국 수의가 되어버린 옷을 혼례복이라고 부르는 것이다.[12] 아마 이러한 식으로 노벨레의 기묘한 흐름을 이 에피소드에 대응시켜 해석하고 또 — 찾아보면 혹시 발견될 수 있을지도 모를 신화와의 유사성에 대해서는 언급하지 않고 — 두 연인이 최후의 순간에 입은 혼례복은 이제 변용되어 죽음에 저항력을 지닌 수의가 되었다고 인정해볼 수도 있을 것이다. 마침내 두 사람에게 펼쳐지는 지상에서의 삶

11) 2부 13장에서 오틸리에가 갓난아기를 안고 배에 타고 있을 때 부주의로 인해 아기를 호수에 빠뜨려 죽게 만든 것을 가리킨다.
12) 에두아르트의 생일 전날 오틸리에는 예전에 그가 그녀의 생일잔치 때 선물해준 트렁크를 열었다. 그녀는 의자 위에 한 번도 입은 적이 없는 이 옷가지들을 늘어놓는다. 옆에 있던 난니는 탄성을 지른다. "이것 좀 보세요, 아가씨, 아가씨께 꼭 어울리는 신부 보석이에요!" 이 말을 듣고 오틸리에는 의식을 잃는다. 몇 주 전부터 그녀는 거의 식음을 전폐한 채 죽음에 자신을 내맡기고 있었다. 트렁크 속의 의복은 그녀의 수의(壽衣)가 된다(311쪽[2부 18장]).

이 절대적으로 보호를 받을 거란 사실은 다른 식으로도 나타나고 있다. 즉 두 사람이 입은 혼례복이 친구들로부터 두 사람의 모습을 감추어줄 뿐만 아니라 무엇보다도 두 사람이 결합된 장소에 다가오는 배라는 위대한 비유는 두 사람에게는 더 이상 운명이라는 것은 없으며, 두 사람은 언젠가 다른 사람들이 도달하게 될 지점에 이미 굳건히 서 있는 것이라는 감정을 불러일으키는 것이다.

② 전체로서의 조응 관계

이상에서의 논의를 통해 『친화력』의 구성에 있어 이 노벨레에 결정적인 의미가 주어져야 한다는 것은 이론의 여지없이 확실한 것으로 간주해도 좋을 것이다. 본 이야기의 의미가 완전히 드러나야 비로소 이 노벨레 각각의 세부적인 것이 모두 해명되는 것이 사실이지만 위에서 지적한 사항들은 다음과 같은 사실을 극명하게 보여주고 있다. 즉 장편소설의 온갖 신화적 모티브들에 노벨레의 신화적 모티브들이 구원의 모티브로서 조응하고 있다는 것이 그것이다. 따라서 장편소설에 있어 신화적인 것을 정명제로 부를 수 있다면 노벨레의 그것은 반명제 역할을 한다고 볼 수 있을 것이다. 노벨레의 제목 자체가 그것을 시사하고 있다. 즉 저 이웃 아이들이 가장 '별나게' 보이는 것은 장편소설의 등장인물들에게 있어서이며, 실제로 그들은 감정에 깊은 상처를 받고 아이들에게서 등을 돌린다. 이 마음의 상처에 대해 괴테는 이 노벨레에 얽혀 있는 어떤 비밀스러운 사정, 그리고 아마 많은 측면에서 본인도 알지 못했을 어떤 사정 때문에 외적인 동기밖에 부여하고 있지 않지만 그렇다고 해서 그것으로부터 내적인 의미까지 제거하고 있지는 않다. 독자들 눈에는 장편소설의 등장인물들이 좀 더 연약하고 과묵하면서도 마치 완전한 실물 같은 모습으로 계속 맴도는 반면 노벨레의 끝에서 하나로 결합된 연인은 마지막의 수사적 질문의 아치 아래서 무한한 원근법 속으로 사라진다.[13] 멀리 사라져가려는 것에 대한 각오 속에 지복이, 이후 괴테가 「새로운 멜루지네」[14]의 유일한 모티브로 삼은 바 있는 작은 것에 깃들어 있는 지복이 암시되어 있는 것은 아닐까?

13) 이 노벨레는 "누가 그러한 축복을 거절할 수 있겠는가!"라는 문장으로 끝난다. "약혼자들의 양가 부모들이 우선 허둥지둥 내렸다. 사랑하는 예의 그 약혼자는 거의 의식을 잃고 있었다. 사랑하는 아이들이 구조되었다는 말을 들은 후 얼마 되지 않아 당사자들이 묘한 의상으로 관목 숲에서 나왔다. 그들이 아주 가까이 다가설 때까지 사람들은 그들을 잘 알아보지 못했다. '아니 저게 누구야?'라고 양가의 어머니들이 물었다. '아니 저게 뭐야?'라고 양가 아버지들이 말했다"(258쪽〔2부 10장〕).
14) 괴테는 이 동화를 1817년에 처음 발표했으며 뒤에 『빌헬름 마이스터의 편력 시대』, 3권 6장에 삽입했다. 이것은 순진한 이발사와 이 이발사의 사랑을 얻기 위해 인간의 크기로 몸을 늘린 사랑스러운 난쟁이 공주 이야기이다.

Ⅲ 종합 명제로서의 '희망'

너희가 이 별 위에서 육체를 움켜잡기 전에
내가 영원의 별들에서 쉬는 꿈을 꾸게 해주겠노라.

— 게오르게[*]

*주 56을 참조하라.

1
비평과 철학

작품에 상처를 입힌다는 것을 구실로 모든 예술비평에 반감을 표하는 사람들은 사실은 그러한 비평 속에서 작품에 대해 그들이 품고 있는 자기애적인 몽상의 잔상(殘像)을 발견해낼 수 없기 때문에 그러한 것인데, 아무튼 그러한 반감 자체가 예술의 본질에 대해 어찌나 엄청난 무지를 증명하고 있는지 엄밀하게 규정된 예술의 근원이 점점 더 생기를 띠어가고 있는 시대에는 그러한 반감에 대해 도대체 반증할 필요조차 느끼지 못할 정도이다. 그럼에도 불구하고 그러한 감상주의적 심정에 극히 정확하게 정곡을 찔러 응수해줄 수 있는 비유를 한 가지 제시하는 것은 아마도 허용될 수 있을 것이다. 잘생긴 데다 매력적이지만 어딘가 비밀을 갖고 있어 도대체 속마음을 알 수 없는 어떤 사람을 알게 되었다고 하자. 무리하게 그의 마음속에 비집고 들어가려는 것은 비난받을 일일 것이다. 그러나 그에게 형제자매가 있는지, 또 있다면 그들의 성품이 혹시 이 미지의 인물의 비밀스러운 부분을 어느 정도 밝혀줄 수 있는지를 알아보는 것은 얼마든지 허용될 수 있을 것이다. 바로 그런 식으로 비평은 예술작품의 형제자매를 탐구한다. 그리고 모든 진정한 작품은 그러한 형제자매를 철학의 영역에 두고 있다. 결국 작품이야말로 철학의 문제의 이상Ideal이 출현하는 형상들이기 때문이다. 철학의 전체(성), 즉 체계는 철학의 모든 문제의 총체가 요구할 수 있는 것보다 훨씬 더 큰 강대함을 갖고 있다. 왜냐하면 철학의 모든 문제의 해결 속에서 나타나는 통일성 Einheit은 질문해서 얻을 수 있는 것이 아니기 때문이다. 즉 그러한 통일(성)이 모든 문제 자체가 해결되는 가운데 질문을 통해 얻을 수 있는 것이라 해도 즉각 이 통일(성)에 대해. 묻는 질문과 관련해 그에 대한 대답과 다른 모든 질문에 대한 대답의 통일성은 어디에 기초하고 있는가 하는 새로운 질문이 제기될 것이다. 이로부터 철학의 통일(성)에 대한 질문을 포함하고 있는 질문은 존재하지 않는다는 결론이 나온다. 철학의 통일성을 물어 얻으려는, 이처럼 존재하지도 않는 질문이라는 개념을 철학적으로 표현하고 있는 것이 앞서 말한 문제의 이상이다. 하지만 아무리 이 체계가 어떠한 의미에서도 물어서 얻을 수 있는 것이 아니라 할지라도 물음의 형태는 아니지만 문제의 이상과 극히 심원한 친연성을 지닌 형성물들이 존재한다. 그것이 바로 예술작품이다. 예술작품은 철학 그 자체와 경합하는 것이 아니라 다만 문제의 이상과의 친연성에 의해 철학과의 극히 엄정한 관계에 들어간다. 게다가 그러한 이상 자체의 본질에 바탕을 둔 법칙성에 따라 이상은 오직 다양성 속에서만 나타날 수 있다. 그렇다고 해도 문제의 이상은 문제들의 다양성 속에서 나타나는 것은 아니다. 오히려 그것은 작품들의 다양성 속에 묻혀 있으며, 그것을 캐내는 것은 비평의 일이다. 비평은 예술작품 속에 문제의 이상이 나타나도록 만든다. 즉 예술작품의 다양한 출현 중의 하나로 나타나도록 만든다. 왜냐하면 비평이 최종적으로 예술작품 속에서 제시하는 바는 예술작품의 진리 내실을 최고의 철학적 문제로 정식화할 수 있는 잠재적 가능성이기 때문이다. 그런데 마치 작품에 대한 경외심 때문인 양 그리고 그와 똑같이 진리에 대한 경의 때문인 양 비평이 그 앞에서 활동을 중단하는 것, 그것이 다름 아닌 바로 이 정식화 자체이다. 만약 체계가 물어서 얻을 수 있는 것이라면 앞의 정식화 가능성만을 되찾아올 수 있을 것이며, 그것에 의해 이 정식화 가능성은 이상의 하나의 현상에 지나지 않기 때문에 이상 자체의 존속 — 과거에 그것이 주어졌던 선례가 결코 없다 — 으로 변모하게 될 것이다. 하지만 여기서 그러한 정식화 가능성 자체가 말하고 있는 것은 단지 진리는 어느 하나의 작품에서 물어 얻을 수 있는 것이 아니라 요청되어야만 하는 것 erfordert으로서 인식되어야만 한다는 점뿐이다. 따라서 만약 모든 아름다운 것은 어떻게 해서든 진실된 것과 관련되며, 철학 속에 아름다움이 잠재적으로 존재하는 장소를 규정하는 것이 가능하다고 말할 수 있다면 그것은 곧 모든 진정한 예술작품에서는 문제의 이상의 출현을 발견할 수 있다는 것을 의미한다. 이로부터 아래의 사실이 명확해진다. 즉 이 장편소설의 기반을 이루는 것에 대한 고찰을 이 작품에 대한 완전한 직관으로 높여야 하는 순간부터 그러한 고찰을 이끌고 갈 사명은 신화를 대신해 철학이 지게 된다는 것이다.

2
가상으로서의 미

A 처녀성

그것과 더불어 오틸리에의 형상이 뚜렷이 부각된다. 이 장편소설
은 오틸리에라는 형상에게 있어 가장 뚜렷하게 신화적 세계로부터
불거져 나오는 것처럼 보이기 때문이다. 왜냐하면 비록 어두운 힘들
의 희생물이 되는 것이 사실이지만 그녀에게 — 희생물로 바쳐지는
것에는 부정(不淨)이 있어서는 안 된다는 고래의 요구에 따라 — 그
처럼 무시무시한 운명을 짊어지도록 정한 것은 다름 아닌 그녀의 무
구한 모습이기 때문이다. 순결은 그것이 정신성에서 유래하는 것이
라는 점에 관한 한 이 처녀의 형상에서는 분명 나타나지 않지만 —
여기서 말하는 그러한 불가촉성[순결성]이 루치아네의 경우에는 오
히려 하나의 결점의 원인이 되고 있다 — 오틸리에의 거동은 하나하
나가 너무나 자연스러워 에로스적인 것에서뿐만 아니라 다른 어떤

모든 영역에서도 특징적으로 나타나는 완전한 수동성에도 불구하고 그녀를 이 세상 사람이 아닐 정도로 가까이 다가가기 힘든 존재로 만들고 있다. 베르너의 소네트가 억지를 부리는 투로 말하려는 것도 바로 이것이다. 즉 이 처녀의 순결은 어떠한 의식(意識)에 의해 지켜지고 있는 것이 아니라는 것이다. 하지만 그런 만큼 그러한 순결의 장점이 더 클 뿐이 아닐까? 그러한 순결(성)이 얼마나 이 처녀의 자연적 본성〔본질〕에 깊이 뿌리 내리고 있는지를 괴테는 두 개의 장면에서 보여주고 있는데, 한 장면에서 오틸리에는 아기 예수[1]를, 그리고 다른 한 장면에서는 샤를로테의 죽은 아이를 품에 안고 있다.[2] 두 아이는 남편이 없는 채로 그녀 품에 안겨 있다. 하지만 작가는 이 두 장면을 통해 그것보다 훨씬 더 많은 것을 말하고 있다. 왜냐하면 성모의 우아함과 모든 도덕적 엄격함을 초월한 순수성을 표현하고 있는 '활인lebende' 화(畵)는 실로 인공적인 것이기 때문이다. 그로부터 조금 후에 자연이 제공하게 되는 활인화는 죽은 사내아이를 보여준다. 그리고 그것이 바로 저 순결의 진정한 본질을 드러내는데, 순결의 〔예수 탄생의 활인화에 암시되어 있는〕 종교적인 분위기 속에 감추어진 불모성은 그 자체로서는 〔결코 자연이 제공하는 활인화의 배경을 이루고 있는〕 사이가 틀어진 부부를 서로 끌어당기는 성의 작용 Sexualität이 초래하는 불순한 착종[3] 이상의 것이 아니며, 또 이 순결

---

1) 젊은 건축기사가 '예수 탄생'을 활인화로 그리는데, 오틸리에는 성모 마리아 역을 맡는다(211~212쪽〔2부 6장〕).
2) 『친화력』, 278쪽(2부 13장).
3) 에두아르트와 샤를로테는 각기 자신의 애인을 마음에 그리면서 관계를 가지며, 이러한 '이중의 불륜'으로 인해 오틸리에와 대위의 모습을 닮은 아이가 태어난다. "불빛이 어두워지면서 곧 마음속의 애정과 상상력이 현실을 뛰어넘어 고개를 들고 있었다. 에두

은 남편과 아내가 자아를 잊고 서로에게 몰입해야만 하는 화합을 방해하는 데서나 자기 권리를 휘두를 뿐이다. 하지만 이 순결이 오틸리에의 겉모습에서는 훨씬 더 많은 것을 요구하고 있다. 그녀의 겉모습은 자연적 삶의 무구라는 가상Schein[빛남]을 불러일으킨다. 자연적 삶의 무구라는 이러한 이념, 신화적이라고까지는 하지 않더라고 이교도적인 이 이념은 처녀성이라는 이상을 추구한 기독교에서, 적어도 그것을 가장 엄격하고 가장 큰 영향을 미친 형태로 정식화한 기독교에서 기인하는 것이다. 신화에서는 원죄의 근거들을 성이라는 벌거벗은 삶의 충동에서 찾는다면 기독교 사상은 그러한 원죄와 대극을 이루는 것을 본능의 극단적인 표출로부터 가장 멀리 떨어져 있는 것, 즉 처녀의 삶 속에서 찾는다. 그러나 분명하게 의식하고 있지는 않지만 이처럼 명확한 지향은 어떤 중차대한 과실을 내포하고 있다. 과연 삶의 자연적인 죄가 존재하는 것처럼 삶의 자연적인 무구도 존재한다. 하지만 삶의 자연적인 무구는 — 심지어 부정적인 관계에서라도 — 성이 아니라 오로지 그것과 대극을 이루는 것인 — 마찬가지로 자연적인 — 정신과 결합되어 있다. 인간의 성적인 삶이 자연적인 죄의 표현이 될 수 있는 만큼 정신적 삶은 인간의 개성 — 어떠한 본성이든 — 의 통일과 관련됨에 따라 자연적인 무구의 표현이 될 수

아르트는 그의 팔에 바로 오틸리에를 안고 있는 것이었으며, 샤를로테의 마음에는 대위의 모습이 멀리 또는 가까이 떠돌고 있었다. 기이하게도 눈앞에 있는 것과 눈앞에 있지 않은 것이 매혹적으로 기쁨에 넘쳐 서로 뒤얽히고 있는 것이었다"(『친화력』, 106쪽[1부 11장]). "기도가 끝나고 아기가 오틸리에의 팔에 안겼는데, 몸을 굽혀 아기를 내려다보는 순간 그녀는 뜨고 있는 아기의 두 눈을 들여다보며 적지 않게 놀랐다. 왜냐하면 바로 자신의 눈을 들여다보고 있는 듯하다고 느꼈기 때문이다. 그렇게 꼭 닮은 것을 발견하고 놀라지 않을 사람은 아무도 없을 것이다"(233쪽[2부 8장]).

있다. 개인적인 정신적 삶의 이러한 통일이 곧 성격이다. 성격을 구성하는 본질적 계기로서의 일의적인 명백함이 모든 순수하게 성적인 현상이 가진 다이몬적인 것으로부터 성격을 구별해준다. 어떤 사람이 복잡한 성격을 갖고 있다고 인정하는 것은 그것이 사실이든 부당하든 그에게 성격이 있음을 부인하는 것밖에는 되지 않는 반면 벌거벗은 성적인 삶의 경우 그것이 어떻게 표현되든 언제나 그것에 대한 올바른 인식을 보증하는 표시가 될 수 있는 것은 그러한 현상에 뿌리를 내리고 있는 본성[자연]의 양의적인 애매함에 대한 통찰이다. 이것은 처녀성에 있어서도 증명된다. 특히 처녀성의 불가촉성이 갖고 있는 양의적 애매함은 분명하다. 왜냐하면 내적인 청순함의 징표로 생각될 수 있는 것이야말로 욕망에게 있어서는 가장 바라마지 않는 것이기 때문이다. 하지만 무지가 가진 무구도 양의적이고 애매하다. 무지로 인해 연정은 어느새 깊은 죄악으로 여겨지는 욕망으로 바뀌기 때문이다. 그리고 다름 아니라 이러한 양의적 애매함 자체가 극히 특징적이게도 그리스도교가 무구의 상징으로 삼고 있는 백합에서 다시 나타나는 것을 볼 수 있다. 이 식물의 엄격한 윤곽선들, 백색의 꽃받침에는 도무지 식물에서 나는 것이라고 할 수 없는, 사람을 마비시키는 듯한 달콤한 향기가 결합된다. 작가는 무구에 고유한 이처럼 위험한 마력을 오틸리에에게도 무구한 겉모습과 더불어 부여했으며, 그로 인해 오틸리에는 그녀의 죽음이 집행되는 희생 의식과 가장 긴밀한 관계에 놓이게 된다. 그처럼 겉으로는 무구하게 보이기 때문에 희생 의식이 치러지는 주술권을 떠나지 않는 것이다. 청순함 그 자체가 아니라 그것의 가상이 오틸리에의 모습을 이처럼 무구로 뒤덮고 있다. 그녀를 연인에게서 멀어지게 하는 것이 그러한 가상의 불가촉성이다. 마찬가지로 가상적인 본성은 샤를로테의 모습에서도 암시되고 있는데, 그녀의 모습은 너무나도 순수해서 비난조차 할 수 없을 것처럼 보이지만 그것은 겉모습뿐으로 사실은 연인에 대한 불충실함Untreue이 그녀의 모습을 일그러뜨리고 있다. 샤를로테는 심지어 어머니로서 또 주부로서 나타나는 — 여기서 수동성은 그녀에게 전혀 어울리지 않지만 — 경우조차 환영 같은 느낌을 준다. 더욱이 이러한 불명확함이라는 대가를 치러야만 그녀 안에 있는 고귀함이 나타난다. 따라서 그녀는 환영들 속에서 유일한 빛Schein인 오틸리에와 가장 깊은 곳에서 닮아 있다. 따라서 원래 이 작품을 제대로 이해하려면 이 작품을 푸는 열쇠를 이 장편소설에 등장하는 네 명의 주요 인물들 사이의 대립이 아니라 그들이 어떠한 점에서 한결같이 노벨레의 연인들과 구별되는가 하는 데서 찾는 것이 필수불가결하다. 이 장편소설 속의 인물들이 서로 대조를 이루는 것은 개개인으로서보다는 두 쌍으로서 이기 때문이다.

B 무구

① 죽음에 있어서의 무구

진정한 자연적 무구는 양의적으로 애매한 불가촉성과도 또 저 지복의 죄 없음과도 아무런 관계도 갖고 있지 않은데, 오틸리에의 모습은 이 진정한 자연적 무구와 관련된 것일까? 그녀는 성격을 갖고 있는가? 그녀의 본성은 고유의 솔직함 덕분이라기보다는 자유롭게 아무런 제약 없이 표현되기 때문에 분명하게 눈에 보이는 것일까? 이 모든 질문에 대한 부정적인 대답이 그녀의 특징을 나타내고 있다. 오틸리에는 속마음을 드러내지 않는다. — 아니 그것 이상으로, 그녀가 하는 어떤 행동과 말도 그녀를 그러한 폐쇄성으로부터 해방시킬 수 없다. 탄원하듯이 양손을 올리고 있는 다프네의 모티브[4]에서 잘 알 수 있는 바와 같이 식물적인 과묵함이 그녀의 모습을 지배하고 있으며, 다른 사람들에게라면 백일하에 자신의 모습을 드러내었을 극한 의 고난에서조차 그러한 과묵함이 그녀의 모습을 어둡고 애매한 것으로 만들고 있다. 친구들조차 끝까지 그녀가 죽기로 결심했다는 것을 알지 못할 뿐만 아니라 그러한 결심은 심지어 그녀 자신에게조차 완전히 비밀로 감추어져 있기 때문에 본인도 알지 못한 것처럼 보인다. 그리고 이러한 특성이 그러한 결단의 도덕적 성격의 뿌리까지 건드리고 있다. 왜냐하면 만일 언어의 정신이 도덕적 세계를 비추어주는 것을 볼 수가 있다면 그것은 결단의 순간에서이기 때문이다. 어떠한 윤리적 결단도 언어적 형상을 갖지 않고는, 엄밀히 말해 언어적 형상 안에서 전달 대상이 되지 않고는 생겨날 수 없다. 따라서 오틸리에가 완전히 침묵하는 한 그녀에게 혼을 부여하고 있는 죽음에의 의지가 지닌 도덕성은 의심스럽다. 그러한 의지의 밑바닥에 깔려있는 것은 사실 결심이 아니라 충동이기 때문이다. 따라서 모호한 말로 암시되고 있는 것과는 달리 그녀의 죽음은 신성한 것이 아니다.[5] 만

4) 아폴로의 구애를 거절하기 위해 다프네는 강의 신인 아버지(또는 제우스)에게 기도해서 몸을 월계관으로 바꾸었다. 『친화력』(1부 5장, 57쪽)과 2부 16장에 이 모티브가 등장한다.
5) 이 소설의 마지막 장에서 에두아르트가는 '성녀를 생각하며' 잠들어 있는 그녀의 모습은 '축복받은 자라고 불릴 만했다'고 분명하게 말하고 있다(320쪽[2부 18장]). 그러나 그것은 오로지 오틸리에의 '순교'가 예견되었기 때문이다. 사람들은 마치 성궤 안에 성녀를 안치하듯 그녀를 유리 덮개로 된 관에 눕힌다. 그녀의 주위를 화환으로 장식하고 성소에는 등불을 밝혀둔다. 그녀는 신비롭게도 난니에게 마치 '구름에 실려 가는' 듯이 보인다. 그녀의 몸을 만지자마자 이 시종은 육체적 · 도덕적으로 자신이 회복됨을 느끼

약 그녀가 자신이 '궤도'를 벗어났다는 것을 인식했다고 하더라도[6] 이 말이 진정으로 의미하는 것은 단지 죽음만이 그녀를 내적인 파멸로부터 보호해줄 수 있다는 것뿐이다. 그렇다면 그러한 죽음은 아마 운명이라는 의미에서 보상이라고 할 수는 있어도 신성한 속죄 Entsühnung는 아니다. 인간에게 있어 속죄가 될 수 있는 것은 자유로운 죽음이 아니라 오직 신에 의해 인간에게 내려진 죽음뿐이다. 오틸리에의 죽음은 그녀의 불가촉성과 마찬가지로 완전히 파멸해버린 상태에 빠지는 것에서 벗어나려는 영혼의 마지막 도피처에 지나지 않는다. 죽음에 대한 그녀의 충동이 말하고 있는 것은 안식에 대한 동경이다. 괴테는 그러한 충동이 얼마나 완전히 그녀 안에 있는 자연적인 것에서 비롯되었는지를 강조하는 것을 빼놓지 않고 있다. 오틸리에는 식음을 전폐함으로써 죽게 되는데, 괴테는 보다 행복했던 때에도 그녀가 얼마나 먹는 것을 좋아하지 않았는지를 이 장편소설 속에서 분명히 밝히고 있다.[7] 군돌프는 그녀의 존재를 신성한 것으로

고 "이분께서 저를 용서하셨어요"라고 외친다. 그리하여 기적을 바라며 예배당 주위로 몰려든 인파가 너무 많아지는 바람에 외부인의 접근을 막지 않을 수 없게 된다.

6) 이혼을 수락하고 '신부이자 어머니가 되기를' 바라는 샤를로테에게 오틸리에는 '제가 갈 길을 떠난다'고 대답한다(2부 14장). 그리고 동일한 방식으로 침묵의 서약을 맹세하는 편지를 쓴다(2부 17장). "저는 당신께서 저에게 무엇을 기원하고, 무엇을 기대하고 있는지 모든 것을 잘, 정확하게, 그리고 어쩌면 너무도 심각하게 받아들였어요. 그것을 계기로 저는 저의 좁은 소견으로 나름대로 좌우명을 세웠지요. …… 그런데 제가 그 궤도를 벗어났어요"(284쪽[2부 14장]). "사랑하는 여러분, 너무도 자명한 일을 제가 무엇 때문에 굳이 이야기해야 하겠습니까? 저는 제 궤도를 벗어났었고, 그 안으로 다시 들어갈 수 없습니다. 저를 지배하고 있는 적의에 찬 마성은 제가 다시 제 자신에게로 되돌아가려 해도 외부로부터 저를 막고 있는 듯합니다. …… 저의 마음이 허락하는 한 제가 [침묵의] 서약을 지킬 수 있게 해주세요"(302~303쪽[2부 17장]).

7) "또한 그 애가 먹고 마시는 일에 욕심이 전혀 없다는 것도 저는 칭찬할 수가 없습니

보고 있지만[8] 그녀의 삶이 성별(聖別)될 수 없는 것은 그녀가 이미 파멸되어 가던 혼인 관계를 범했기 때문이라기보다는 외면에 있어서나 내적인 성장에 있어 죽음에 이르기까지 운명의 위력Gewalt에 굴복한 채 아무런 결단도 없이 근근이 삶을 이어가기 때문이다. 이처럼 그녀는 죄를 짊어지면서도 죄가 없는 채 운명의 공간 속에 머물러 있는데, 언뜻 보기에는 그것이 그녀에게 비극성을 부여하는 듯이 보인다. 예를 들어 이와 관련해 군돌프는 '이 작품의 파토스'에 대해 "소포클레스의 『오이디푸스 왕』의 모태가 된 파토스 못지않게 비극적으로 숭고하며 깊은 감동을 준다"[9]고 주장하고 있다. 군돌프 이전에도 이미 프랑수아-퐁세[10]가 『친화력』에 관해 잔뜩 부풀려 놓기만 한 케케묵은 저서에서 그와 비슷한 주장을 한 바 있다. 하지만 그보다 잘못된 평가도 없을 것이다. 왜냐하면 저 영웅들은 비극적인 말들 속에서 저 아래에서는 신화의 죄와 무구가 한데 얽혀 심연을 이루고 있는 결단의 능선을 오르고 있기 때문이다. 선과 악의 현세는 죄과와 무구의 차안에 근거를 두고 있는데, 이 현세에는 영웅만이 도달할 수 있을 뿐 두려움에 떨며 주저하는 처녀로서는 도저히 그럴 수 없다. 따라서 오틸리에의 '비극적 정화'를 찬양하는 것은 공허한 말장난에 불과하다. 비애로 가득 찬 이 작품의 결말보다 덜 비극적인 것도 생

다. …… 저는 한 번도 오틸리에가 음식을 남기지 않고 다 먹는 것을 보지 못했습니다"(36~37쪽[1부 3장]).
8) 군돌프, 『괴테』, 559쪽.
9) 앞의 책, 563쪽.
10) André François-Poncet, Les Affinité sélectives de Goethe. Essai de commentaire critique, 앙리 리히텐베르거의 서문, 파리, F. 알캉, 1910년, 235쪽 이하, 256쪽. 프랑수아-퐁세(1887~1978년)는 프랑스의 독문학자이자 외교관이다.

각할 수 없을 것이다.

② 삶에 있어서의 무구

그러나 이처럼 언어가 결여된 충동의 본질이 인식되는 것은 위와 같은 사항에서뿐만이 아니다. 또한 도덕적 질서의 빛의 테두리에 비추어보면 오틸리에의 삶 또한 근거가 없는 것처럼 보인다. 하지만 그것은 이 문학작품에 전혀 관심이 없는 비평가의 주의밖에 끌지 못했던 것 같다. 그리하여 이 작품에서 다루어지고 있는 사건에 대해 불필요한 편견에 사로잡히지 않은 사람에게라면 누구에게나 가장 먼저 떠오를 법한 질문을 던지는 역할은 율리안 슈미트처럼 평범한 지성에게 돌아가게 되었다.

만약 열정이 양심보다 더 강한 것이었다면 그것에 대해 뭐라 할 것은 아무것도 없을 테지만 이처럼 〔오틸리에의〕 양심이 침묵하는 것은 어떻게 이해해야 할까? …… 오틸리에는 어떤 죄를 범한다. 나중에 그녀는 그것을 매우 깊이, 필요 이상으로 깊이 절감한다. 하지만 그것을 미리 느끼지 못한 것은 어떻게 된 것일까? …… 오틸리에처럼 태생도 좋고 훌륭한 교육을 받은 사람이 어떻게 에두아르트에게 그렇게 행동하는 것은 은인인 샤를로테에게 죄를 짓는 것이라는 것을 느끼지 못했을까?[11]

아무리 이 장편소설의 가장 깊은 연관을 통찰했다 하더라도 이러한

---

11) Julian Schmidt, 『레싱 사후의 독일 문학 *Geschichte der deutschen Literatur seit Lessing's Tod*』, 5판, 2권, *Die Romantik*(1797~1813년), 라이프치히, 그루노프, 1866년, 590쪽. 슈미트 (1818~1886년)는 독일의 저널리스트이자 문학사가이다.

의문이 갖는 명백한 정당성을 무효화시킬 수는 없을 것이다. 그러한 의문이 불가피하다는 것을 잘못 인식하면 이 장편소설의 본질을 어둠 속에 방치하게 될 것이다. 왜냐하면 도덕적 목소리의 이러한 침묵은 격정의 언어가 억제되는 것과 달리 개성의 특징으로 파악될 수 있는 것이 아니기 때문이다. 그렇게 침묵하는 것은 결코 인간 존재가 미치는 범위 내에서 결정된 것이 아니다. 이러한 침묵과 더불어 가상이 가장 고귀한 존재의 마음속에서 마음을 갉아먹으면서 서식하고 있다. 그리고 기묘하게도 이것은 노년에 접어들어 정신이 병들어 사망한 민나 헤르츠리프의 과묵함을 연상시킨다. 만약 행동이라는 것이 아무리 명료하더라도 언어를 결여하고 있다면 그것은 모두 가상에 불과할 뿐이며, 실제로 그렇게 해서 자신의 몸을 보호하는 사람들의 내부는 타인에게와 마찬가지로 자신들에게도 애매한 상태로 남는다. 결국 오틸리에의 인간적 삶이 그럼에도 불구하고 아직 움직임을 보이고 있는 것은 오직 일기 속에서 뿐인 것처럼 보인다. 언어 능력이 부여된 존재로서의 그녀의 모든 모습은 점점 더 이처럼 침묵하는 기록 속에서만 찾을 수밖에 없기 때문이다. 그러나 이 기록 또한 서서히 죽어가는 자를 위한 기념비를 세우는 것에 불과하다. 원래라면 죽음만이 봉인을 풀 수 있도록 허용된 수많은 비밀을 이 기록이 전함에 따라 독자들은 오틸리에가 죽어가고 있다는 생각에 익숙해진다. 이 기록은 또한 생전의 그녀의 과묵함을 분명하게 보여줌으로써 그녀가 머지않아 완전히 침묵하게 될 것임을 사전에 암시하고 있다. 일기를 쓰는 오틸리에의 삶을 지배하고 있는 가상적인 것은 그녀의 정신적인, 그리고 현실로부터 초연한 듯한 기분에까지 침투한다. 왜냐하면 영혼 안에 있는 상기의 맹아들을 너무나도 빨리 드러내 그 과실이 성숙하는 것을 막는 것이 원래 일기라는 것이 가진 위험이라면 정신적 삶이 오직 일기 속에서만 모습을 드러낼 경우 그러한 위험은 필연적으로 치명적인 것이 되고 말기 때문이다. 그리고 내면화된 인간 존재의 모든 힘은 궁극적으로는 상기에서 유래한다. 오직 상기만이 사랑에 영혼을 보증해줄 수 있다. 괴테의 상기 속에는 그러한 영혼이 숨 쉬고 있다.

아, 그대는 지나간 날들에는
나의 누이 아니면 아내였다.[12]

그리고 이러한 결합에서는 아름다움 자체도 상기로서 오래 존속되는데, 그러한 상기 없이는 아무리 꽃을 피우더라도 아름다움은 본질을 결여한 것이 된다. 플라톤의 『파이드로스』에 나오는 다음과 같은 말이 그것을 증명해주고 있다.

이제 갓 비밀 의식을 전수받고 돌아왔으며, 저 위 피안의 세계에서 많은 것을 보고 깨달은 사람이 미를 훌륭하게 모방한 신과 같은 얼굴 또는 그러한 미가 육체적 형상을 하고 있는 모습을 본다면 가장 먼저 그때 체험한 경외를 떠올리며 경악에 휩싸이지만 그로부터 똑바로 그러한 모습 곁으로 가만히 다가가 그것의 본질을 인식하고 그것을 신과 같은 것처럼 숭배한다. 〔……〕 그것에 대한 상기는 다시 한 번 미의 이념으로 높여지며, 이 미가 다시 깊은 사고와 나란히 성스러운 기반에 서는 것을 보기 때문

---

12) 1776년 4월 14일 샤를로테 폰 슈타인(Charlotte von Stein) 부인에게 편지 형식으로 보낸 시 속에 들어 있는 것으로 뒤늦게 세상에 알려졌지만 괴테의 가장 유명한 시 중의 하나이다(『괴테 시 전집』, 223쪽).

이다.[13]

C 미

① 헬레나의 모티브

오틸리에라는 존재는 그러한 상기를 불러일으키지 않는다. 이 존재에게 있어서는 실제로 미가 제1의 것이자 본질을 이루고 있다. 그녀가 어떤 호의적인 '인상'을 준다면 그것은 모두

오직 겉모습에서 비롯된 것이다. 일기장 수를 아무리 늘린다고 하더라도 그녀의 내적인 본질은 여전히 닫힌 그대로이다. 그것은 하인리히 폰 클라이스트[14]의 어느 여성 형상보다 더 폐쇄적이다.[15]

이러한 통찰에서 율리안 슈미트는 기묘하게도 정확하게 아래와 같이 단언하고 있는 어느 오래된 비평과 일치한다.

이 오틸리에는 괴테의 정신의 적자가 아니라 미뇽[16]에 대한 추억 그리고

---

13) 플라톤, 『파이드로스』, 251a와 254b. 벤야민의 인용문은 율리우스 발터의 『고대 미학사』(1839년)에 근거하고 있는데, 플라톤의 기술과 다소 다르다.
14) 클라이스트(Heinrich von Kleist : 1777~1811년)는 독일의 극작가이자 소설가로 고전주의로도 낭만주의로도 분류할 수 없는 독자적 문학과 비극적 생애로 사후에 독일 시인 최고의 위치를 점하였다. 독일 희극의 최고 걸작으로 꼽히는 『깨어진 항아리』등 많은 수작을 발표했다.
15) 율리안 슈미트, 앞의 책.

마사초[17]나 조토[18]의 어느 오래된 그림에 대한 추억이 겹치는 가운데 죄 깊은 방식으로 태어난 자식이다.[19]

실제로 오틸리에의 상은 서사문학과 회화를 나누는 경계선을 넘어서고 있다. 왜냐하면 미가 생명이 있는 자 안에서 본질적 내실로 나타나는 것은 서사시에서 소재로 다룰 수 있는 권역을 넘어서는 것이기 때문이다. 그럼에도 불구하고 그러한 미의 출현이 이 장편소설의 중심에 위치하고 있다. 오틸리에가 아름답다는 것을 확신하는 것이 이 장편소설에 [내적으로] 관여하기 위한 근본 조건이라고 해도 지나치지 않다. 이 미는 이 장편소설의 세계가 존속되는 한 사라져서는 안 된다. 그녀가 잠들어 있는 관의 뚜껑을 닫아놓지 않은 것은 이 때문이다.[20] 이 작품에서 괴테는 미의 서사(시)적 묘사에 대한 호메로스의 저 유명한 전범으로부터 실로 멀리 떨어져 있다. 왜냐하면 헬레네조차 파리스에게 조소의 말을 던질 때[21]는 오틸리에가 어떠한 말로 나타내고 있는 태도보다 훨씬 더 결연한 모습을 보여줄 뿐만 아니

16) 미뇽은 『빌헬름 마이스터의 수업 시대』에서 빌헬름이 입양한 신비에 둘러싸인 중성의 소녀를 가리킨다.

17) 마사초(Masaccio, 1401~1428년)는 이탈리아 르네상스의 화가로 원근법을 사용하여 그림을 그린 화가이자 회화에서의 르네상스 양식의 창시자로 알려져 있다.

18) 조토(Giotto di Bondone, 1266경~1337년)는 이탈리아의 화가이자 건축가로 이탈리아 회화의 창시자로 불리며, 정신성과 현실성을 종합해 고딕 회화를 완성했다.

19) 1810년 1월 1일 할레 및 라이프치히의 『일반문예보』에 게재된 익명의 서평, *Goethe im Urtheil seiner Zeitgenossen*, 앞의 책, 229쪽.

20) 이 관에는 뚜껑이 달려 있지 않다. "그렇게 하여 이제 오틸리에의 관이 안치되었는데, 그녀의 머리 쪽에는 아기의 관이, 그리고 발치에는 단단한 참나무통 속에 담긴 트렁크가 놓여 있었다. 사람들은 한 여자를 경비로 세웠는데 ……"(315쪽[2부 18장]).

21) 호메로스, 『일리아스』, 3권, 428~436행을 참조하라.

라 무엇보다 특히 오틸리에의 아름다움을 묘사할 때 괴테는 성벽 위에 모인 장로들의 찬사[22]에서 끌어낸 저 유명한 법칙도 따르지 않기 때문이다. 심지어 오틸리에는 장편소설이라는 장르의 법칙 자체를 거스르면서까지 그녀를 두드러지게 하는 형용어구들로 묘사되고 있는데, 그들 어구는 시인이 완전히 장악하고 있는 서사적 평면으로부터 그녀 자체를 빼내서 이 시인이 짊어져야 할 책임의 테두리 밖에 있는 이질적인 생기나 그녀에게 전달하는 데나 도움이 될 뿐이다. 이처럼 오틸리에는 호메로스의 헬레네로부터 멀어질수록 그만큼 더 괴테의 헬레나에 가까워진다. 이 헬레나와 마찬가지로 양의적이며 애매한 무구와 가상적인 아름다움으로 둘러싸인 오틸리에는 역시 헬레나와 마찬가지로 속죄의 죽음을 가만히 기다린다. 그리고 오틸리에의 출현에 있어서도 주술의 힘에 의한 호출이 관여하고 있다.

② 주술의 힘에 의한 호출

괴테는 연극적 표현[연출]Darstellung 자체의 형식을 통해 이처럼 주술의 힘으로 호출하는 것에 골고루 빛을 비추기 때문에 그리스적인 인물 형상인 헬레나가 에피소드로 등장하는 모습에 대해 완벽히 장인다운 솜씨를 보여주고 있다.[23] — 아마 이러한 의미에서 파우스트가 페르세포네에게 헬레나를 보내달라고 애원해야 하는 장면이 결국 쓰여지지 않은 것은 확실히 우연이라고는 할 수 없을 것이다. 하지만 『친화력』에서는 주술의 힘에 의한 호출이라는 악마적 원리가 문학적 창작[시적 조형] 자체의 한가운데 들어와 돌출하고 있다. 즉

---

22) 『일리아스』, 3권, 146~160행을 참조하라.
23) 『파우스트』, 3막.

주술의 힘으로 불러내지는 것은 항상 하나의 가상에 불과하며, 오틸리에의 경우에는 생기 넘치는 아름다움이지만 이 아름다움이 격렬하고, 비밀로 가득하며, 순화되지 않은 채 가장 강대한 의미에서의 '소재'로서 밀고 들어오는 것이다. 이로써 이 시인이 이 장편소설의 사건들에 하데스적인 분위기를 부여하고 있음이 확인된다. 즉 피로 가득한 구덩이 앞에 칼집에서 꺼낸 칼을 들고 서 있는 오디세우스[24]처럼 괴테는 시인으로서의 재능이라는 심연 앞에 서서 피에 목말라 있는 망자들이 가까이오지 못하게 하고 있는데, 그것은 오로지 애절하게 몇 마디 말을 나누어보려는 사람들이 다가오도록 하기 위해서이다. 그처럼 몇 마디 짧은 말밖에 할 말이 없다는 것은 그들이 실은 망령에서 기원했음을 나타내는 표시이다. 이 이야기의 구상과 결말이 기묘하게 훤히 비쳐 보이는 듯한 느낌, 때로는 일부러 그런 것처럼 보이는 느낌 또한 그러한 망령적 기원 때문이다. 이 작품의 2부는 기본 구상이 완성된 후 막판에 현저하게 확대되는데, 특히 2부에서 볼 수 있는 상투적인 느낌은 암시적이기는 하지만 역시 문체에서도, 즉 헤아릴 수 없을 정도로 많은 대구법, 비교법, 최대한으로 줄인 우회적 표현에서도 나타나고 있다. 그러한 문체는 만년의 괴테의 문체와 아주 흡사하다. 괴레스[25]가 아르님에 반대해 『친화력』에서는 적잖은 점이 '조각한 것이 아니라 왁스로 닦은 것처럼' 보인다고 말한 것은 바로 이러한 의미에서였다.[26] 특히 삶의 지혜에 관한 격언[27]에

24) 호메로스, 『오뒷세이아』, 11권 23행 이하를 참조하라.
25) 괴레스(Joseph von Görres, 1776~1848년)는 독일의 작가이자 문학사가, 저널리스트로 중요한 문학지인 『라인의 메르쿠르』의 발행자였다. 처음에는 프랑스혁명의 열렬한 지지자였지만 후에 나폴레옹에 반대하는 국민운동을 주도하고 가톨릭 낭만주의를 이끄는 수장 중의 한 명이 된다.

제격인 말이다. 이것 이상으로 많은 문제를 내포하고 있는 것은 단순히 수용적인 지향으로는 전혀 이해할 수 없는 특징들, 즉 미적인 것에는 완전히 등을 돌리고 오로지 문헌학적으로 탐구해야만 제 모습을 드러내는 다양한 조응관계들이다. 그러한 조응관계들 덕분에 표현[연출]이 무엇인가를 불러내는 주문의 영역에 손을 댈 수 있다는 것은 분명하다. 이 때문에 이 표현[연출]은 너무나 자주 예술에 즉각적으로 그리고 궁극적으로 완벽한 생명을 부여하는 것, 즉 형식을 결여하게 된다. 이 장편소설에서 형식은 등장인물들을 [유기적으로] 만들어낸다기보다는 — 인물들은 아주 빈번하게 제멋대로 형식을 결여한 채 신화적인 형상으로 발호하고 있다 — 주저주저하면서 인물들 주위를 마치 아라베스크 자세[한쪽 다리를 수평으로 뒤로 뻗고 양팔로 균형을 잡고서는 동작]라도 하는 양 얼쩡대다가 마지막 단계에서는 당연하다는 듯이 해체되어버린다. 이 장편소설이 그러한 결과를 가져오게 되는 것은 이 소설에 고유한 문제가 표현된 것이라고 할 수 있을 것이다. 소설이 미칠 수 있는 작용의 — 반드시 항상 최고 단계라고는 말할 수 없지만 — 최량의 부분은 선입관에 사로잡히지 않는 독자의 감정 속에서 나타나는데, 이 장편소설이 다른 소설과 다른 것은 이 작품이 독자의 감정을 극도로 혼란시키는 작용을 하지 않을 수 없다는 것이다. 친연성을 가진 심정이라면 열광적인 공감으로, 그보다는 소원한 심정이라면 반감 어린 곤혹감으로 치닫게 만들지도 모를 저 음울한 감화력은 예로부터 이 장편소설 특유의 것이었다. 따라

26) 벤야민의 한 초고에는 「1810년 1월 아르님에게 보낸 편지」라는 주석이 달려 있다.

27) '삶의 지혜에 관한 격언'은 괴테의 잠언들을 모은 책 『잠언과 성찰』을 가리킨다. 이 중 상당 부분이 오틸리에의 '일기'에 삽입되어 있다.

서 오직 어떠한 것에도 현혹되지 않는 이성의 보호가 있어야만 마음
은 주술의 힘으로 불러내진 이 작품의 놀라운 아름다움에 스스로를
맡길 수 있으며, 그러한 이성만이 이 작품과 맞설 수 있다.

③ 표현을 갖지 않는 것

주술의 힘에 의한 호출은 창조의 거울 이미지가 되려고 한다. 그
러한 호출 또한 무에서 세계를 만들어낸다고 주장하는 것이다. [하지
만] 예술작품은 주술의 힘에 의한 호출과도 또 창조와도 아무런 공
통점도 갖고 있지 않다. 예술작품은 무에서 생겨나는 것이 아니라 카
오스에서 나타나는 것이다. 하지만 유출설이라는 관념론에서 말하
는 창조된 세계와 달리 예술작품은 카오스로부터 흘러나오는 것이
아니다. 예술적 창조는 카오스로부터 아무것도 '만들어내지' 못하
며, 카오스 속으로 철저하게 침투하는 것도 아니다. 또한 주술의 힘
으로 불러내는 것이 실제로 하고 있는 것처럼 그러한 카오스의 요소
들을 혼합해서 가상을 만들어낼 수 있는 것도 아니다. 그러한 혼합을
행하는 것은 주문[공식]Formel이다. 이에 반해 형식Form은 카오스에
일순간에 마법을 걸어 이 세상의 모습으로 바꾼다. 따라서 어떤 예술
작품도 어떠한 주술에도 붙들려 있지 않고 생기 있어 보이려면 일단
은 단순한 가상이 되어야 하며 예술작품이기를 포기하지 않으면 안
된다. 예술작품 속에서 요동치는 삶은 응고되어 마치 순식간에 주술
에 걸린 것처럼 나타날 수밖에 없다. 예술작품 속에서 생명을 얻는
것은 단순한 미, 단순한 조화로 이것이 카오스 — 실로 세계가 아니
라 진정 이 카오스만 — 를 가득 채우며, 그럼으로써 카오스에게 생
기를 부여하고 있는 것처럼 보일 뿐이다. 이 가상에 정지를 명령하고
움직이지 못하도록 고정하며 [단순한] 조화의 흐름을 끊는 것이 표

현을 갖지 않는 것das Ausdruckslose이다. 앞서와 같은 요동치는 삶이 작품에 깃들어 있는 비밀의 토양이며, 이 표현을 갖지 않는 것에 의한 이러한 응고가 작품에 머물러 있는 내실에 근거를 제공해준다. 여자의 변명을 압도적인 말로 중단시킴으로써 그처럼 중단된 순간에 그러한 변명으로부터 진실을 캐낼 수 있듯이 표현을 갖지 않는 것은 가볍게 흔들리는 조화에 정지를 강요하고, 그러한 이의제기 Einbruch〔틈입〕를 통해 조화의 그러한 흔들림을 영원한 것으로 만든다. 미는 그러한 영원화 속에서 자기를 정당화해야만 하지만 미는 한창 그러한 자기 정당화〔변명〕 도중에 중단된 것처럼 보이며, 그리하여 미는 이의제기〔틈입〕 덕분에 내실의 영원성을 손에 넣는다. 표현을 갖지 않는 것은 예술에 있어 분명 본질로부터 가상을 분리할 수는 없지만 그것들이 혼합되는 사태는 저지할 수 있는 비판적 힘Gewalt이다. 표현을 갖지 않는 것은 이 힘을 도덕적인 말로서 갖고 있다. 이 표현을 갖지 않는 것 안에서 도덕적 세계의 규칙에 따라 현실 세계의 언어를 규정하는 '진정한 것das Wahre' 이 가진 숭고한 힘Gewalt이 나타난다. 왜냐하면 바로 표현을 갖지 않는 것 안에 나타나는 진정한 것이야말로 모든 아름다운 가상 속에 아직까지 카오스의 유산으로 살아남은 것, 즉 사람들을 혼란에 빠뜨리는 거짓 총체성 ─ 절대적 총체성을 박살내기 때문이다. 이 진정한 것이 비로소 작품을 완성한다. 즉 작품을 박살내 어떤 불완전한 것, 진정한 세계의 단편, 어떤 상징의 토르소로 만들어버리는 것이다. 표현을 갖지 않는 것은 작품 혹은 문학 장르의 범주가 아니라 언어와 예술의 한 범주로서, 횔덜린의『'오이디푸스' 에 대한 주해』에 나오는 한 구절 ─ 그런데 이 구절은 비극 이론에 머물지 않고 그것을 넘어 예술 이론 자체에 대해 진정 근본적인 의미를 담고 있는데, 이 점은 아직까지 제대로 인식되고 있지 않은 것처럼 보인다 — 에서 이루어진 것보다 더 엄밀하게 그것을 규정할 수는 없을 것이다. 해당 구절은 다음과 같다.

즉 비극에 담긴 사항은 본래 의미를 갖지 못하며, 어떠한 제약도 받지 않는다. — 이 때문에 비극에 담긴 사항을 표현하고 있는 표상들의 리드미컬한 연쇄 속에서 시의 운율에 있어 중간 휴지(Cäsur)라고 불리는 것, 즉 순수한 말, 리듬을 거스르는 중단이 필요해진다. 그것이 표상들의 격렬한 교체의 정점에 가로놓이게 된 결과 표상들의 교체가 아니라 표상 자체가 나타나게 된다.

횔덜린은 이 글을 쓰기 몇 년 전에 독일인들에 의한 모든 예술적 숙달의 거의 도달하기 어려운 목표로 '서구적인 유노Juno와 같은 냉철함'[28]을 제시한 바 있는데, 그것은 이 중간 휴지를 환언한 것에 다름 아니었다. 이 중간 휴지에 있어서는 조화와 함께 모든 표현도 멈춰버려 어떠한 예술적 수단을 갖고도 표현할 수 없는 힘에 자리를 양보한다. 그러한 힘이 한편으로는 그리스 비극에서만큼, 다른 한편으로는 횔덜린의 찬가에서만큼 명료하게 나타난 적은 과거에 없었다. 비극에서는 영웅들의 침묵으로, 찬가에서는 시의 리듬 한가운데 끼어드는 틈입〔이의제기〕에서 그것을 느낄 수 있다. 아니, 오히려 시인 저편에 있는 무엇인가가 시의 표현을 가로막고 있다는 말보다 더 그러한 리듬을 정확하게 표현할 수 있는 방법도 없을 것이다. 바로 거기에 '찬가는 좀처럼' (아마 '결코'라고 말하는 것이 지당할 것이다) '아름답다고 불리지 않는'[29] 이유가 있을 것이다. 횔덜린의 서정시에서는 이

28) 1801년 12월 4일 카시미르 울리히 뵐렌도르프에게 보낸 편지.

표현을 갖지 않는 것이 두드러진 특징이라고 한다면 괴테의 서정시에서는 미가 예술작품 속에서 머물 수 있는 한계의 최대한까지 출현한다. 그러한 한계를 넘어서 움직이는 것, 그것은 한[전자의] 방향에서는 광기의 산물이며, 다른[후자의] 방향에서는 주술의 힘으로 불러낸 현상이 되었다. 그리고 후자의 방향에서 독일 문학은 단 한 발자국도 괴테를 초월하려고 해서는 안 된다. 굳이 그것을 감행한다면 보르하르트[30]가 극히 유혹적인 이미지들을 불러내 보여준 바 있는 가상들의 세계의 손에 가차 없이 걸려들고 말 것이다. 심지어 그의 스승인 괴테의 작품에서조차 괴테의 정령Genius이 극히 가까이 있는 유혹, 즉 주술의 힘으로 가상을 불러내려는 유혹에서 항상 벗어나 있는 것은 아니었다는 증거는 부족하지 않기 때문이다.

④ 아름다운 가상

그리하여 괴테는 종종 이러한 말로 이 장편소설을 쓰던 일을 회상하곤 했다.

이러한 격동의 시대에 잔잔한 정열 깊숙한 곳으로 도망갈 수 있다면 그것으로 충분히 행복한 것이 아닐까.[31]

---

29) 게르하르트 숄렘, 「카발라의 서정시?」, 『유대인』(6권, 베를린, 1921년), 61쪽.
30) 보르하르트(Rudolf Borchardt, 1877~1945년). 독일의 보수파 작가이자 시인, 에세이스트로 게오르게파의 일원이었다. 이후에는 호프만슈탈과 가까웠으며, 고전 고대와 중세를 문학적 모델로 삼은 그는 1933년 이후 주로 이탈리아에 체류했다.
31) 1809년 6월 16일 마리안네 폰 아이벤베르크에게 보낸 편지, Gräf, *Goethe über seine Dichtungen*, 앞의 책, 385쪽(733번째 편지).

여기서 격랑이 이는 표면과 잠잠한 심연 사이의 대비가 아주 잠깐밖에는 물을 상기시키지 않을지 몰라도 첼터에게는 그것이 한층 더 두드러져 보였다. 한 편지에서 이 장편소설을 화제로 삼아 그는 괴테에게 이렇게 쓰고 있다.

> 그것에 적합한 것은 결국 그래도 하나의 글 쓰는 방식(Schreibart), 저 투명한 원소[물]와 같은 성질을 가진 글 쓰는 방식입니다. 그러한 원소 안에 머무는 날쌘 자들은 이리저리 한데 어울려 헤엄치거나, 표면으로 반짝반짝 거리며 떠오르는가 하면 심연의 어둠 속으로 가라앉기도 하는데 길을 헤매거나 어디로 사라져 버리는 일은 없습니다.[32]

첼터의 이러한 견해가 지금까지 충분히 평가받아 왔다고는 할 수 없지만 여기서 주장되고 있는 것은 틀에 사로잡혀 있는 듯한[주술 같은] 이 시인의 문체가 얼마나 물속에서의 주술적인 반사 작용과 친연성을 갖고 있는지를 분명하게 해주고 있다. 그리고 첼터의 말은 문체론을 넘어서 저 '정원의 놀이 호수'의 의미, 궁극적으로는 이 작품 전체의 의미 내실을 가리키고 있다. 즉 양의적인 애매함에 싸여 있는 가상의 모습을 한 한 영혼이 거기에 모습을 나타내며 무구한 투명함으로 사람들을 유혹하면서 끝없는 어두움으로 끌어내리려고 하는데, 물 또한 그처럼 기묘한 마술에 관여하고 있다. 왜냐하면 물은 한편으로는 검은 것, 어두운 것, 헤아릴 수 없는 것인 동시에 다른 한편으로는 거울처럼 비치는 것, 맑은 것, 정화하는 것이기 때문이다. 이러한

---

32) 1809년 10월 27일 첼터가 괴테에게 보낸 편지, *Briefwechsel zwischen Goethe und Zelter*, 앞의 책, 1부, 베를린, 1833년, 373쪽.

양의성의 힘 — 그것은 이미 「어부」[33]의 주제로 다루어진 바 있었다 — 이 정열의 본질을 이루는 것으로서 『친화력』의 세계를 지배하고 있다. 따라서 이 힘이 『친화력』의 중심부와 통하게 되면 동시에 다른 한편으로는 이 작품에서 제시되는 아름다운 삶에 대한 이미지가 신화에 근원을 두고 있다는 것을 환기시키며, 그러한 삶을 명확하게 인식할 수 있도록 해준다.

여신 — 아프로디테 — 이 솟아오르는 원소〔물〕는 원래 미가 머물러 있던 곳처럼 보인다. 흐르는 강물이나 샘을 빌려 그녀가 찬미된다. 물의 신인 오케아노스의 딸들 중의 하나는 쇤플리스[34]라고 불린다. 네레우스의 딸들 중에는 갈라테이아의 아름다운 모습이 가장 두드러지며, 바다의 신들로부터는 아름다운 다리(Schönfüssige)[35]를 가진 딸들이 수없이 태어난다. 걸어 다니는 자들의 발을 제일 먼저 감싸 안고 씻는 이 유동적인 원소는 미를 베풀면서 여신들의 발을 적신다. 그리고 은색의 발을 가진 바다의 여신 테티스는 그리스인들의 시적 상상이 여성의 신체의 이 부분을 묘사할 때 어느 시대에나 변함없는 모델이었다. …… 헤시오도스는 어떤 남

33) 이 유명한 발라드는 세찬 물살을 헤치고 나이아스가 모습을 드러내는 것을 묘사하고 있다. 나이아스는 순진한 어부에게 바다에 반사된 햇빛과 달빛을, 해수면 위의 반짝이는 광채와 하늘을 그리고 인간의 얼굴을 연상시킨다. 그는 요정의 마법 같은 노랫소리에 자기도 모르게 끌려들어가고 '이후로 아무도 그를 보지 못한다.' 괴테의 발라드에서 어부는 '가슴 속까지 서늘해져서' 그럼에도 불구하고 물 위로 신비롭게 들리는 여자의 유혹적인 목소리에 이끌려 배 아래로 빠져버린다(『괴테 시 전집』, 276쪽)(1778년 작에 대한 패러디).

34) 'Schönfliess'는 '아름다운 물'이라는 뜻이다. 이것은 동시에 벤야민의 어머니의 처녀 적 이름으로, 벤야민 본인의 중간 이름이기도 하다. 그는 다른 자전적 글에서도 다른 관점에서 이에 대한 이론을 전개해보이고 있다.

35) 주 34의 쇤플리스와 발음이 흡사하다.

성 또는 남성으로 생각되는 어떤 신에게도 미의 속성을 부여하지 않았다. 또한 미는 어떤 내적 가치도 나타내지 않는다. 미는 오로지 여성들의 외면적인 모습, 아프로디테나 오케아노스의 딸들의 삶의 형식과 결부되어서만 나타난다.[36]

이처럼 ─ 발터의 『고대 미학사』가 주장하는 바로는 ─ 단순한 아름다운 삶의 근원은 신화가 제시하는 대로 조화로운 동시에 카오스적인 파도의 세계 속에 있는 것으로, 어느 정도 깊은 감수성을 가진 사람들 또한 오틸리에의 유래를 그러한 세계에서 찾아왔다. 헹스텐베르크가 오틸리에가 '요정처럼 우아하게 식사한다'[37]라고 짓궂게 말하고, 베르너가 '소름끼칠 정도로 연약한 바다의 요정'[38]이라고 막연하게 말하고 마는 데 반해 베티나[폰 아르님]는 더 없이 확실하게 가장 안쪽 깊숙이 감추어져 있는 연관성에 대해 이렇게 언급하고 있다.

당신은 그녀에게 푹 빠져 있습니다, 괴테님. 아주 오래전부터 이미 그래온 것이 아닌가 하는 의구심이 듭니다. 이 비너스는 당신의 정열이 일렁이는 바다에서 솟아나왔습니다. 그리고 눈물의 진주의 종자를 싹 틔운 후 다시 이 세상의 것이 아닌 빛에 싸여 사라집니다.[39]

36) Julius Walter, *Die Geschichte der Ästhetik im Altertum*, 라이프치히, 라이스란트, 1893년, 6쪽.
37) 「괴테의 '친화력'에 대해」, 『복음주의 교회 신문』, 앞의 책, 베를린, 1831년 7월 16일자, 452쪽.
38) Zacharias Werner, "Die Wahlverwandtschaften", 앞의 책, 6행 이하.
39) 『한 소녀의 괴테와의 왕복서간』, 앞의 책, 87쪽(1809년 11월 9일 베티나가 괴테에게 보낸 편지).

3
유화의 가상

A 유화와 감동

① 조화와 평화

오틸리에의 아름다움을 규정하고 있는 가상성 때문에 친구들이 투쟁에서 손에 넣는 구제Rettung까지 본질을 결여할 위험에 처하게 된다. 왜냐하면 미가 가상적이라면 그러한 미가 신화적으로 삶과 죽음 속에서 약속하는 유화Versöhnung 역시 가상적이기 때문이다. 미를 희생으로 바치는 것은 다 피어버린 꽃과 마찬가지로 헛될 것이며, 그러한 미에 의한 유화는 유화의 가상이 될 것이다. 실제로 진정한 유화는 오직 신과의 사이에만 존재한다. 진정한 유화는 개개인의 인간이 신과 유화하고 오직 그것을 통해서만 다른 사람들과 화해 Aussöhnung에 이르는 데 반해 가상적인 유화는 먼저 인간들을 서로 화해시킨 다음 오직 그것을 통해서만 신과의 유화에 이르려고 하는 것을 특징으로 하고 있다. 가상적 유화와 진정한 유화 사이의 이러한 관계는 새로이 장편소설과 노벨레 사이의 대립에서 그대로 나타난다. 왜냐하면 노벨레에서 아직 어렸을 때 두 연인을 사로잡았던 기묘한 다툼이 궁극적으로 향하려고 했던 것은 다음과 같은 사실, 즉 그들의 사랑은 진정한 유화를 위해 생명을 걸기 때문에 진정한 화해에 도달하며, 그리고 그것에 의해 두 사람의 사랑의 고리가 언제나 변함없이 유지될 수 있게 해주는 평화에 도달하게 만드는 것이었기 때문이다. 즉 신과의 유화 속에서 ─ 그와 관련된 ─ 모든 것을 무로 되돌려버린 다음 유화한 신의 얼굴 앞에서 비로소 무로 돌아간 것들이 다시금 되살아나는 것을 본 사람이 아니고는 누구도 신과의 진정한 유화를 이룰 수 없기 때문이다. 따라서 죽음에의 도약은 두 연인이 ─ 각각이 신 앞에서 완전히 혼자가 되어 ─ 유화를 위해 몸을 던지는 순간을 나타내고 있다. 그리고 오직 그러한 유화에 대한 각오 속에서만 비로소 두 사람은 화해하고 서로를 얻을 수 있다. 왜냐하면 이 유화는 완전히 현세를 초월해 있고 전혀 예술작품의 대상이 될 수 없는 까닭에 인간들끼리의 화해 속에 현세적으로 투영되기 때문이다. 반면 관대함, 즉 장편소설의 등장인물들도 알고 있다시피 결국 거리를 넓히기만 할 뿐인 저 인내심과 자상함은 그에 얼마나 훨씬 더 미치지 못하는가! 왜냐하면 장편소설의 인물들은 항상 공공연한 다툼 ─ 괴테는 노벨레에서 전혀 거리낌 없이 소녀의 난폭 행위 속에서 그것의 극단적인 모습까지 묘사하고 있다[1] ─ 을 피하기 때문에 화해는 항상 그들로부터 멀리 떨어져 있을 수밖에 없다. 그토록 엄청난 고뇌에 비해 분쟁은 거의 찾아볼 수 없다. 따라서 모든 격정은 침묵한다. 그

---

[1] 노벨레인 「별난 이웃 아이들」의 내용을 가리킨다.

것이 적의, 복수심, 질투심 형태로 밖으로 드러나는 일은 결코 없다. 그렇다고 해서 그것이 탄식, 수치심, 절망 형태로 내면에 살아 있는 것도 결코 아니다. 왜냐하면, 어떻게 사랑을 거절당한 「별난 이웃 아이들」의 소녀의 절망적인 행위를 신의 손에 가장 귀중한 재산이 아니라 가장 무거운 부담을 내려놓아 신의 뜻을 선취하는 오틸리에의 희생의 죽음과 비교할 수 있겠는가? 오틸리에가 죽어가는 모습을 묘사할 때는 가능한 한 모든 고통스러운 것과 폭력적인 것은 멀리하듯이 그녀의 순수하게 가상적인 존재의 모습에서는 진정한 유화에 따르는 모든 파괴적인 것이 완전히 결여되어 있다. 게다가 불신에 찬 신중함으로 인해 장편소설의 지나치게 온화한 사람들 위에 평온을 잃게 만드는 무서운 운명이 부과되는 것은 그러한 점에서만이 아니다. 왜냐하면 이 시인이 몇 백 겹의 비밀로 감추고 있는 것이 이야기의 전체적 흐름을 보면 아주 간단하게 드러나기 때문이다. 즉 정열이 부르주아적 삶, 즉 풍요로운 삶, 보증된 삶과 타협하려고 하는 경우 윤리의 모든 법칙에 따라 권리와 행복을 모두 잃는다는 것이 그것이다. 바로 이것이 이 시인이 장편소설의 인물들로 하여금 몽유병자와 같은 걸음걸이로 헛되이 순수한 인간적 예절Gesittung이라는 좁은 판자 다리를 통해 건너가게 만든 심연이다. 그들의 저 고귀한 억제력과 자제심도 맑고 밝은 기운을 대신할 수는 없다. 작가 자신은 자신뿐만 아니라 그러한 인물들로부터 그러한 기운을 어떻게 하면 멀리 떨어뜨릴 수 있는지를 훤히 알고 있었지만 말이다(이 점에서 슈티프터[2]는 괴테의 완벽한 아류이다). 그러한 인물들을 인간적인, 아니 부르

---

2) 슈티프터(Adalbert Stifter, 1805~1868년)는 오스트리아 작가로 괴테의 전통을 계승한 독특한 이상주의를 전개했는데, 단편집 『여러 가지 돌』, 『늦여름』은 독일 교양소설의 대표작으로 꼽힌다.

주아적인 도덕〔인륜〕Sitte의 세계로 둘러싼 다음 그러한 둘레 안에서 그들을 위해 열정의 삶을 구제해주려는 본심을 밝히지 않은 집착 속에는 어두운 죄과가 가라앉아 있으며, 그것은 그에 대한 어둠의 속죄를 요구한다. 결국 그들은 그들을 지배하고 있는 법의 판결로부터 도망친다. 그들은 겉으로 보기에는 고귀한 태도로 그러한 판결에서 벗어나고 있지만 실제로 그들을 구원할 수 있는 것은 희생뿐이다. 따라서 유화가 마련해주어야 할 평화는 그들에게 주어지지 않는다. 그들의 괴테 식의 처세술도 삶을 짓누르고 있는 무거운 분위기를 한층 더 침통하게 만들 뿐이다. 즉 장편소설의 세계에서는 폭풍 전야의 고요함이 지배하는 반면 노벨레에서는 뇌우가 그리고 이어 평화가 지배한다. 노벨레에서는 사랑이 서로 화해한 자들과 함께하는 데 반해 장편소설의 인물들의 경우에는 유화의 가상으로서의 미(美)만이 최후에 남는다.

② 정열과 연정

ⓘ-ⓐ 오틸리에, 루치아네, 노벨레의 딸 진정으로 사랑하는 사람들에게 있어 연인의 아름다움은 결정적인 것이 아니다. 두 사람이 처음 서로에게 끌리도록 만든 것이 상대방의 아름다움이었다고 하더라도 그것보다 훨씬 더 고귀한 특징들로 인해 그것을 잊게 된다. 물론 마지막까지 상기 속에서는 그러한 아름다움을 계속 깨닫게 되지만 말이다. 하지만 정열은 다르다. 아름다움이 사라질 때마다, 아무리 짧은 순간이라도 정열은 절망해버린다. 왜냐하면 아름다운 여자는 오직 사랑에 있어서만 가장 고귀한 재산을 의미하는 것으로, 이에 반해 정열에 있어서 가장 귀중한 재산이 되는 것은 가장 아름다운 여자이기 때문이다. 실제로 장편소설의 친구들이 노벨레에 등을 돌리며 마뜩

찮은 반응을 보이는 것 또한 정열이 하는 역할이다. 그들은 아름다움을 포기하는 것을 도저히 견딜 수 없다. 노벨레의 소녀를 추하게 왜곡시키는 난폭함은 분명 루치아네의 공허하고 유해한 난폭함이 아니라 우아함과 연결되어 있는 한 보다 고귀한 어떤 피조물의 절박한, 구원을 가져오는 난폭함으로, 이 난폭함은 그녀에게 왠지 낯선 본질을 부여하고 그녀로부터 아름다움의 규범대로의 표출을 빼앗아가기에 충분하다. 이 '이웃 소녀'는 본질적으로 아름다운 존재가 아니다. 본질적으로 아름다운 것은 오틸리에이다. 에두아르트 또한 그 나름대로 본질적으로 아름다운 존재로, 사람들이 이 두 사람의 아름다움을 찬양하는 것도 이유가 없지는 않다. 하지만 괴테 자신은 ─ 예술의 한계를 넘어서면서까지 ─ 이 아름다움을 주술로 붙잡아두기 위해 재능이 발휘할 수 있는 모든 힘을 남김없이 써버릴 뿐만 아니라 극히 능숙한 솜씨로 조용한 베일에 싸인 이 부드러운 미의 세계가 작품의 중심이라는 것을 암시하고 있다. '오틸리에'라는 이름으로 그는 성녀를 암시하고 있는데, 눈이 병든 사람들의 수호성인인 그녀에게는 슈바리츠발트의 오틸리엔베르크Ottilienberg에 있는 한 수도원이 봉헌되어 있다.[3] 괴테는 오틸리에가 그녀를 보는 사람들에게는

---

3) "백 명, 아니 천 명의 신자들과 함께한 오틸리엔베르크로의 순례 여행을 나는 아직까지도 즐겁게 기억하고 있다. 이곳 로마 성곽의 기초벽이 아직도 남아 있는 이곳의 폐허와 암석 틈 사이에서 한 아름다운 백작의 딸이 경건한 마음에서 체류하였다고 한다. 순례자들이 신앙심을 돈독히 하는 기도실에서 그리 멀지 않은 곳에 있는 그녀의 우물을 가리키면서 사람들은 여러 가지 아름다운 이야기를 들려준다. 내가 상상으로 그린 그녀의 모습과 이름은 내 마음속 깊이 각인되었다. 이 둘을 나는 오랫동안 간직하여 내 만년이기는 하나 그렇다고 해서 조금이라도 덜 사랑한 것은 아닌 딸 중의 하나[오틸리에를 가리킨다 ─ 옮긴이]에게 그 이름을 부여했는데, 그녀는 경건하고 순수한 마음을 가진 사람들에게 아주 좋은 평을 얻었다"(『시와 진실』, 631쪽).

'눈을 위한 위안'이라고 말하고 있다.[4] 실로 그녀의 이름에서 병에 걸린 눈에 있어서의 구원이며 그녀 자신 안에 있는 모든 빛의 고향인 부드러운 빛을 떠올려보아도 무방할 것이다. 괴테는 그러한 빛에 고통스럽게 비추는 빛[광채]를 대치시켰다. '루치아네'라는 이름과 그녀가 나타나는 모습 속에서 그것을 볼 수 있다. 그리고 태양으로 가득한 루치아네의 광대한 생활권에 오틸리에의 달과 같은 비밀스러운 생활권을 대치시켰다. 그렇지만 괴테는 오틸리에의 온화함 곁에 루치아네의 잘못된 난폭함을 대치시킬 뿐만 아니라 노벨레의 소녀의 올바른 난폭함도 나란히 두었던 것처럼 오틸리에라는 존재에게서 피어나는 온화한 미광(微光)을 적의를 띤 빛과 냉철한 빛 중간에 놓고 있다. 노벨레에서 그려지고 있는 소녀의 광폭한 공격은 사물을 보는 연인의 힘을 향하고 있다. 모든 가상을 싫어하는 사랑의 지조 Gesinnung를 이것 이상으로 엄밀하게 암시할 수 있을까?[5] 〔그와 반

---

4) "그렇게 함으로써 그녀는 처음에도 그랬지만 점점 더 문자 그대로 남자들에게 진정한 즐거움을 주었다. ……그녀를 바라보는 사람에게는 불쾌한 일이라곤 생길 수가 없었다. 그녀를 바라보는 사람은 자신은 물론 세상과 일체감을 느끼게 되는 것이었다"(『친화력』, 60~61쪽〔1부 6장〕).
5) "사내아이들이 전쟁놀이를 하며 편을 가르고 서로 전투를 할 때면 고집 센 그 소녀는 병사들의 선두에 서서 하도 거세게 힘을 내두르며 분노에 차 상대편 병사와 전투를 하는 바람에 만약 그녀의 유일한 적수인 그가 침착한 행동으로 마침내 적을 무장 해제시켜 체포하지 않으면 이쪽 편 병사들이 모욕적인 참패를 당해 패주해야 할 정도였다. 그런데 그럴 때에도 역시 소녀는 매우 강하게 저항하기 때문에 그가, 자기 눈도 다치지 않기 위해, 자신의 비단 목도리를 찢어서 그녀의 두 손을 등 뒤에 묶지 않을 수 없을 정도였다. 이것을 그녀는 결코 용서하지 않았다. 심지어 그녀는 은밀하게 공격을 벌이고 그를 해치려고 했다. 이런 묘한 격렬한 성격에 진작부터 주의를 기울여오던 부모들은 서로 타협을 하여 그들 두 적수를 떼어놓고, 예의 그 아름답던 희망을 포기하기로 결정했다"(250쪽〔2부 10장〕).

대로] 정열은 가상의 주술권에 사로잡힌 채 그 자체로서는 정열에 애태우는 사람들에게 심지어 정절[성실]이라는 점에서조차 버팀목을 마련해주지 못한다. 정열은 어떠한 가상 하에 놓인 아름다움과 만나더라도 그것의 포로가 되기 때문에 가상을 완화시킬 수 있는 보다 정신적인 요소가 추가되지 않는다면 정열 속에 잠들어 있는 카오스적인 것이 분출해서 파괴적인 힘을 휘두르게 된다. 보다 정신적인 이 요소가 바로 연정[6]이다.

①-ⓑ **서로 사랑하는 사람들** 연정 속에서 인간은 정열로부터 해방된다. 정열로부터의 해방이든 다른 어떠한 형태의 해방이든 가상의 영역으로부터의 해방 그리고 본질의 왕국으로의 이행을 규정하고 있는 근본 법칙이 존재하는데, 해방과 이행이라는 그러한 변화는 점진적으로, 심지어 가상이 마지막으로 극단적으로 고양될 때도 이루어진다는 것이 그것이다. 또한 연정이 출현하면 정열은 이전보다 더 빨리, 그리고 더 완전하게 사랑으로 바뀌는 것처럼 보인다. 정열과 연정은 모든 가상적 사랑의 근본 요소로서, 가상적인 사랑은 감정의 기능 부전을 초래하는 것이 아니라 오직 감정이 무기력해진다는 점에서 진정한 사랑과 구분된다는 점이 분명해진다. 따라서 오틸리에와 에두아르트를 지배하고 있는 것은 진정한 사랑이 아니라는 점도 분명히 해두어야 한다. 사랑은 스스로의 자연적 본성을 넘어 고양된 상태로 신의 섭리를 통해 구원받는 경우에만 완전한 것이 된다. 따라서 에로스를 스스로의 악[다이몬]으로 삼는 사랑의 어두운 결말은 적나라한 좌절이 아니라 인간 자체의 자연적인 본성에 고유한 가장 뿌리

---

6) 원어는 Neigung으로 '마음이 기우는 것', '사랑하는 마음' 또는 '친화력'이라는 의미에서라면 '자연스럽게 끌리는 것' 등을 의미한다.

깊은 불완전함에 대한 진정한 대가의 지불이라고 할 수 있다. 왜냐하면 그러한 불완전함이 사랑의 완성을 거부하기 때문이다. 따라서 인간의 자연적인 본성에 의해서만 결정되는 모든 사랑의 행위 속에 에로스 타나토스[7]의 본래의 소행으로서의 연정이 비집고 들어온다. 그것은 인간은 사랑할 수 없다는 고백이다. 모든 구원받은, 진정한 사랑에서는 사랑 중에 연정과 마찬가지로 정열이 그것을 보좌하면서 남아 있는데, 이 정열과 연정의 역사, 그리고 정열에서 연정으로의 이행이 에로스의 본질을 이루고 있다. 물론 비엘쇼프스키가 과감하게 시도하고 있는 대로 연인들을 비난한다고 해서 그것으로부터 앞서 언급한 비판으로 이어지는 것은 아니다. 하지만 진부한 어조에도 불구하고 그는 진실을 잘못 보고 있지는 않다. 즉 그는 연인 사이가 된 에두아르트의 무례함, 아니 연인에 대해 자제하지 못하고 제멋대로 행동하는 것에 대해 개략적으로 언급한 후 다른 것은 생각지도 않고 오로지 한 가지에만 몰두하는 사랑에 대해 이렇게 덧붙이고 있다.

삶에서는 종종 그처럼 이상한 현상과 만나게 되는 일이 생길지도 모른다. 그러나 그러면 우리는 어깨를 으쓱하고는 '이해가 안 되는데'라고 말한다. [하지만] 만약 그러한 언명이 문학작품에 대한 것이라면 그것은 그에 대한 가장 무거운 단죄를 의미한다. 문학에 있어 우리는 이해하려고 하며, 또한 이해해야 한다. 시인은 창조자이기 때문이다. 시인은 다양한 영혼을 창조한다.[8]

---

7) '죽음인 동시에 사랑' 또는 '죽음의 신 에로스'
8) 비엘쇼프스키, 『괴테』, 앞의 책, 286쪽.

이러한 견해를 어디까지 인정할 수 있을지는 분명 극히 의문이다. 하지만 괴테의 저 인물들이 창조되거나 순수하게 조형되어 나타나는 것이 아니라 오히려 주술에 의해 출현할 수 있다는 것은 틀림없다. 예술적 형성물과는 무관한 절대적 어두움, 그것이 가상을 본질로 하고 있다는 것을 간파할 수 있는 자만이 규명할 수 있는 어두움은 바로 이것에서 유래한다. 왜냐하면 가상은 『친화력』이라는 문학작품에서 묘사되기보다는 그러한 표현 자체 속에 가라앉아 있기 때문이다. 가상이 그렇게 많은 의미를 가질 수 있는 것은 오직 이 때문이다. 이 작품의 표현이 그토록 많은 의미를 가질 수 있는 것 또한 마찬가지다. 한번 뿌리내린 사랑은 모두 자연적 결말인 공동의 ― 엄밀하게 말하면 동시적 ― 죽음이든 아니면 그것의 초자연적 지속인 혼인이라는 형태로든 현세를 극복해나가야 한다는 것보다 더 그러한 사랑이 파탄에 이르게 된다는 것을 단적으로 표현하고 있는 것도 없다. 괴테는 그러한 사실을 노벨레에서 분명히 하고 있다. 즉 거기에서는 함께 죽음을 각오한 순간 신의 의지에 의해 서로 사랑하는 두 사람은 새로운 삶을 부여받으며, 그러자 오랜 규칙은 이처럼 새로운 삶에 대한 모든 요구를 상실하게 된다. 여기서 괴테는 이 두 연인의 삶이 구원받은 것을 보여주는데, 그것은 그러한 삶이 이 경건한 두 사람을 위해 혼인을 수호해준다는 의미에서이다. 즉 이 쌍을 통해 괴테는 진정한 사랑의 힘을 표현했는데, 단 그것을 종교적 형식으로 서술하는 것은 거부했다. 이에 반해 장편소설에서는 이러한 삶의 영역에 이중적인 좌절이 존재한다. 한 쌍은 각각 고독 속에서 서서히 죽어가는 반면 다른 한편으로 살아남은 다른 쌍에게는 혼인이 거부되는 것이다. 장편소설의 말미는 대위〔소령〕와 샤를로테를 연옥을 떠도는 망령처럼 방치한다. 괴테는 이 두 쌍 누구에게서도 진정한 사랑이 지배할 수 있도록 놔둘 수 없었기 때문에 — 그랬다면 장편소설의 세계를 파괴하지 않을 수 없었을 것이다 — 눈에 띄지는 않지만 분명하게 알 수 있도록 노벨레의 주인공들을 통해 진정한 사랑의 표시를 이 작품에 부여했다.

②-ⓒ 장편소설에 있어서의 혼인 관계 흔들리는 사랑에 대해서는 법 규범이 지배권을 쥐게 된다. 에두아르트와 샤를로테 사이의 혼인 관계는 붕괴 중에 있으면서 그처럼 흔들리는 사랑에 죽음을 가져온다. 혼인 관계라는 것에는 — 아무리 여기서는 신화적으로 왜곡되어 있다고 하더라도 — 어떤 선택으로도 결코 당해낼 수 없는 결단의 위대함이 깃들어 있기 때문이다. 이 장편소설의 제목[9] 자체가 이미 선택이라는 행위에 대한 판결을 내리고 있다. 물론 그것은 괴테에게 있어서 절반은 무의식적이었던 것처럼 보이기는 하지만 말이다. 왜냐하면 자저(自著) 광고문에서 그는 선택이라는 개념을 윤리적 사고를 위해 구출하려고 하기 때문이다.

저자가 오랫동안 계속해온 자연 연구가 어떤 형태로든 계기가 되어 이처럼 기묘한 제목을 떠올리게 만든 것처럼 보인다. 자연학에서는 인간의 지식이 미치는 범위에서 멀리 떨어져 있는 것을 익숙한 것으로 만들기 위해 종종 윤리적 비유가 이용된다는 것을 저자가 알게 되었는지도 모르겠다. 또한 윤리적 사례를 논하면서 하나의 화학적 비유를 정신적 근원에까지 환원시켜보려고 했을지도 모르겠다. 더욱이 결국 단 하나의 자연만이 존

---

9) 『친화력』의 독일어 원제 'Die Wahlverwandtschaften'을 엄밀하게 번역하면 '선택적 (Wahl) 친화력(Verwandtschaften)'이 된다. 이와 관련해 본 논문의 제사로 사용되고 있는 클롭슈토크의 말을 생각해보라.

재하며, 또한 명료한 이성의 자유의 나라를 지나 정열의 음울한 필연성의 흔적들을 저지할 수 없게 내달리며, 그것의 흔적은 아마 이 세상의 삶이 아니라 오직 저 높은 곳에서 내려오는 손길에 의해서만 완전히 사라질 수 있는 만큼 더더욱 그러하다.[10]

하지만 사랑하는 사람들이 사는 신의 나라를 헛되이 '명료한 이성의 자유의 나라'에서 찾는 것처럼 보이는 이러한 말보다 단 한 마디 말이 훨씬 더 [이와 관련된] 사태를 분명하게 말해주고 있다. 즉 '친화력'이라는 말[11] 그 자체가 이미 가장 가까운 사람들 사이의 결합을 그것의 가치뿐만 아니라 근거라는 양면에서 엄밀하게 규정하기 위해 생각해낼 수 있는 가장 순수한 말인 것이다. 그리고 혼인 관계에 있어서도 이 말은 충분히 강력을 힘을 가져 말 그대로의 의미[12]가 은유적인 의미가 된다. 이 '친화력Verwandtschaft'이라는 말이 선택Wahl이라는 말과 결합Wahlverwandtschaft됨으로써 한층 더 강력해지거나 하는 것은 아니며 특히 그러한 '친화력'이 가진 정신적 요소가 선택에 근거를 두고 있는 것도 아니다. 오히려 그것이 반역적인 행위에 가깝다는 것을 이론의 여지없이 증명해주고 있는 것이 '선택

10) 괴테, "Notiz [⋯⋯]", *Goethe im Urtheile seiner Zeitgenossen*, 앞의 책, 211쪽.
11) 이 말의 화학적 의미에 대해서는 『친화력』, 47쪽(1부 4장)을 참고하라. "자연 속에서 무엇이 함께 만날 때 금방 서로를 붙잡거나 상호간에 성격을 규정하는 경우 우리는 친화적이라고 부른답니다. 서로 상반됨에도 불구하고, 아니 어쩌면 서로 상반되기 때문에 가장 확실하게 서로를 찾고, 서로를 붙잡으며, 서로를 수정하고 함께 하나의 물체를 형성하는 알칼리와 산의 경우 그러한 친화력이 아주 두드러지게 나타나고 있습니다. 산이라면 매우 좋아하며, 결합하려는 의욕을 아주 강하게 보이는 석회를 생각해볼 수도 있겠습니다."
12) 'Verwandtschaft'는 본래 '혈연관계', '친연성'을 의미한다.

적 친화력'이라는 말의 이중적인 의미로, 이 말은 항상 어떤 선택 행위 속에 사로잡힌 것을 의미하는 동시에 선택하는 행위 자체를 의미해왔다. 하지만 어떠한 경우에도 친화력은 하나의 결단의 대상이 되기 때문에 선택의 단계를 넘어 결단으로 이행한다. 결단은 정절[충실성]을 지키기 위해 선택을 무효화시킨다. 즉 선택이 아니라 오직 결단만이 삶[생명]이라는 책에 새겨진다. 왜냐하면 선택은 자연적인 것으로 4원소에 고유한 것일지도 모르기 때문이다. 이에 반해 결단은 초월적이다. ― 이 장편소설에서는 아직 그러한 사랑에 최고의 권리가 주어지지 않기 때문에, 오직 그렇기 때문에만 혼인 관계가 사랑보다 더 강대한 것이 될 수 있다는 사실을 덧붙이기로 하자. 하지만 작가는 결코 이처럼 파멸해가는 혼인 관계에 조금이라도 그에 고유한 권리를 인정하려고 하지 않았다. 이 혼인 관계는 어떠한 의미에서도 이 장편소설의 중심이 될 수 없다. 이 점에 대해서는 헤벨[13] 역시 아래와 같이 주장하면서 수많은 다른 비평가들처럼 완전히 오류를 범하고 있다.

괴테의 『친화력』에서는 여전히 한 측면이 추상적인 것에 머물러 있다. 즉 국가와 인류에게 있어 혼인이 가진 이루 다 헤아릴 수 없을 정도의 의미가 분명 나름대로의 이유를 바탕으로 시사되고는 있지만 묘사 전체의 윤곽 안에서 분명한 견해를 파악할 수 있을 단계까지는 이르지 못하고 있는 것이다. 그것은 얼마든지 가능했을 수도 있었을 텐데, 아마 그랬더라면

13) 헤벨(Christian Friedrich Hebbel, 1813~1863년)은 독일의 극작가로 헤겔풍의 관념론과 리얼리즘의 중간에 위치한다. 부르주아 극의 대가로 알려진 그의 작품으로는 『마리아 막달레나』(1844년)와 『아그네스 베르나우어』(1851년)가 있다.

이 작품 전체에 대한 인상 또한 한층 더 강하게 만들 수 있었을 것이다.[14]

그리고 이보다 이전에 이미 『마리아 막달레나』[15]의 서문에서 이렇게 말하고 있다.

철저한 예술가, 위대한 예술가였던 괴테가 어떻게 『친화력』에서 내적 형식을 그런 식으로 위반해, 그 결과 진짜 육체 대신 자동인형을 해부대에 올려놓는 멍청한 해부학자도 아니면서 에두아르트와 샤를로테 사이의 혼인 관계처럼 원래 터무니없는, 아니 반윤리적인 혼인 관계를 묘사의 중심에 놓고 그러한 관계를 마치 그것과 정반대의, 완전히 정당한 관계처럼 다루고 이용할 수 있는지를 도무지 설명할 방법을 모르겠다.

혼인이 이 장편소설의 줄거리에서는 중심이 아니라 수단이라는 점은 잠시 접어두더라도 — 괴테는 혼인 관계라는 것을 헤벨이 주장하는 것처럼은 표현하지 않았으며 또 그럴 생각도 없었다. 왜냐하면 괴테는 혼인에 대해서는 '원래' 아무것도 언급하지 않았으며, 혼인 관계의 윤리성은 단지 정절로서만, 비윤리성은 단지 부정[불성실]으로서만 입증될 수 있다는 것을 통감하고 있었을 것이기 때문이다. 나아가 정열이 혼인 관계의 기반이 될 수 없다는 것은 두말할 필요도 없을 것이다. 제수이트인 바움가르트너는 이렇게 말하고 있는데, 진부

---

14) Hebbel, *Werke in zehn Teilen*, 6권, *Tagebücher*, 2권, 베를린, 라이프치히, 빈, 슈투트가르트, 레클람, 120쪽 이하(3699번째 편지).

15) 앞의 책, 4권, *ästhetische und kritische Schriften*, 베를린, 라이프치히, 빈, 슈투트가르트, 레클람, 64쪽 이하. 1844년 작품인 이 희곡은 독일 부르주아 비극의 걸작으로 꼽힌다.

하긴 하지만 틀렸다고는 할 수 없을 것이다.

그들은 서로 사랑하지만 병적으로 감수성이 예민한 심성의 소유자에게 삶의 유일한 자극이 되는 정열은 없다.[16]

하지만 그렇다고 해서 혼인 관계에 있는 자들의 정절을 조건 짓는 것이 줄어드는 것은 아니다. 그것은 이중적인 의미에서 조건 지어져 있다. 즉 필요조건과 충분조건에 의해. 필요조건은 결단의 토대에 존재한다. 정열이 판단 기준이 아니라고 해서 결단이 더 자의적으로 되는 것은 분명 아니다. 오히려 결단의 판단 기준이 되는 것은 그만큼 더 애매함을 배제하고 엄격하게 결단을 눈앞에 둔 경험Erfahrung의 성격 안에 있다. 즉 오직 나중에 발생하는 모든 사건이나 비교를 초월한 관점에서 본질에 따라 경험하는 사람에게 단 한 번에 한해 유일무이한 것으로 나타나는 경험만이 결단을 짊어질 수 있다. 그와 반대로 체험Erlebnis에 바탕을 두고 결단을 내리려고 하는 모든 시도는 마음이 곧은 사람에게는 늦든 빠르든 실패로 끝나고 만다. 일단 혼인 관계에서의 정절과 관련된 이러한 필요조건이 충족되면 의무의 수행이 충분조건이 된다. 이 두 가지 조건 중의 한 가지가 충분히 충족되었는지에 대한 의혹에서 벗어날 때야 비로소 혼인 관계의 파탄을 가져온 근거에 대해 말할 수 있다. 그러할 때만 비로소 파탄이 '원래' 필연적인 것이었는지 아니면 마음을 되돌림으로써 혼인이 구원받을 희망이 있는지가 분명해진다. 그렇게 생각할 때만이 비로소 이 장편

16) 바움가르트너, 『괴테』, 앞의 책, 3권, 프라이부르크 임 브라이스가우, 헤르더, 1886년, 67쪽.

소설을 위해 고민해서 생각해낸 이전 역사[이야기]야말로 가장 신뢰할 만한 감정의 증거를 제공해줄 수 있다. 즉 에두아르트와 샤를로테는 이전에 서로 사랑했지만 그럼에도 불구하고 다시 하나로 결합되기 전에 두 사람 모두 불필요한 부부의 연을 맺은 바 있다. 아마 오직 이러한 방식으로만 이 두 사람의 삶의 어디에 과실이 있는지를, 즉 이전의 우유부단함에 있는지 아니면 현재의 불성실[부정]에 있는지 하는 문제를 미결정 상태로 놓아둘 수 있을 것이다. 왜냐하면 괴테는 이미 모든 장애를 극복한 혼인 관계는 앞으로도 지속되어야 할 운명이라는 희망을 고수하지 않을 수 없었기 때문이다. 하지만 이때 법적 형식으로서나 부르주아적 형식으로서나 이 혼인 관계가 그것을 유혹할 가상에 대처할 수 없다는 것을 괴테가 간과했다고 하기는 어려울 것이다. 그러한 혼인 관계에 만약 가상에 대항할 수 있는 힘이 주어진다면 그것은 오직 종교적 의미에서만 그럴 수 있을 뿐이다. 종교적 의미에서라면 이보다 '훨씬 더 안 좋은' 혼인 관계라도 침해해서는 안 되는 것으로 존속할 수 있기 때문이다. 따라서 이 두 사람의 마음을 하나로 하려는 모든 시도가 실패로 끝나는 것은 다음과 같이 설명할 수 있는데, 거기에는 각별히 깊은 의미가 있다. 즉 성직자로서의 위엄과 함께 유일하게 그러한 시도를 정당화할 수 있는 힘과 권리를 포기해버린 사람[미틀러]에게서 그러한 시도들이 비롯되는 것이 그것이다. 하지만 두 사람에게는 마음을 하나로 만드는 것은 이미 이루어질 수 없는 일이었던 만큼 마침내 지금까지 모든 것을 변호해온 질문이 제기되기에 이른다. 즉 그것은 단지 처음부터 잘못된 시작으로부터의 해방에 지나지 않았던 것은 아닐까? 어쨌든 — 두 사람은 혼인과는 다른 법칙 아래서 자신들의 본질을 찾기 위해 혼인 관계라는 궤도에서 벗어나 있다.

②-ⓓ 정열의 3부곡[17] 연정 또한 정열보다는 건전하지만 그렇다고
더 도움은 되는 것은 아니며, 단지 정열을 자제하는 자들을 파멸로
이끌 뿐이다. 그러나 연정은 정열과 달리 고독한 자들을 파멸로 이끌
지는 않는다. 연정은 사랑하는 사람들이 파멸에 이를 때까지 한시도
그들을 벗어나지 않으며, 그리하여 연인은 화해한 채 종착점에 다다
른다. 이 최후의 길을 가는 도중 연인은 더 이상 가상에 사로잡히지
않은 미를 향하게 되며, 음악의 영역 안에 있게 된다. 정열이 휴식에
드는 저 '3부곡'의 세 번째 시를 괴테는 「화해」[18]라고 이름 지었다.

---

17) 괴테의 시 '정열의 3부곡'을 가리킨다. 1823~1824년에 완성되었으며 「베르테르에
게」, 「비가」(통칭 『마리안바트의 비가』), 「화해」로 이루어져 있다.
18) 정열은 고통을 가져온다! ─ 누가 달래주는가
옥죄인 가슴을, 너무나도 많은 것을 잃어버린 가슴을.
너무나도 빨리 휘발해버린 그 시간들 어디에 있는가?
헛되이 가장 아름다운 것이 너를 위해 선택되었었다!
정신은 침울하다. 시작은 혼란하다.
고귀한 세계, 어떻게 그것이 오감으로부터 사라지는가!

저기 천사의 날개를 타고 음악이 흘러나온다.
수백만의 음에 음으로 얽힌다.
인간의 존재를 속속들이 뚫고 들어오려고
그는 영원히 아름다운 여인으로 넘치게 채우려고
눈시울이 적셔지고, 더 높은 동경 속에서 느껴진다.
음의 또 눈물의 신적인 가치.

그렇게 마음은 안도해 재빨리 알아차린다. ·

아직 살아 뜀을, 또 뛰고 싶어 함을
지극히 맑게 감사하며 넘치게 풍요로운 선물에
스스로를 보답하며 기꺼이 지니기 위해
여기 느껴진다 ─ 오 이것이 영원하기를! ─
음과 사랑의 두 겹 행복이.

이 시에서 결코 절정이 아니라 최초의 희미한 예감으로서, 아직 거의 아무런 희망도 보이지 않는 새벽의 박명으로서 고뇌하는 자들에게 빛을 비추어주는 것은 '음과 사랑의 이중의 행복'[19]이다. 음악은 분명 사랑에서의 화해를 알고 있으며, 그리고 그러한 이유에서 이 '3부곡'의 마지막 시에만 헌사[20]가 달려 있다. 반면 「비가」로부터는 제사(題詞)만이 아니라 결말에 있어서도 "나를 흘려 버려두라"[21]는 정열의 속삭임이 배어나오고 있다. 하지만 현세의 삶에 머무는 유화는 이미 그것에 의해 가상이라는 정체를 드러낼 수밖에 없는데, 정열에 사로잡힌 남자도 그것을 알게 될 것이며 결국 이 남자의 눈에 가상은 흐릿한 것이 되고 만다.

고귀한 세계, 어떻게 그것이 오감으로부터 사라지는가!

저기 천사의 날개를 타고 음악이 흘러나온다.[22]

그제서야 비로소 처음 가상은 완전히 사라질 것을 약속하고, 이제 비로소 흐릿한 것은 희망했던 것, 완벽한 것을 약속하게 된다.

---

19) 「화해」의 마지막 행(『괴테 시 전집』, 700쪽〔번역을 수정했다〕).
20) "인간이 고통 속에서 말을 잃어도/신 하나가 나에게 말하게 했다. 어째서 나 괴로워하는지"(『괴테 시 전집』, 692쪽). 앞에 나오는 시 「베르테르에게」의 마지막 행들에 화답하는 이 제사(題詞)에서 괴테는 본인의 시를 인용한다. 즉 이 두 행은 「잔Der Becher」(1790년)에서 발췌한 것이다. 하지만 이 3부작에서 헌사가 붙어 있는 것은 세 번째 시가 아니라 두 번째 시인 「비가」이다.
21) 이 말은 「비가」의 끝에서 두 번째 연의 2행에 있다(『괴테 시 전집』, 698쪽).
22) 「화해」의 1연 마지막 행과 2연의 첫 행(『괴테 시 전집』, 699쪽〔번역을 수정했다〕).

눈시울이 적셔지고, 더 높은 동경 속에서 느껴진다.

음의 또 눈물의 신적인 가치를.[23]

음악을 들을 때 두 눈에서 흘러내리는 눈물은 가시적인 세계를 보이지 않게 만든다. 이것은 어떤 심원한 연관을, 즉 다른 어떤 해석자들보다 더 노년의 괴테의 심경을 잘 이해하고 있던 헤르만 코헨이 지나가는 투로 아래와 같은 소견을 밝히도록 이끌었던 것처럼 보이는 연관을 암시하는 것 같다.

오직 괴테에 와서 완벽의 경지에 이르는 서정시인만이, 즉 눈물을, 한없는 사랑의 눈물의 씨앗을 뿌리는 사람만이 이 장편소설에 그러한 통일성을 부여할 수 있었다.[24]

물론 이것은 단순한 예감 이상은 아니며, 그것으로부터 더 이상의 해석을 이끌 수 있는 길이 열리거나 하는 것은 아니다. 왜냐하면 그처럼 앞서서 해석을 이끌려면 오직 저 '한없는' 사랑은 죽음을 넘어서까지 지속된다고들 말하는 소박한 사랑보다 훨씬 더 열등하며, 반대로 죽음으로 통해 있는 것은 연정이라는 점을 인식해야만 하기 때문이다. 하지만 음악을 듣고 흘리는 눈물이 형상을 베일처럼 가리듯 연정은 화해 속에서 감동을 통해 가상의 몰락을 초래하는데, 그러한 사태 속에는 연정의 본질이 작용하고 있으며, 그런 식으로 이 장편소설 자체의 — 이렇게 말할 수 있다면 — 통일성이 예고되고 있다. 즉

23) 「화해」의 2연 마지막 두 행(『괴테 시 전집』, 699쪽).
24) 헤르만 코헨, 『순수 감정의 미학』, 앞의 책, 125쪽.

이 감동이야말로 가상 — 유화의 가상으로서의 미의 가상 — 이 사라지기 전에 다시 한 번 가장 감미로운 어스름 빛 속에서 빛나는 이행 단계이다. 언어적으로는 익살도 비극적 표현도 미를 파악할 수 없다. 투명하게 비치는 명료한 기운〔아우라〕속에서는 미가 나타날 수 없는 것이다. 이것과 대극을 이루는 것이 감동이다. 죄와 무구 그리고 또 자연과 피안은 감동에서는 엄밀하게 구분되지 않는다. 바로 이 영역에 오틸리에가 모습을 나타내는데, 이 감동의 베일이 오틸리에의 아름다움을 뒤덮어야만 하는 것이다. 왜냐하면 시선을 베일로 감싸는 감동의 눈물은 동시에 미 자체에 가장 고유한 베일이기 때문이다. 그러나 감동은 유화의 가상에 불과하다. 그리고 서로 사랑하는 두 사람의 플루트 연주[25]가 자아내는 거짓 조화는 얼마나 불안정하며 감동적인가! 그들의 세계는 음악으로부터 완전히 버림받았다. 실제로 감동과 일체화되어 있는 가상이 그렇게까지 강대한 것이 될 수 있는 것은 오직 괴테와 같이 처음부터 음악에 의해 가장 깊숙한 내부가 흔들리지 않을 사람들, 생명을 얻은 미의 힘Gewalt에 저항력이 있는 사람들에게서 뿐이다. 생명을 얻은 미의 실체적인 것을 구원하는 것이 괴테가 고투하며 추구했던 바이다. 그러한 고투 속에서 생명을 얻은 미의 가상은 마치 투명한 액체를 흔들어서 결정(結晶)을 생성시킬 때처럼 점점 흐릿해져 간다. 왜냐하면 유화의 가상이 아름다움의 가상을 초월하고 그와 더불어 결국에는 자기 자신도 초월하는 것은 스스로를 향유하는 하찮은 감동에 의해서가 아니라 충격〔쇼크〕을 동반하는 커다란 감동에 의해서이기 때문이다. 눈물 가득한 탄식, 그것이 감동이다. 그리고 〔고대 그리스 비극의〕 눈물 한 방울 흘리지 않는 비통한

25) 『친화력』, 77쪽(1부 8장).

절규에 대해서와 마찬가지로 이러한 탄식에 대해서도 디오니소스적 충격의 공간은 공명한다.

모든 살아 있는 것의 끊임없는 몰락에 대해 쏟는 눈물로서의 디오니소스적인 것 속에 들어 있는 비애와 고통은 부드러운 황홀경을 만들어낸다. 그것은 '죽을 때까지 먹지도 마시지도 않고 계속 울어대는 매미의 삶'이다.[26]

베르누이는 이처럼 바흐오펜[27]이 매미를 논하고 있는 『모권제』[28] 141장에 대해 말하고 있는데, 본래 어두운 땅속에 숨어 있는 매미는 그리스인들의 심원한 신화적 통찰력에 의해 하늘의 신 우라노스를 기리는 상징의 지위로 격상되었다. 오틸리에의 최후를 둘러싼 괴테의 깊은 생각 속에 있었던 것이 바로 이 매미의 삶과 죽음 같은 것이 아니고 무엇이었을까?

B 구원

① 충격

①-ⓐ 소멸하는 가상 감동이 자기이해의 깊이를 더할수록 이행의 정

---

26) Carl Albrecht Bernoulli, *Johann Jakob Bachofen und Natursymbol. Ein Würdigungsversuch*, 바젤, 쉬바베, 1924년. 베르누이(1868~1937년)는 스위스의 신교계 신학자이자 작가이다.
27) 바흐오펜(Johann Jakob Bachofen, 1815~1887년). 스위스의 법제사가, 문화사가로 뒤에 나오는 『모권제』는 1861년에 출간되었다.
28) *Das Mutterrecht. Eine Untersuchung über die Gynaiokratie der alten Welt nach ihrer religiösen und rechtlichen Natur*, 2판, 바젤, 쉬바베, 1897년, 330쪽 이하.

도도 더 커진다. 진정한 시인에게 감동은 결코 끝을 의미하지 않는다. 충격이 감동의 최고 부분을 이룬다는 말은 바로 그것을 의미하며, 「아리스토텔레스의 '시학'에 대한 추가 설명」에서 괴테가 서술하고 있는 것 또한 기묘한 연관 속에서이기는 하지만 동일한 것을 의미하고 있다.

진정 윤리적인 내면 수양의 길을 걸어가는 사람은 비극이나 비극적인 장편소설들이 결코 정신을 달래주는 것이 아니라 심정이나 우리가 마음이라고 부르는 것을 동요시켜 어떤 막연하고 불확실한 상태로 이끈다는 것을 느끼고 또 인정할 것이다. 젊은 사람들은 이러한 상태를 좋아하며, 따라서 그러한 작품들에 정열적으로 끌린다.[29]

하지만 감동이 이행[과정]이라는 것은 '진정 윤리적인 …… 수양의 길' 위에서 혼란스런 예감으로부터 충격의 유일한 객관적인 대상으로, 즉 숭고한 것으로 이행하는 것을 말할 뿐이다. 가상의 몰락을 통해 성취되는 것이 바로 그러한 이행[과정]이다. 오틸리에의 아름다움에서 나타나고 있는 가상은 몰락해가는 가상이다. 왜냐하면 외적 곤궁이나 폭력이 오틸리에의 파멸을 야기하는 것처럼 이해되어서는 안 되며, 그녀의 빛Schein 자체의 모습 속에 그러한 가상이 소멸되어야만 하는, 곧장 소멸하지 않으면 안 되는 것의 근거가 존재하고 있다. 이 아름다운 가상은 루치아네 또는 루치페르[30]의 눈부신 의기양

29) 괴테, 『문학론』, 민음사.
30) 루치페르(Lucifer)는 타락 천사인 루치페르를 의미할 수도 있고 또 금성을 의미할 수도 있다.

양한 가상과는 전혀 다르다. 그리고 괴테의 헬레나상이나 그보다 유명한 모나리자의 초상에서는 이들 두 종류의 가상의 투쟁으로부터 장려함이라는 수수께끼가 생겨나는 데 반해 오틸리에의 모습은 오직 한 가지 가상, 소멸해가는 가상에 의해서만 내내 지배되고 있다. 괴테는 그녀의 움직임이나 몸짓 하나하나마다 그것을 부여하고 있으며, 결국 더할 나위 없이 음울하게 그리고 동시에 한없이 부드럽게 일기를 통해 점점 더 그녀로 하여금 서서히 사라져가는 자의 삶을 살도록 하고 있다. 따라서 두 가지 형태로 나타나는 미의 가상이 그대로 오틸리에에게서 나타나는 것이 아니라 한쪽의, 즉 그녀 고유의 사라져가는 미의 가상만이 나타나는 것이다. 그런데 물론 이 가상은 아름다운 가상 일반에 대한 이해를 넓혀주고 그러한 이해 속에서 자신을 인식시킨다. 따라서 오틸리에의 모습을 파악하려는 직관은 모두 아주 오랫동안 논란이 되어온 질문, 즉 '미는 가상인가?' 라는 질문이 자신 앞에 되살아나는 것을 보게 된다.

①-ⓑ 미의 베일 본질적으로 아름다운 것은 모두 항상 그리고 실체적으로 가상과 결합되어 있는데, 물론 그러한 결합의 정도는 무한히 다양하다. 그러한 결합은 아름다운 것이 명백하게 생기〔살아〕 있는 것일 때 최고의 강도에 이른다. 그리고 바로 이때 의기양양한 가상과 소멸해가는 가상이 분명한 대극을 이룬다. 모든 살아 있는 것은 그것의 삶이 고차원적인 것일수록 그만큼 더 본질적으로 아름다운 것의 영역에서 벗어나기 때문이다. 따라서 이 본질적으로 아름다운 것이 가장 많이 가상으로 나타나는 것은 살아 있는 것의 모습을 취했을 때이다. 아름다운 삶, 본질적으로 아름다운 것, 가상적인 아름다움, 이세 가지는 동일한 것이다. 이러한 의미에서 플라톤의 미 이론은 바로이 미를 —『향연』에 따르면 — 우선 육체적으로 살아있는 아름다움

을 통해 다루고 있다는 점에서 그보다 훨씬 더 오래된 가상이라는 문제와 관련되어 있다. 그럼에도 이 가상이라는 문제가 플라톤의 사변 속에서 잠재적인 것으로 머물러 있던 것은 플라톤이 그리스인이었기 때문인데, 그에게 있어 미는 여성에게 있어서와 마찬가지로 본질적으로 청년에게서도 나타나지만 삶의 충실함의 정도는 남성적인 것에서보다는 여성적인 것에서 훨씬 더 크다. 그럼에도 불구하고 가상의 계기는 가장 생기 없는 것 속에서도 본질적으로 아름다운 경우를 위해 유지된다. 모든 예술작품의 경우가 그러하다. — 단 예술작품들 중에서는 음악이 가상의 계기가 되는 정도가 가장 적다. 따라서 예술의 모든 미 중에는 가상이, 즉 삶과 경계를 접하고 있는 것이 깃들어 있으며 이 가상 없이 예술의 미는 존재할 수 없다. 그러나 가상이 미의 본질을 포괄하고 있는 것은 아니다. 오히려 그러한 본질은 그것보다 훨씬 더 깊은 곳에서 예술작품 속에서 가상과 대립하고 있는 것, 표현을 갖지 않는 것으로 특징지을 수 있는 것, 하지만 그러한 대립 관계 이외에는 예술 속에 나타나지 않으며 또 명료하게 명명될 수도 없는 것을 가리킨다. 즉 가상에 대해 이 표현을 갖지 않는 것은 대립이라는 형태로이지만 필연적인 관계를 맺고 있는데, 그 결과 아름다운 것은 그 자신은 가상이 아니지만 자신으로부터 가상이 사라져가면 본질적으로 아름다운 것이기를 그치게 된다. 즉 가상은 일종의 베일로서 미에 속해 있으며, 따라서 미 자체는 오직 베일로 덮여 있는 것 안에서만 나타난다는 미의 근본 법칙이 명확해진다. 따라서 진부한 철학적 주장이 가르치는 바와 달리 미 자체는 가상이 아니다. 오히려 졸거에게서 결국 극히 평범화된 형태의 표현을 얻게 된 저 유명한 정식, 즉 '미는 눈에 보이게 된 진리이다'라는 정식은 이처럼 중요한 주제에 대한 근본적인 왜곡을 내포하고 있다. 짐멜 또한 위와 같은 정리(定理)를 괴테의 몇몇 문장들 — 이 철학자는 그것들을 본래의 문구의 내용과는 완전히 다른 의미에서 마음에 들어 하곤 했다 — 에서 그렇게 안이하게 끌어내어서는 안 되었다.[31] 진리는 그 자체로서는 눈에 보이는 것이 아니며 진리가 눈에 보이는 것은 단지 진리에 고유하지 않은 특성에 의거할 때뿐이라는 이유에서 미를 가상으로 간주하는 그러한 정식은 방법론이나 논거를 결여한 것은 불문하더라도 결국 철학적 만행으로 귀결되고 만다. 왜냐하면 만약 그러한 정식에 의해 아름다움의 진리는 베일을 벗겨서 드러낼 수 있다는 사상이 조장된다면 그것이 의미하는 바는 위의 내용 이외의 것이 될 수 없기 때문이다. 미는 가상도 또 다른 어떤 것을 위한 베일도 아니다. 미 자체는 현상이 아니며 어디까지나 본질이다. 물론 베일로 가려져 있는 경우에만 본질적으로 자기 자신과 동일한 본질이다. 따라서 가상은 다른 경우에는 항상 위선일 수 있지만 아름다운 가상은 필연적으로 베일로 덮여 있는 것을 덮고 있는 베일이다. 왜냐하면 베일도 또 베일로 가려진 대상도 미가 아니며, 미란 그러한 베일 안에 존재하는 대상을 말하기 때문이다. 그러나 베일을 제거하면 그러한 대상이 지극히 그리 두드러진 것이 아니라는 것unscheinbar이 밝혀질 것이다. 베일을 제거하면 베일로 가려져 있던 것이 변모하며, 베일로 가려져 있는 것은 가려져 있는 경우에만 '자기 자신과 동일' 할 수 있다는 아주 오래된 직관은 여기에 근거를 두고 있다. 따라서 모든 아름다운 것과 관련해 베일을 제거한다는 이념은 베일은 제거할 수 없다는 이념으로 바뀌게 된다. 이것이 예술비평의 이념이다. 예술비평

31) 짐멜, 『괴테』, 앞의 책(3장에 '모든 현실은 이념에 의해 탐지되고 있으며 이념 중 눈에 보이는 형태만이 미라는 깊은 형이상학적 확신' 이라고 되어 있다).

은 베일을 제거해서는 안 되며, 오히려 그것을 극히 정확하게 베일로서 인식하는 것을 통해 아름다운 것에 대한 진정한 직관으로 고양되어야 한다. 소위 감정이입으로는 절대 열리지 않으며, 소박한 자의이보다 순수한 관찰에도 그저 불완전하게만 열릴 뿐인 직관, 즉 미를비밀로 간주하는 직관으로 예술비평은 고양되어야 한다. 지금까지불가피하게 비밀로서 출현하는 경우 이외에는 진정한 예술작품이파악되어본 경우는 결코 없었다. 궁극적으로는 베일이 본질적인 것인 대상을 그와 달리 특징지을 수는 없기 때문이다. 오직 아름다운것만이 베일로 가리는 동시에 베일로 가려진 상태에서 본질적인 것일 수 있으며 아름다운 것 이외에는 어느 것도 그처럼 존재할 수 없기 때문에 비밀 속에만 미의 신적인 존재 근거가 있는 것이다. 따라서 미에 있어 가상이란 다음과 같은 것을 말한다. ― 사물들 자체를불필요하게 가리는 것이 아니라 우리에게 필수불가결한 것으로서가리는 것이 그것이다. 그렇게 베일로 가리는 것은 때로는 신적으로필연적인 것이다. 왜냐하면 적절치 못한 때 베일이 제거되면 앞서 말한 그리 두드러진 것이 아닌 것은 순식간에 무(無) 속으로 사라져버리며 그로 인해 계시가 비밀을 대신하게 되는 것은 신적인 원인에 의한 것이기 때문이다. 따라서 미의 근저를 이루는 것은 관계성이라는칸트의 학설[32]은 심리학적인 영역보다 훨씬 더 고차원적인 영역에서방법론적인 의도들을 성공적으로 관철시키고 있다. 모든 미는 계시와 마찬가지로 역사철학적 질서를 내포하고 있다. 왜냐하면 미는 이념이 아니라 이념의 비밀을 눈에 보이는 것으로 만들기 때문이다.

ⓘ-ⓒ **노출되는 것** 숨기는 것과 감춰지는 것이 미안에서 형성하는 통

32) 『판단력 비판』, 1부 1편 1장 10~17절을 참조하라.

일성으로 인해 미는 오직 노출된 것과 감추는 것 사이의 이원성이 아직 성립되지 않은 곳, 즉 예술과 단순한 자연 현상들 속에서만 본질적으로 인정될 수 있다. 이와 반대로 그러한 이원성이 분명하게 모습을 드러낼수록, 그리고 결국 인간에게서 최고로 강고해진 모습을 드러낼수록 그만큼 더 아래와 같은 사실이 분명하게 드러난다. 즉 감추어지지 않고 그대로 드러난 상태에서 본질적으로 아름다운 것은 물러나고, 인간의 나체에 있어서는 모든 미를 초월한 어떤 존재 — 즉 숭고한 것이 달성된다. 그리고 이때 모든 형성물을 초월한 하나의 작품 — 즉 창조주의 작품이 달성된다. 이것에 의해 정성스럽게 조형된 노벨레가 비할 데 없이 엄밀하게 장편소설에 조응할 수 있도록 해주는 조응관계, 저 구원의 힘을 지닌 조응관계들 중 마지막 것이 분명해진다. 노벨레에서 청년은 연인의 옷을 벗기는데[33] 그것은 욕망 때문이 아니라 생명 때문이다. 그는 그녀의 나체를 바라보지betrachtet 않는다. 바로 그렇기 때문에 나체의 존엄함을 깨닫는다. 괴테가 다음의 말을 했을 때 아무렇게나 단어를 선택한 것은 아니었다. "여기에

33) "이미 반쯤은 굳어 있는 채로 벌거벗은 그 아름다운 몸을 다시 소생시키기 위해서 소홀히 할 수 있는 일은 아무것도 없었다. 구조는 성공했다. 그녀가 눈을 뜨고 친구를 바라보며 천사와 같은 두 팔로 그의 목을 껴안았다. 한동안 그녀는 그런 채로 있었다. 그녀의 두 눈에서 눈물이 줄기를 지어 흘러내리면서 그녀는 완전히 회복되었다. '내가 당신을 이렇게 다시 만나게 되었는데도 당신은 나에게서 떠나갈 거에요?' 라고 그녀가 큰 소리로 말했다. '결코! 결코!' 라고 그가 외쳤지만 그는 자기가 무슨 말을 하고 있는지, 무슨 일을 하고 있는지 알지 못했다. '안정을 취하시오, 안정을 취하시오! 당신을 위해서! 그리고 나를 위해서도!' 라고 그는 덧붙였다. /그녀는 이제 자신을 돌이켜보며 비로소 자기가 처해 있는 상황을 깨달았다. 자기가 사랑하는 사람 앞에서, 자기를 구해준 사람 앞에서 그녀가 부끄러워할 리는 없었다. 하지만 그녀는 그 사람도 자시 자신을 돌볼 수 있도록 놓아주었다. 그가 걸치고 있는 모든 것이 아직도 젖어 있고 물방울을 떨어뜨리고 있었기 때문이다"(256~257쪽[2부 10장]).

서는 사람을 구하려는 욕망이 그 밖의 모든 고려Betrachtung를 압도했다."[34] 사랑에 있어서는 '고려Betrachtung'가 마음을 지배할 수 없기 때문이다. 사랑은 행복에 대한 의지, 그러니까 명상이라는 극히 드문 행동 속에서 일순간 곧장 지나가 버리는 [덧없는] 행복에 대한 의지에서 생겨나는 것이 아니다. 그것은 지복의 삶에 대한 예감에서 유래한다. 하지만 그럼에도 불구하고 더없이 통절한 정열로서 나타나는 사랑 속에서 명상적 삶*vita contemplativa*이 가장 강력해지며, 연인과의 합일보다는 가장 빛나는 자들을 바라보는 것이 더 열망되고 그렇게 해서 이 사랑이 스스로 좌절해가는 모습을 『친화력』은 에두아르트와 오틸리에의 운명을 통해 보여주고 있다. 이러한 관점에서 볼 때 노벨레의 한 자, 한 구절도 헛된 것이 없다. 이 노벨레는 장편소설에 대해 자유와 필연성의 특징을 한꺼번에 보여주고 있는데, 그러한 점에서 이것은 대성당의 어둠 한가운데 있으면서 그것이 없으면 어떤 관점에서도 얻을 수 없는 그곳에 대한 조망을 제공해주고 있는 성당의 축소형 그림에 비교할 수 있을 것이다. 그와 함께 이 노벨레는 환한, 좀 더 정확하게 말하자면 냉철한 한낮의 빛의 반영을 장편소설의 세계 속으로 가져온다. 그러한 냉철함이 성스럽게 보이는데도 어쩌면 유독 괴테에게만큼은 그렇게 느껴지지 않았을지도 모른다는 사실은 실로 기이하기 짝이 없다. 왜냐하면 이 작품에 있어 그의 시작(詩作)의 시선은 갖가지 색상의 유리조각에 굴절되어 뿌연 빛에 감싸인 내부 공간을 향하고 있기 때문이다. 이 작품이 완성된 직후 괴테는 첼터에게 이렇게 기별하고 있다.

---

34) 『친화력』, 256쪽(2부 10장).

나의 새로운 장편소설을 보게 되거든 호의를 갖고 받아들여주기를. 거기
드리워져 있는 극히 투명하면서도 불투명한 베일이 내가 원래 묘사하려
고 한 것을 당신이 간파하는 데 방해가 되거나 하지는 않을 것이라고 확
신하네.[35]

이 베일이라는 말은 괴테에게 있어 은유 이상의 것이었다. — 여기에
서 베일은 그가 미에 대한 통찰을 손에 넣고자 고투할 때마다 번번이
그의 마음을 사로잡을 수밖에 없었던 베일이다. 다른 어떤 것보다 더
그를 뒤흔든 이 고투에서 그의 필생의 작품의 세 인물상이 태어났다.
즉 미뇽, 오틸리에, 헬레나가.

참다운 존재로 다시 태어날 때까지는 이 모습 그대로 놓아두세요.
이 흰 옷을 벗기지 말아주세요!
이제 곧 아름다운 지상을 떠나
저 단단한 무덤으로 내려갈 몸이니까요.

거기서 잠시 조용히 쉬고 있으면
머지않아 생기 넘치는 눈이 떠질 거예요.
그때 저는 이 순결한 베일도
띠도 왕관도 다 두고 떠날 거예요.[36]

35) *Briefwechsel zwischen Goethe und Zelter,* 앞의 책, 1부, 베를린, 둥커 & 훔볼트, 1833년,
367쪽(1809년 8월 26일 괴테가 첼터에게 보낸 편지).
36) 『빌헬름 마이스터의 수업 시대』, 8권 2장(민음사, 2권, 275~276쪽. 본문의 내용에 맞
추어 번역을 약간 수정했다). 마지막 부근에 나오는 미뇽의 노래. 미뇽은 생일잔치를 위
해 천사로 분장했다. 사람들이 옷을 갈아입히려 할 때 그녀는 이 노래를 부른다. 벤야민

헬레나 또한 그것들을 남겨놓고 간다. ― "옷과 면사포[베일]만 파우스트의 팔에 남는다."[37] 괴테 또한 그러한 가상의 위선에 관해 사람들이 하는 이야기들을 알고 있었다. 그는 파우스트에게 이렇게 경고하고 있다.

당신 손에 남아 있는 걸 꽉 잡아요.

그 옷을 놓쳐선 안 됩니다. 악령들이 벌써

옷자락을 잡아채 지옥으로 끌고 가려 하니까요.

꽉 붙잡으세요! 당신이 잃어버린 여신은 아니지만

그래도 그것은 신성한 것입니다.[38]

하지만 이것들과 달리 오틸리에의 베일은 살아 있는 육체로서 남는

이 인용하지 않은 두 연은 이렇다.

저 천상의 존재들은
남녀를 묻지 않고
정화된 육체에는
옷이고 주름이고 다 필요 없으니까요.

걱정과 수고라곤 모르고 살아왔지만
쓰라린 고통만은 참 많이도 맛보았고,
가슴앓이 때문에 너무 일찍 시들었어요.
저를 영원히 다시 젊게 해주세요!

37) 『파우스트』, 2부 3막, 9944행에 이어 헬레나가 사라진 후의 배우의 동작을 지시하고 있는 부분(『파우스트』, 281쪽). 헬레나가 파우스트를 부둥켜안는 바로 그 장면에서 그녀의 육신은 옷자락만 남긴 채 환영처럼 사라진다. 그때 포르키아스의 형체 안에서 외치는 것은 실제로는 메피스토펠레스이다.

38) 위의 인용문에 바로 이어서 마녀 포르키아스가 파우스트에게 말하는 대사(『파우스트』, 2권, 281쪽[2부 3막, 9945~9950행]).

다. 미뇽이나 헬레나에게서는 보다 불완전하게 나타났던 법칙이 오직 오틸리에를 감싸는 베일에 의해 분명하게 모습을 드러낸다. 즉 삶이 달아나면 달아날수록 그리고 실제로는 오직 생명이 있는 것에만 달라붙을 수 있는 가상적인 미가 모두 달아나 마침내 그러한 삶이 완전히 사라지게 되면 미 역시 소멸할 수밖에 없다는 법칙이 그것이다. 따라서 모든 사멸해가는 것 중 베일이 벗겨질 수 없는 것은 없다. 따라서 괴테는『잠언과 성찰』에서 "미는 결코 자기 자신을 초월해서 명료해질 수 없다"라는 심오한 말로 그처럼 베일을 제거하기 힘든 것의 극한적인 상태를 사태의 진실에 입각해 표현하고 있는데, 이처럼 신은 여전히 존재하며, 이 신 앞에서는 어떠한 비밀도 있을 수 없으며 모든 것이 삶이다. 따라서 인간과 그의 삶이 신 앞에 있을 때 우리들 눈에 인간은 시체로, 그의 삶은 사랑으로 나타난다. 따라서 죽음은 사랑과 마찬가지로 발가벗기는 힘을 갖고 있다. 베일을 제거할 수 없는 것은 자연뿐으로, 자연은 신이 그것을 존립시키는 한 하나의 비밀을 유지한다. 〔이에 반해〕 진리는 언어의 본질 속에서 드러난다〔베일을 벗는다〕.[39] 인간의 신체가 벌거벗는다는 것은 인간이 스스로 신 앞으로 걸어 나온다는 표시이다.

사랑을 통해 자신을 버리지 않는 미는 죽음의 손에 떨어질 수밖에 없다. 오틸리에는 자신의 죽음의 길을 알고 있다. 그녀는 아직 젊은 삶의 가장 깊숙한 내부에서 그러한 길이 이미 지시되어 있음을 인식하고 있기 때문에 괴테가 창조해낸 인물들 중 ─ 행위가 아니라 본질에 있어 ─ 가장 청춘을 간직한 존재라고 할 수 있다. 분명 나이가 들면 누구나 죽음에 대한 마음의 준비를 하지만 청춘이란 죽음에의 각

---

39) 이 말을 '언어는 존재의 집이다' 라는 하이데거의 입장과 비교해보라.

오이다. 그래서인지 괴테는 샤를로테가 "삶을 소중히 했다"[40]라는 말을 얼마나 비밀스럽게 하고 있는가! 괴테는 다른 어떤 작품에서도 오틸리에라는 인물상에 용인해준 것, 즉 자기 나름대로 삶을 지속하면서도 자신에게 고유한 죽음을 그대로 받아들이는 완전한 삶을 청춘에게 부여한 적이 결코 없었다. 오히려 괴테가 무엇인가에 대해 맹목적이었다면 실제로 바로 이 점에 대해서였다고 말할 수 있을 것이다. 그럼에도 불구하고 오틸리에의 존재가 그녀를 다른 모든 인물들로부터 구별해주는 파토스에 있어 청춘의 삶을 가리키는 것이라면 괴테가 원래대로라면 거절했을 그러한 광경과 화해할 수 있었던 것은 오로지 그녀의 아름다움의 운명에 의해서였다. 이 점에 대해서는 하나의 독특한, 어느 정도 믿을 만한 근거도 있는 암시가 하나 있다. 1809년 5월 [22일] 베티나는 티롤인들의 봉기에 대해 언급하면서 괴테에게 보내는 편지에 이렇게 쓰고 있다.

그렇습니다. 괴테님, 얼마 전에 제 마음은 전혀 딴판으로 바뀌어버렸습니다. …… 용감하게 싸우다 죽은 영웅들의 예언적인 기념물을 감싸고 있는 암울한 회당들이 저의 무거운 예감의 중심이 되었습니다. …… 아아, 부디 저와 하나가 되어 '티롤 사람들'을 생각해주십시오. …… 영웅들에게 불멸을 보장해주는 것이야말로 시인의 영예입니다![41]

같은 해 8월에 괴테는 『친화력』 2부 3장의 최종고를 썼는데, 거기서

---

40) 『친화력』, 42쪽(1부 4장).
41) Bettina von Arnim, *Goethes Briefwechsel mit einem Kind*, 앞의 책, 45쪽 이하(1809년 5월 22일 베티나가 괴테에게 보낸 편지).

볼 수 있는 오틸리에의 일기에는 이렇게 기록되어 있다.

고대 부족들이 갖고 있던 생각 중 진지하면서도 으스스하게 보일만한 것이 있다. 그들은 자기 조상들이 큰 동굴 안의 왕좌 주위에 둘러앉아 침묵의 대화를 나누고 있는 것이라고 상상했다. 새로 들어오는 사람이 만약 그럴 만한 품위를 지니고 있을 때에는 그들은 자리에서 일어서서 환영 인사를 했다. 내가 어제 예배당에 앉아 나의 목각 의자 맞은편에 여러 개의 의자들이 이리저리 서 있는 것을 보았을 때 그러한 생각은 나에게 다정하고 기품 있는 것처럼 생각되었다. 나는 스스로 이렇게 생각해보았다. '마침내 낯선 사람들이 와서 네가 자리에서 일어나 다정하게 허리를 굽혀 인사를 하며 그들에게 자리를 안내하게 될 때까지 넌 왜 네 자신에게로 돌아가 묵묵히 그냥 앉아 있을 수 없단 말인가?' [42]

즉시 발할라[43]를 암시하는 이 말이 무의식적으로든 아니면 그렇게 알고서든 베티나의 앞의 편지를 상기하고 있는 것임을 쉽게 이해할 수 있다. 왜냐하면 이 두 짧은 문장들 사이의 기분상의 친연성이 눈길을 끌기 때문이다. 발할라를 생각하는 것도 눈길을 끌지만 마지막으로 그것이 갑자기 오틸리에의 일기 속에 도입되는 것 또한 눈길을 끌기에 충분한 것이다. 이것은 혹시 괴테가 베티나의 거침없고 대담한 어조를 오틸리에의 부드러운 말로 자신의 마음속에 스며들게 했다고 암시하는 것은 아닐까?

---

42) 괴테, 『친화력』, 177~178쪽.
43) 북구 신화에서 최고신 오딘이 전사자들을 맞이하는 천당을 가리킨다.

② 희망

이상에서 살펴본 모든 것을 통해 군돌프가 아무런 편견도 없는 자유로운 사고를 가장해 "오틸리에라는 인물은 『친화력』의 주요 내실도 또 이 작품의 본래적인 문제도 아니다"[44]라고 주장하는 것이 진실인지 아니면 허무맹랑한 기만인지를 판단할 수 있을 것이다. 이어 그가 이렇게 덧붙일 때 그것에 어떤 의미가 있는지도 말이다.

그러나 이 작품에서 오틸리에로 나타나는 것을 괴테가 본 순간이 없었다면 그러한 내실은 그런 식으로 압축되지 않았을 것이며, 그러한 문제도 그런 식으로 형상화되지 않았을 것이다.

왜냐하면 앞서 살펴본 모든 것 중 다음과 같은 사실이 명확하지 않다면 과연 다른 무엇이 확실하겠는가? 즉 실로 한 명의 죽어가는 여자를 구출하고 그녀를 통해 한 연인을 구원하기 위해 괴테를 이 작품 세계에 주술로 묶어둔 것은 오틸리에라는 인물, 아니 그러한 이름이라는 사실 말이다. 그는 그것을 줄피츠 브와세레[45]에게 고백한 적이 있는데, 브와세레는 그것을 멋진 말로 정리하고 있다. 이 시인에 대한 진심어린 마음을 담은 직관에 의해 줄피츠의 말은 동시에 스스로 예감했던 것보다 훨씬 더 깊이 이 작품의 비밀을 시사하고 있다.

가는 도중에 화제가 『친화력』에 이르렀다. 그는 얼마나 신속하게 그리고

---

44) 군돌프, 『괴테』, 앞의 책, 569쪽.
45) 줄피츠 브와세레(Sulpiz Boisserèe, 1783~1854년)는 동생 멜히오르와 더불어 독일 중세 미술을 연구한 학자이자 수집가로 그의 수집은 괴테에게 깊은 영향을 미쳤다.

걷잡을 수 없는 방식으로 파국을 초래해야 했는지를 강조했다. 하늘에는 이미 별이 나와 있었다. 그는 오틸리에와의 관계에 대해 말했다. 얼마나 그녀를 사랑했는지, 또한 그녀가 얼마나 그를 불행하게 만들었는지를. 그것을 말하는 동안 그는 마지막에는 거의 수수께끼 같은 예감에 사로잡히게 되었다. — 그러는 사이에도 그는 쾌활한 시를 한 편 읊조렸던 것으로 기억된다. 그렇게 해서 우리들은 지치고 흥분한 채, 절반은 예감으로 가득하고, 절반은 졸음에 시달리면서 더없이 아름다운 별빛 속에 …… 하이델베르크에 도착했다.[46)]

브와세레는 별이 하늘로 떠오르자 동시에 괴테의 생각이 이 작품으로 이끌리는 모습을 놓치지 않고 있는 반면 그러한 순간이 얼마나 숭고한 것이었는지, 별들의 경고들이 얼마나 명확한 것이었는지는 — 말투가 증언하고 있듯이 — 아마 거의 알 수 없었을 것이다. 그러한 경고들 속에는 오래전에 체험으로서 사라져버린 것이 경험으로서 존속하고 있다. 왜냐하면 사랑하는 연인을 위해 괴테가 품어야 했던 희망이 별이라는 상징 아래 한때 그의 눈에 나타났기 때문이다. 횔덜린의 표현을 빌리자면 작품의 중간 휴지를 포함하고 있는 문장, 서로를 품에 안은 채 한 쌍의 연인[47)]이 둘의 최후를 확인하고 굳은 약속을 할 때 만물이 움직임을 멈추는 순간을 전해주는 문장은 다음과 같다.

마치 하늘에서 떨어지는 별처럼 희망이 그들의 머리 위를 스쳐지나갔다.[48)]

---

46) 1815년 10월 5일에 가졌던 대화, *Goethes Gespräche*, 2권, 353쪽.
47) 에두아르트와 오틸리에를 가리킨다.

물론 두 사람은 이 희망을 알아차리지 못한다. 또한 마지막 희망이라는 것은 결코 그것을 품고 있는 사람들에게가 아니라 오직 그것이 향하고 있는 사람들에게서만 희망이라는 것을 이 이상 분명하게 표현할 수도 없을 것이다. 이와 함께 '화자의 태도'가 중요한 것과 관련해 가장 깊숙한 곳에 자리 잡고 있는 근거가 드러난다. 희망이라는 감정 속에서 사건의 의미를 성취할 수 있는 것은 화자뿐으로 단테가 프란체스카 다 리미니[49]의 말을 들은 후 "마치 주검처럼"[50] 쓰러지면서 두 연인[51]에게 희망이 없음을 몸소 받아들이는 것에서 그것을 잘 볼 수 있다. 태양이 빛을 잃어감에 따라 박명 속에 샛별이 떠올라 밤새 빛나듯이 마침내 가장 역설적이며 가장 덧없는 희망이 유화의 가상[빛]으로부터 모습을 나타낸다. 물론 밤의 샛별의 어스름 빛을 발

---

48) 『친화력』, 276쪽(2부 13장). 전쟁터에서 돌아온 이후 인근의 작은 장원에서 지내던 에두아르트는 샤를로테에게 합의 이혼을 제안하도록 친구인 소령을 보낸다. 답변을 기다리는 동안 그는 자기 성의 공원을 다시 보고 싶은 욕망을 억누르지 못한다. 그는 그곳에서 '처음으로 제대로 호수의 수면을 보게 되었다'(273쪽). 바로 그곳에서 그는 우연히 아기를 데리고 산책하고 있는 오틸리에를 만난다. 아들을 보고 그는 자신의 과오를 떠올린다. 그리고 그는 자신이 사랑하는 여인의 팔에 안겨서만 그러한 과오를 속죄할 수 있을 거라고 말한다. 어느 사냥꾼이 총 한 발을 쏘고, 그는 그것이 소령과 약속한 신호이며 샤를로테가 그의 제안을 받아들인 거라고 생각한다. 좀 더 신중한 오틸리에는 그에게 떠나달라고 간청한다. 그는 그녀를 부드럽게 포옹한 후에야 그녀의 말을 따른다. 바로 그때 하늘에서 떨어지는 별에 대한 이야기가 나오는데, 괴테는 이에 이렇게 덧붙이고 있다. "그들은 서로의 것이라고 생각했다. 그들은 처음으로 거리낌 없이 마음껏 키스를 하고는 괴로워하며 어쩔 수 없이 헤어졌다"(276쪽).
49) 프란체스카 다 리미니(Francesca da Rimini, 1255~1285년)는 라벤나의 군주의 딸로 강제로 리미니의 군주 마라테스타와 정략결혼을 하는데, 남편의 동생 바오로를 사랑해서 두 사람 모두 마라테스타에게 살해당한다.
50) 단테, 『신곡』, 지옥 편, 제5가 마지막 142행. "E caddi, come corpo morte cade."
51) 프란체스카와 바오로를 가리킨다.

하는 것은 베누스[52]이다. 아무리 희미하더라도 모든 희망은 그러한 빛에 기대고 있으며, 아무리 풍요로운 희망이라도 모든 희망은 오직 그러한 빛에서만 나올 수 있다. 그리하여 마침내 희망이 유화의 가상〔빛〕을 정당화하고, 선의 가상을 바라는 것은 배리(背理)라는 플라톤의 명제는 여기서 유일한 예외를 감수하게 된다. 유화의 가상은 갈망해도 좋은, 아니 갈망해야 하는 것이기 때문이다. 즉 유화의 가상만이 극한의 희망이 머무는 곳이다. 그러한 희망은 결국 그러한 보금자리로부터 떨어져나가 이 작품 끝에서는 가늘게 떨리는 질문처럼 "이 얼마나 아름다운가"[53]라는 말로 죽은 자들을 보내면서 울려 퍼진다. ─ 언젠가 이 죽은 자들이 깨어난다면 그것은 아름다운 세계가 아니라 지복을 누리는 세계이길 간절히 바란다. '희망Elpis'이 『근원의 말들』의 마지막 말이게 되는 것이다. 즉 노벨레에서 연인이 집으로 가져가는 축복의 확실함은 우리가 모든 죽은 자들을 위해 품고 있는 구원에 대한 희망에 부응하는 것이다. 이 희망이 결코 지상에서 존재의 불로 타오르는 것을 허용하지 않는 불사(성) 신화의 유일한 권리이다. 그러나 바로 이 희망 때문에 결국 ─ 낭만주의자들과는 완전히 다르게 ─ 심층에 깔려 있는 모든 신화적인 것을 순화시키려는 노력에서 등장하게 된 그리스도교 신비주의적 계기는 여기에는 맞지 않는 것이 된다. 따라서 이러한 나자레파[54]적 본질이 아니라 사랑하는 연인들의 머리 위를 스쳐지나가는 별이라는 상징이 엄밀한 의미에

---

52) 사랑과 미의 여신. 비너스 또는 금성.
53) 『친화력』의 말미(2부 18장)에서는 이 문장을 찾아볼 수 없다.
54) 1809년에 발족된 독일 회화의 한 유파(오버베크, 포르, 코르넬리우스 등)로 종교적 바탕 위에서 예술을 되살리기를 열망했으며, 대표작으로는 로마에 있는 프레스코화들이 있다.

서의 신비Mysterium로 이 작품에 내재하는 것에 어울리는 표현 형식
이다. 신비란 연극적인 것에 있어 자신에 고유한 언어의 영역에서 한
층 더 고차원적인, 그러한 언어로는 도달할 수 없는 영역으로 격상되
는 계기를 말한다. 따라서 이 신비라는 계기는 결코 말에 의해서가
아니라 오로지 연기[55]에 의해서만 표현될 수 있으며, 가장 엄격한 의
미에서의 '연극적인 것'이다. 『친화력』에서 이 '연기'에 대응하는
것이 하늘에서 떨어지는 별이다. 이 소설에서 서사적인 것은 신화적
인 것에, 서정적 폭은 정열과 연정 속에 기반을 두고 있는데, 거기에
희망이라는 신비 속에 이 소설이 연극적으로 정점에 이르는 것이 더
해진다. 음악이 본래의 신비로부터 숨어버린다면 그것은 물론 침묵
하는 세계로 머물러 있으며, 그로부터 음악이 울려 퍼지거나 하는 일
은 결코 없을 것이다. 그러나 이 희망이라는 비밀이 유화 이상을 것
을, 즉 구원을 약속하는 이러한 세계가 아니라면 어떤 세계에 바쳐지
는 것일까? 게오르게가 본에 있는 베토벤의 생가에 걸어놓은 '기념
명판'에 새겨져 있는 것이 바로 그것이다.[56]

> 너희가 너희 별 위에서 전쟁을 위해 힘을 비축하기 전에
> 내가 천상의 별들에서 다툼과 승리를 너희에게 노래해주마.
> 너희가 이 별 위에서 육체를 움켜잡기 전에
> 내가 영원의 별들에서 쉬는 꿈을 꾸게 해주겠노라.

55) 원문은 Darstellung으로 이것은 서술, 표현이라는 의미도 갖고 있다.
56) 이것은 베토벤의 생가에 걸려 있는 글이 아니라 게오르게의 시집 『제7륜』에 수록된
「탁자들」이라는 연작시에 들어 있는 「본의 집」이라는 제목의 4행시와 관련이 있다.

이 '너희들이 육체를 움켜잡기 전에' 라는 구절은 숭고한 아이러니처럼 보인다. 저 연인은 결코 육체를 움켜잡지 않는다. ― 그들이 전쟁을 위해 힘을 비축하는 일이 결코 없다고 해서 그것이 어떻다는 말인가? 오직 희망 없는 사람들을 위해서만 희망은 우리에게 주어지는 것이다.

주

이 글에서 사용되고 있는 벤야민 고유의 용어와 관련해 번역어 선택이 가장 난감한 것 중의 하나가 바로 이 'Sache'와 바로 이어지는 'Schein'이다. 이 두 용어는 그 자체로도 여러 의미를 동시에 갖고 있을 뿐만 아니라(따라서 sachlich는 본문에서는 다양한 의미로 번역되었다) Sachgehalt는 Wahrheitsgehalt와 대구를 이루어야 하고, Schein은 바로 Erscheinung과 연결되어 있기 때문이다. 여기서 일단 Sache는 우리에게는 익숙하지 않은 '사상(事象)'이라는 말로 옮겨보았다. 국어사전에 따르면 이 말은 '관찰할 수 있는 형체로 나타나는 사물이나 현상'을 뜻하는데, 여전히 낯설지만 이 말이 벤야민의 의도를 가장 정확하게 전달하는 말인데다 Sachgehalt를 '사상 내실'로 번역할 수 있어 '진리 내실(Wahrheitsgehalt)'과 대구를 이루는 장점도 있기 때문이다. 하지만 '사상' 하면 사상(思想)을 떠올리기 쉬운 난점이 있어 최선이 아니라 차선의 역어일 뿐이다. 또한 Gehalt를, 내용으로 번역하는 Inhalt와 달리 '내실'이라고 번역하는 것은 독일어 번역에서는 일반적인 것처럼 보이는데, 이것은 단순히 용어만의 문제가 아니라 「언어 일반과 인간의 언어에 대해」에서 표명되고 있는 벤야민의 언어관 그리고 이 글의 본문에서 개진되고 있는 벤야민의 진리관 및 예술관과 긴밀하게 연결되어 있음을 잊어서는 안 된다. 즉 언어는 어떤 내용을 전달하기 위한 수단이 아니며, 미 또한 진리의 가상이 아니기 때문에 벤야민에게서는 형식 대 내용(In-halt) 식의 이분법은 애초부터 불가능하며 오직 그것은 사상 내실과 진리 내실과 같은 대립 형태로밖에는 나타날 수 없다. 이러한 의미에서는 프랑스어 번역이 좀 더 정확한 셈인데, 프랑스어 번역본에서는 진리 내실은 teneur de vérité로, 사상 내실은 contenu concret로 번역하고 있다. 그것이 벤야민의 의도를 좀 더 정확하게 옮기고 있다고 볼 수 있다. 따라서 Gehalt는 본문의 맥락에 따라 내실이 아니라 '내용'으로 번역될 수도 있을 텐데, 본 번역에서는 가능한 한 '내실'로 번역하는 쪽을 택했다. 아무튼 이 용어는 다시 우리에게는 제법 낯설게 느껴지는 경험(Erfahrung)/체험(Erlebnis)이라는 대립과도 관련되어 있는데, 하이데거의 존재와 존재자 사이의 대립을 연상시키는 벤야민 고유의 이러한 문제틀은 그의 사상이 20세기 초의 경험의 직접성의 상실에서 출발해 중세 철학에 뿌리 내리고 있음을 보여준다. 그의 소위 '아우라' 개념 또한 오직 이러한 전체적인 문제틀 속에서만 온전히 이해될 수 있을 것이다. 또한 이와 관련해 쿠르티우스(Ernst Robert Curtius)의 아래와 같은 논의를 참조하라. "라이프니츠가 가르치고 있는 대로 진리에는 두 가지 종류가 있다. 하나는 단지 이성에 의해서만 발견되며 경험에 의한 확증은 불가능하며, 또한 불필요한 진리이다. 다른 하나는 단지 경험에 의해서만 인식되며, 논리에 의해서는 증명될 수 없는 진리이다. 즉, 필연적 진리와 우연적 진리 — 라이프니츠의 말을 빌리면 vérités éternelles et vérités de fait[영원의 진리와 사실의 진리]가 그것이다. 우연적인 '사실의 진리'는 단지 문헌학에 의해서만 보증될 수 있다"(『유럽 문학과 라틴 중세』, Francke, 베른, 10쪽).